IL SUFFIT D'UNE RENCONTRE POUR CHANGER DE VIE

Parti de zéro, sans diplôme, Anthony Nevo s'est lancé dans l'entrepreneuriat à l'âge de vingt-deux ans après avoir quitté sa Bretagne natale. Il est aujourd'hui l'un des principaux influenceurs français sur Internet dans le domaine de l'entrepreneuriat et du développement personnel. Sa chaîne YouTube Vie de Dingue est suivie par plus de 150 000 abonnés. Après son essai auto-édité *Le Petit Guide de la vie*, *Il suffit d'une rencontre pour changer de vie* est son premier roman.

ANTHONY NEVO

Il suffit d'une rencontre pour changer de vie

ALISIO

CHAPITRE 1

La tache

7 h 37. Je suis en retard ! J'avais prévu de me rendre chez un ami avant de partir au travail. Je n'aurai finalement pas le temps. Satané réveil !

Je travaille dans un laboratoire pharmaceutique. On fait des prélèvements et on teste toutes sortes de nouveaux produits. Quand on m'a engagé pour ce poste, on m'avait promis des conditions de travail beaucoup plus confortables que celles que j'ai finalement. On m'avait également assuré que je pourrais faire des recherches dans les domaines qui me tenaient à cœur. Mais la restriction budgétaire de l'an dernier a mis ces belles promesses à la poubelle.

Je crois que, à partir de ce moment-là, ma motivation s'est dégradée au point que je vais au travail désormais par obligation, et non plus par envie. Je sens bien que je m'implique beaucoup moins

qu'auparavant et j'imagine que mes collègues le ressentent eux aussi.

Côté famille, nous nous sommes agrandis. Ma
femme et moi avons eu notre premier enfant, Léo.
J'essaie aussi de rentrer un peu plus tôt le soir à la
maison, ma femme, Tania, m'ayant reproché de ne
pas être assez présent depuis la naissance de notre
fils.

Il est 18 heures, et je passe le portillon de mon jardin. Par la fenêtre du salon, je devine mon petit Léo,
désormais neuf mois, dans les bras de sa nourrice. Je
viens de passer une journée exécrable au travail, mais
voir mon petit bonhomme me sourire et s'exciter dès
qu'il m'aperçoit me fait oublier tous mes soucis. Je
suis heureux de partager un moment privilégié avec
lui. Nous avons une heure devant nous pour profiter
d'un tête-à-tête avant que sa mère ne rentre.

Serrer dans mes bras mon petit garçon et ma femme
est ce qui me donne le plus d'énergie chaque jour.
Même si Tania et moi ne sommes pas toujours d'accord, elle est un réel soutien dans ma vie, et je pense
que je ne serais pas l'homme que je suis aujourd'hui
sans elle. Au fond, l'important c'est que l'on s'aime, et
je peux dire, aujourd'hui, que je suis fou d'elle. C'est
la femme de ma vie.

Depuis quatre ans maintenant, nous sommes ins-
tallés à Angers. Non par véritable choix – ce n'est pas

l'endroit que j'aurais choisi de prime abord –, mais parce que nous y avons tous les deux trouvé un bon poste. Une chose en entraînant une autre, nous avons acheté une grande maison avec jardin.

C'est l'heure du biberon. Il est fascinant de regarder un bébé et de se dire que, auparavant, nous aussi avons été des enfants avant d'être ce que nous sommes maintenant, et qu'un jour, il sera comme nous. Il me fixe avec une telle intensité ! Comment un si petit être peut avoir un regard si puissant ?

En plongeant mes yeux dans les siens, je remarque une tache dans son œil que je n'avais jamais vue auparavant. Bizarre. Il faudra que j'en parle à Tania.

Je suis en train de mettre Léo en pyjama lorsque j'entends Tania passer la porte.

— Éric, je suis là !

Elle est à peine arrivée qu'elle me parle déjà des problèmes qu'elle rencontre dans le centre culturel où elle travaille. Elle prépare des activités et met en place des programmes d'insertion pour des jeunes en difficulté. À vrai dire, j'ai du mal à lui avouer que, le soir, j'aimerais qu'on puisse débrancher tous les deux nos cerveaux et qu'on profite de ces moments ensemble pour décompresser plutôt que de rapporter nos soucis de la journée. Je comprends néanmoins qu'elle ait besoin de vider son sac et fais mon maximum pour lui offrir une oreille attentive, bien qu'elle sente parfois que je suis ailleurs. Nous passons une agréable soirée et j'oublie de lui parler de la tache.

Un horrible cauchemar me réveille en pleine nuit : Léo vient me voir dans notre chambre et me souffle quelques mots à l'oreille, comme un secret. Je me réveille en sursaut et en nage, sans pour autant me souvenir de ce qu'il me chuchote. Je suis tellement perturbé que je n'arrive pas à me rendormir.

La journée commence mal avec ce réveil brutal, et je sens déjà qu'elle va mal se terminer : je dois intervenir sur l'évolution d'une lotion favorisant la repousse des cheveux, projet auquel je suis assigné depuis un an et demi. La direction ne cesse de réduire les budgets et exige toujours plus de résultats, je n'ai donc aucune envie d'aller au labo ce matin. Pourtant, cette lotion est un petit miracle. Si les tests actuels sont concluants, dans moins de six mois, elle sera commercialisée dans toutes les pharmacies du pays. Je n'ai personnellement pas de problème de calvitie, mais je peux comprendre que ceux qui en sont touchés en aient besoin. C'est le seul côté positif que je vois aujourd'hui à mon travail : j'ai vaguement l'impression d'aider les gens.

En ce moment, nous sommes dans la phase finale de l'expérimentation de la lotion. Il y a deux semaines, nous l'avons injectée dans une machine – payée une petite fortune par mon entreprise – conçue pour simuler le cuir chevelu humain. Aujourd'hui, nous allons récolter les résultats de ces tests : le simulateur a enregistré la moindre modification ou anomalie que le produit aurait pu provoquer.

Nous sommes cinq dans la salle : mon collègue et binôme Jimmy, trois responsables du projet et moi. Ils me demandent de lire l'analyse bactériologique ainsi que l'analyse complète. J'éteins la machine avec un petit pincement au cœur, car cela représente un an et demi de travail, d'expérimentations et d'essais en tout genre. Je sens tous les regards converger vers moi.

Trois résultats sont possibles :

- vert : aucune anomalie, ce qui permet de lancer la phase de commercialisation.
- orange : une ou deux anomalies trouvées avec des corrections mineures à apporter, ce qui, généralement, reporte la commercialisation d'environ deux mois.
- rouge : anomalies graves, des molécules provoquent l'instabilité du produit.

Aïe. La dernière ligne de résultat est rouge.

Le cuir chevelu artificiel semble avoir été détérioré par la lotion. En théorie, notre groupe a les moyens technologiques de rectifier le produit. J'annonce le verdict et perçois l'agacement sur le visage des trois responsables. L'un d'entre eux pique une colère et quitte la pièce avec fracas.

Le deuxième me demande combien de temps il me faut pour résoudre le problème. Je m'entends répondre :

— Trois à quatre mois, au minimum.

— Vous en avez deux ! me lance-t-il avant de quitter la pièce.

Voilà l'ambiance qui règne dans mon laboratoire. Voilà pourquoi je ne suis plus du tout enthousiaste à l'idée de me lever chaque matin.

À la fin de la journée, pour me changer les idées, je passe chez mon meilleur ami, Marc. Sa femme Jeanne et lui ont un enfant qui a deux mois de plus que notre petit Léo.

Marc est un ami d'enfance, j'ai passé des centaines de soirées avec lui quand j'étais plus jeune. À cette époque, l'enthousiasme, la joie et l'entrain faisaient vraiment partie de ma vie. Ce côté festif et chaleureux me manque.

Aujourd'hui, j'ai trente-deux ans, lui en a trente-trois. Je l'ai connu au primaire, mais nous nous sommes vraiment rapprochés à l'âge de quinze ans. À partir de là et jusqu'à nos vingt-cinq ans, quand j'ai commencé à me calmer un peu sur les fêtes, nous avons passé presque tous nos week-ends ensemble. Je vous laisse imaginer le nombre de soirées que cela peut représenter.

Comme à son habitude, il me gratifie d'une accolade dès mon arrivée. On bavarde de choses et d'autres avant de passer au sujet qui nous enthousiasme vraiment : notre semaine à Las Vegas tous les deux, sans femmes ni enfants, à la fin de l'année. On en a souvent parlé sans jamais se lancer. Il y a quelques semaines, on s'est promis d'aller au bout de ce rêve cette année. Alors ce sera chose faite. Croix de bois, croix de fer. On s'est fixés de réserver nos billets dans une semaine au maximum. Rien que l'idée de passer une semaine entière avec mon ami d'enfance à Las Vegas me redonne le sourire.

Des pleurs retentissent. Leur petit garçon vient de se réveiller. Jeanne le prend dans ses bras et nous rejoint au salon. Le bonheur de leur vie s'appelle Matéo. Dire que nous sommes désormais papas, c'est dingue !

Je m'approche de Matéo et remarque quelque chose d'étrange. Il a exactement la même tache dans le coin de l'œil que Léo. Elle est plus petite, mais bien présente.

Je demande à mon ami Marc s'il l'avait déjà vue auparavant :

— Non, c'est la première fois.

Étrange, je n'avais jamais vu de tache de ce type sur d'autres enfants. Peut-être n'ai-je tout simplement jamais fait attention. Sans doute quelque chose de commun aux bébés, me dis-je.

Quoi qu'il en soit, il est temps de rentrer. Tania doit m'attendre pour dîner, et demain sera sans doute une journée sous tension. Avec la mauvaise nouvelle d'aujourd'hui, nos chefs vont sûrement nous convoquer pour nous donner de nouvelles directives.

Ce matin, le réveil est difficile. Léo a pleuré une bonne partie de la nuit. Il est de plus en plus agité depuis deux semaines. Sur un conseil que l'on nous a

donné à sa naissance, Tania l'emmène chez un ostéo-
pathe tout à l'heure. Peut-être que ça changera quelque
chose.

En arrivant au bureau, la tête de Jimmy, mon collègue de travail, annonce la couleur de la journée.
Regard baissé, épaules basses, petite poignée de main
en guise de bonjour, on ne va pas se marrer… Nous
sommes convoqués tous les deux à 11 heures pour une
réunion avec la direction.

Jimmy se confie à moi dans la matinée : il a peur
de perdre son emploi. Il m'explique qu'il vient d'obtenir un prêt pour acheter sa maison et que ce serait
une catastrophe pour lui de se retrouver au chômage
maintenant. Je le rassure et lui dis qu'ils n'ont aucune
raison de nous licencier.

— Pourquoi voudrais-tu qu'ils nous virent ? Ce n'est
ni de ta faute ni de la mienne si les tests ne sont pas
concluants. On va rectifier cette erreur ensemble. Ça
prendra un petit peu de temps, mais on va réussir. Ne
t'en fais pas.

Il acquiesce d'un signe de tête.

À 11 heures, comme prévu, j'entre dans le bureau.
Toute la direction est déjà là. Je suppose qu'ils se sont
réunis avant de nous convoquer Jimmy et moi.

Un responsable commercial commence par exposer
les frais engendrés par toutes les recherches que nous
avons effectuées, et les bénéfices qui pourraient en
découler si le lancement de la lotion se faisait dans les
temps. Pendant près d'une heure, on n'a droit qu'à des

chiffres, rien que des chiffres. J'avoue ne pas prêter une oreille très attentive à ce qu'il raconte. On s'ennuie à mourir.

Soudain, il se retourne vers moi.

— Et toi, Éric, qu'en penses-tu ?

— À vrai dire, nous allons avoir besoin de temps avec Jimmy pour procéder à de nouvelles analyses. Nous devons comprendre d'où vient réellement le problème. Actuellement, nous n'avons pas assez de données pour en déterminer précisément la cause. Une fois qu'elle sera identifiée, ce sera plus simple de planifier la suite des opérations.

Le directeur de ma compagnie se lève soudainement. Il a reçu un coup de téléphone qui a dû l'agacer. Il quitte la salle brusquement et ferme la porte derrière lui.

Le responsable des opérations me regarde et me demande de faire du mieux que je peux.

Nous évoquons ensuite les différents problèmes que pourrait causer la commercialisation de la lotion et émettons même l'hypothèse qu'elle ne puisse jamais entrer sur le marché.

L'ambiance est désagréable et tendue. Les résultats de la compagnie sont en chute libre depuis quelques mois, les produits phares s'étant fait distancer par la concurrence. Nous avons vraiment besoin d'une innovation majeure pour repartir du bon pied.

En sortant de la salle, Didier, l'un des superviseurs

du projet qui avait appuyé ma candidature lors du recrutement, me dit qu'il a pleinement confiance en moi et m'assure de son soutien avec une petite tape dans le dos. Il a toujours été très aimable et nous avait même invités à dîner, Tania et moi. Nous avions passé une soirée très agréable.

Quelques minutes plus tard, mon téléphone sonne. C'est Tania, elle semble terriblement angoissée.

— Calme-toi, chérie. Qu'est-ce qui se passe ?

— Léo s'est ouvert l'arcade sourcilière avec un jouet ! Il saigne beaucoup !

— O.K. File aux urgences. Je quitte le bureau et je te rejoins. Je suis là dans vingt minutes.

Puis je me tourne vers Jimmy.

— Jimmy, ma femme est aux urgences avec Léo, je dois y aller. Passe un bon week-end !

J'arrive à l'hôpital une demi-heure plus tard du fait des embouteillages. Mon fils a déjà été pris en charge par un médecin. Je prends Tania dans mes bras.

Au bout de cinq minutes, il revient vers nous.

— Tout va bien. Ce n'est qu'une écorchure. Il n'y a pas à s'inquiéter.

Nous voilà soulagés. Voir mon bébé aux mains d'un médecin, le visage ensanglanté, m'a noué l'estomac.

J'en profite pour demander :

— Pourriez-vous regarder son œil droit ? J'y ai remarqué une tache l'autre jour. Juste ici, vous voyez ?

— Effectivement. Mais ne vous inquiétez pas,

d'après son carnet de santé, les yeux de votre fils se développent parfaitement bien.

Il me sourit en me disant qu'il est fort probable que ce soit moi qui la lui ai transmise.

Cette nuit, je me réveille une nouvelle fois en sursaut, toujours à cause du même cauchemar, Léo qui marche et vient me souffler quelques mots à l'oreille ; c'est vraiment angoissant, digne d'un film d'horreur. Là encore, je ne réussis pas à me souvenir de ce qu'il chuchote.

Ce matin, alors que nous sommes enfin en week-end, une légère tension s'immisce entre Tania et moi, car elle souhaitait qu'on passe les deux jours tous les trois dans un spa proche de chez nous. Quand je lui ai annoncé que mes parents venaient, elle m'en a un peu voulu. Ils habitent à deux heures de route et ça leur fait toujours plaisir de venir nous voir, alors j'essaye de les inviter dès que nous avons un week-end de libre. Elle adore pourtant mes parents, mais ça fait longtemps qu'elle a cette idée en tête.

— Tania, descends ! Mes parents sont là.

— J'arrive ! Je termine de donner le bain à Léo.

Il a toujours un petit pansement à l'arcade. Pour éviter qu'ils ne paniquent et ne s'inquiètent inutilement, nous n'avons pas révélé à mes parents notre passage aux urgences. Nous leur racontons juste l'incident et les rassurons.

On passe la soirée à discuter de tout et de rien, Léo étant généralement au centre de la conversation. Mon père n'arrête pas de raconter des histoires drôles ; même s'il ressort souvent les mêmes, on fait semblant de rire comme si c'était la première fois. Ma mère nous regarde, Tania et moi, avec attendrissement, elle est tellement contente d'être grand-mère.

Soudain, mon père me lance :

— Alors, fiston, comment ça se passe au travail ?

— Oh, tu sais, c'est un peu compliqué en ce moment, mon entreprise vit une période difficile.

— Accroche-toi, tu as un bon poste, il ne faut pas le perdre !

Il a toujours pensé et m'a toujours enseigné qu'il fallait travailler dur dans la vie, et que les gens qui ont du mérite sont ceux qui l'obtiennent à la sueur de leur front.

Bien que je sois d'accord avec lui sur certains points, j'ai une vision de la vie différente. Quand je regarde ces dix dernières années durant lesquelles je me suis tué à la tâche, tout en manquant nombre d'opportunités de passer plus de temps avec mes proches, je me demande à quoi cela m'a servi : j'ai les mêmes problèmes qu'auparavant, tout en restant quasiment au même niveau. J'ai eu droit à une augmentation il y a deux ans, mais vraiment minime.

Je pense que le plus important aujourd'hui est de faire ce qui me plaît. Le jour où mon entreprise ne correspondra plus à mes attentes, alors je changerai.

Mais pour le moment, nous n'en sommes pas là, on verra ce que me réserve l'avenir.

On a passé un très bon week-end, je me suis bien ressourcé. Je repartirai du bon pied cette semaine. Mes parents étaient vraiment contents de voir Léo, je me suis rapproché de Tania et elle a oublié cette histoire de spa. Je vais essayer de lui faire la surprise et de réserver bientôt quelques jours là-bas.

Malheureusement, ce soir, on se couche une nouvelle fois sous tension, tout ça à cause de cette histoire de tache dans l'œil de notre fils.

— J'aimerais bien que Léo voie un spécialiste. Cela me rassurerait.

— Tu ne devrais pas t'en faire avec ça, je suis sûre que ce n'est rien !

— Comment ça, ce n'est rien ? Tu n'en sais rien ! Et si c'était grave ? Je l'emmènerai moi-même cette semaine.

— On verra si tu as le temps, avec ton travail, j'en doute !

Juste avant de m'endormir, je la prends dans mes bras et lui souffle à l'oreille que je l'aime. Elle se retourne, m'embrasse et me répond qu'elle aussi. La suite nous appartient…

Lundi matin. À quelle sauce vais-je être mangé, je me le demande bien. Je prends tout de même le temps, avant de partir, d'appeler un ophtalmologue, le Dr Loreul, qui me fixe un rendez-vous pour le jeudi suivant à 16h30. Ça tombe bien, je dois voir Marc le week-end prochain, je pourrai lui en dire plus sur cette tache qu'a également Matéo.

Contrairement à ce que je pensais, ça se passe plutôt bien au bureau. Nous avançons correctement avec Jimmy sur la compréhension du résultat de la semaine dernière et sur la prochaine phase de test.

Il y aurait, à l'intérieur du produit, un agent bactérien qui détériorerait le cuir chevelu. Nous avons réussi à isoler l'agent en question, mais le problème est qu'il est indispensable pour que la lotion soit efficace et que la repousse des cheveux se fasse de manière rapide et continue. Nous sommes donc à la recherche d'une solution de remplacement. Il est hors de question pour mes chefs de renoncer à cette qualité, on nous l'a bien fait comprendre. Malheureusement, les recherches peuvent nous prendre un ou six mois, nous n'avons aucune visibilité à ce niveau…

J'ai une nouvelle réunion jeudi, à laquelle je suis convoqué cette fois-ci tout seul, sans Jimmy. Curieux.

Le début de semaine se passe également bien à la maison. Léo nous fait beaucoup rire avec ses grimaces et ses babils, il est drôle.

Quelle chance d'avoir construit cette famille… La vie nous a fait un beau cadeau, et j'espère que d'ici à un ou deux ans, on aura un deuxième enfant. On en parle souvent.

Je suis reconnaissant à Tania d'être à mes côtés et de me soutenir depuis toutes ces années. Je sais que je ne suis pas facile à vivre tous les jours, j'ai mon caractère et je suis aussi têtu. Vivre avec une personne, c'est accepter le bon et le moins bon, je l'ai bien compris une fois qu'on a emménagé ensemble.

Un couple, c'est comme la construction d'une maison. Il y a des hauts et des bas, des bonnes et des mauvaises nouvelles, des moments de joie et des moments de doute. Ce qu'il faut retenir, c'est que les fondations sont dans la communication. Tania et moi avons toujours parlé de ce qui n'allait pas afin de désamorcer les conflits assez rapidement. Même si certaines crises durent plusieurs jours, en général, on arrive toujours à y faire face.

— Chérie, demain je passerai chercher Léo avant 16 heures, je l'emmène chez le Dr Loreul.

— Tu vas y arriver avec ton travail ?

— Oui, j'ai prévenu le bureau que je m'absenterai.

— Tu ne crois pas que tu perds ton temps avec ça ?

— Peut-être, mais ça ne coûte rien de vérifier.

— Tu as sûrement raison. Je devrais plutôt être fière de toi que tu prennes soin de notre fils. Je t'aime.

— Je t'aime aussi, bonne nuit.

Il est 5 heures du matin et je me réveille de nouveau en sursaut ! Même cauchemar. Ça commence à me faire peur cette histoire. Impossible de me rendormir ensuite, ça me perturbe terriblement.

Il est 8h55 quand j'entre dans le bureau de mon supérieur, où se trouve déjà Didier. Cela me fait plaisir et me rassure. Une autre personne, que je n'ai jamais vue, est assise à côté de lui.

— Bonjour, Éric, comment allez-vous ?

— Très bien et vous ?

— Parfait, asseyez-vous, je vous en prie. Je vous présente Dimitry, notre directeur marketing et commercial. On vous a convoqué ce matin pour une annonce importante.

Je m'attends au pire : mes mains deviennent moites, et des gouttes de sueur perlent dans mon dos. Ils vont me virer ou quoi ?

— Vous le savez, ce n'est un secret pour personne, nous sommes dans une période difficile. Nous avions mis tous nos espoirs dans la lotion sur laquelle vous êtes en train de travailler, et les derniers tests nous mettent dans une position très délicate. Or nous avons pris et signé des engagements avec des délais que nous devons absolument tenir.

— Je comprends parfaitement et je fais vraiment mon possible pour remplacer l'agent incriminé. Je pense que d'ici à deux mois, Jimmy et moi aurons bien avancé.

— Le problème est que nous n'avons pas deux mois, mais deux semaines et pas une de plus.

— Deux semaines ? Mais c'est trop court, je n'aurai même pas le temps de finaliser les premières phases de test des nouveaux agents.

— Ce qu'on voudrait savoir, c'est le risque actuel

d'utiliser la lotion en l'état. Nous souhaitons que vous arrêtiez pour le moment de chercher une solution de remplacement et que vous nous fassiez un rapport sur tous les risques éventuels d'utilisation du produit.

— En l'état ? Ce n'est pas possible, vous le savez parfaitement ! Il n'est pas opérationnel et peut causer de graves séquelles. Pour le moment, on ne sait pas grand-chose. L'analyse a, en effet, révélé que la lotion était instable, mais nous n'avons pas davantage d'informations sur les éventuels effets secondaires.

— Du calme. Dans deux semaines, nous devons impérativement présenter quelque chose à nos différents partenaires commerciaux, ou alors l'entreprise devra mettre la clé sous la porte. Est-ce que l'on peut compter sur vous ?

— Oui… enfin… je ne sais pas, c'est très court, trop court ! On va forcément courir un risque énorme si on le commercialise, et les phases de contrôle de mise en marché ne seront pas positives.

— Ne vous inquiétez pas pour ça.

— O.K., je vais faire au mieux.

— Parfait, merci, Éric, nous savions que nous pouvions compter sur vous. Prévenez Jimmy de cette nouvelle directive et mettez le paquet pour nous sortir un rapport des plus détaillés dans les délais.

— Très bien, je m'y remets.

Cette réunion me laisse vraiment perplexe. Je ne peux pas les laisser mettre cette lotion sur le marché, c'est hors de question ! Je suis garant de son bon fonctionnement, et cela pourrait me retomber dessus en cas de problème. J'irai voir Jimmy pour faire un maximum de tests, puis j'agirai en conséquence.

Je passe la journée à repenser à cette réunion, effrayé par la tournure que cela prend.

Mon alarme de téléphone sonne. Avec tout ça, j'avais oublié le rendez-vous de Léo chez l'ophtalmo.

Je passe chercher mon fils à la crèche, puis on file chez le Dr Loreul. Non seulement je le trouve très professionnel, mais en plus, j'ai pu constater lors de ma dernière visite qu'il avait de l'humour. Bref, je l'apprécie.

— Je viens pour mon petit garçon Léo, j'ai remarqué qu'il avait une tache dans l'œil que je n'avais jamais vue auparavant.

— On va regarder cela. Est-ce que vous pouvez l'installer sur la chaise ? Je vais l'examiner.

Deux minutes plus tard, Loreul se tourne vers moi.

— Tout est bon, pas d'inquiétude à avoir, c'est certainement génétique. C'est soit votre femme, soit vous qui la lui avez transmise. Elle devrait disparaître normalement au bout de quelques années.

— Vous me rassurez. Merci. Quelle est la probabilité pour que deux enfants aient exactement la même tache aux mêmes endroits ?

— Si cet enfant est de vous ou de votre femme, la probabilité est grande, si ce n'est pas le cas, elle est très minime, voire proche de zéro.

Je blêmis.

— Quelque chose ne va pas, Éric ?

— Si, si, excusez-moi. Je suis soulagé que ce ne soit pas grave, je m'en doutais, mais je voulais juste m'en assurer.

— Vous avez bien fait, n'hésitez pas à revenir si besoin.

— Merci, docteur, à bientôt.

Sur la route, des milliers de questions me viennent : comment est-il possible que Matéo, le fils de mon ami Marc, ait exactement la même tache, puisque, comme me l'a dit Loreul, elle est héréditaire ?

Tania, à son retour, me demande comment s'est passé le rendez-vous. Je la rassure sur le fait que la tache est bénigne, mais je décide de ne pas lui en dire plus.

En allant me coucher, je me sens bizarre. Il y a quelque chose qui cloche.

CHAPITRE 2

La révélation

Je me réveille soudain en sursaut. Il est 5 h 35. Je viens de faire le même cauchemar : Léo entre dans notre chambre, s'approche de moi et me souffle à l'oreille quelque chose, mais cette fois-ci j'entends ce qu'il me chuchote :

— Je ne suis pas ton fils !

De violents tremblements s'emparent de tout mon corps, j'ai la tête prête à exploser. Je me lève, vais boire un grand verre d'eau et m'assois sur le canapé pour réfléchir. Non, ce n'est pas possible… Tania m'aurait-elle trompée avec Marc ? Cette tache dans l'œil viendrait-elle du fait que mon meilleur ami est le père de mon petit Léo ? Je commence à me remémorer tous les moments où ils étaient ensemble. Ils étaient en effet très proches, mais de là à avoir une liaison…

Je suis pris d'une crise d'angoisse, je me blottis sur

le canapé, ne sachant ni quoi faire ni quoi dire. Une bouffée de stress m'envahit et me fait pleurer. Je suis partagé entre la colère et la tristesse. Au bout de longues minutes, j'arrive à me calmer, à prendre le temps de me détendre et à me dire que tout ceci n'est qu'une hypothèse, qu'il n'y a rien de sûr et qu'il ne faut pas que je tire de conclusions trop hâtives. Il faudra tout de même que j'aborde le sujet avec Tania, et je redoute déjà ce moment.

Une heure plus tard, elle se lève. À ma tête, elle sait déjà que quelque chose ne va pas. Je lui réponds que j'appréhende la journée de travail qui m'attend. Elle m'étreint et cherche à me rassurer. Quelques minutes après, c'est au tour de Léo de se réveiller. Je l'embrasse et prends le temps de bien le regarder. Des larmes montent, mais je fais tout pour me contrôler.

Je décide de partir plus tôt au laboratoire, car j'ai de plus en plus de mal à garder mon sang-froid. Ma colère devient difficile à contenir.

Une fois arrivé, un mot m'attend sur mon bureau : j'ai un nouveau rendez-vous avec la direction à 9 heures. À l'heure dite, j'entre dans le bureau de mon directeur. Cette fois-ci, il est tout seul.

— Bonjour, Éric. Je vais faire court, nous avons appris que nous n'avons même pas le délai de deux semaines dont je vous ai parlé hier. Nous devons envoyer le produit pour sa commercialisation.

— Comment ça ? Vous voulez le mettre sur le marché sans même connaître les effets secondaires de l'agent défaillant ?

— Oui, je n'ai plus le choix. Si je ne le fais pas, la compagnie va mettre la clé sous la porte. Continuez tout de même vos phases de test et, dans deux semaines, livrez-nous un premier diagnostic.

— Et s'il est mauvais ? Des personnes auront déjà commencé à l'utiliser ! Je ne suis pas d'accord, vous ne pouvez pas faire ça.

— Écoutez, Éric, pour être plus clair avec vous, je ne vous demande pas votre avis, seulement de préparer les échantillons aujourd'hui pour qu'ils soient envoyés ce soir au laboratoire.

Je me lève brusquement et élève la voix violemment :

— Je refuse !

— Si vous ne le faites pas, vous êtes viré, ce ne sera plus la peine de revenir !

Une colère terrible monte en moi. Je me rapproche de mon directeur et balance par terre tout ce qu'il y a sur son bureau.

— Vous êtes fou ! Qu'est-ce que vous faites ?

— Je t'emmerde ! Virez-moi, parfait ! Il est hors de question que je participe à ce que vous allez faire !

— Très bien ! Prenez vos affaires et dehors, je n'ai pas de temps à perdre avec des gens comme vous.

Je claque violemment la porte et entre en trombe dans mon bureau.

— Que se passe-t-il, Éric ?

— Je démissionne, Jimmy, c'est fini, je pars !

— Quoi ? Pourquoi ? Qu'est-ce qui te prend ? Assieds-toi, on va parler.

— Pas besoin de parler, c'est déjà fait, je t'appellerai plus tard.

Je prends le maximum d'affaires et quitte mon entreprise. Une fois dans ma voiture, je réalise ce qui vient de se passer. J'ai envie de tout casser. Je ne sais pas quoi faire, je ne sais plus quoi faire. J'aimerais aller voir Marc, mais je ne peux pas y aller tant que je n'ai pas parlé à ma femme.

Je décide d'appeler Tania.

— Chérie, t'es où ?

— Au travail, où veux-tu que je sois ? Qu'est-ce qu'il t'arrive ?

Je craque complètement quand j'entends sa voix et me mets à sangloter.

— Écoute, il se passe des choses étranges. Il faut que je te parle tout de suite, je viens de perdre mon travail.

— Quoi ? Ton travail ? Mais comment ça se fait ? Ils t'ont viré ?

— Je t'expliquerai, ce n'est pas le plus important. Pour le moment, je dois te parler de quelque chose.

— Je ne comprends rien à ce que tu me dis. On se voit ce soir et on en parle, O.K. ?

— Non ! Pas ce soir, maintenant !

— Mais je travaille, calme-toi !

— Arrange-toi comme tu peux, sinon je débarque à ton centre !

— Je peux faire une pause dans trente minutes et te rejoindre dans la cour devant mon bureau, ça te va comme ça ?

— Ça marche, à tout de suite.

La pression monte encore d'un cran. J'ai l'impression que le monde autour de moi s'écroule littéralement. Je ne sais pas comment aborder le sujet. Même si tout ceci est vrai, je me dis qu'il est impossible que Léo ne soit pas mon fils.

Une demi-heure plus tard, j'arrive enfin sur la place et aperçois Tania.

— Alors, que se passe-t-il ? Tu m'inquiètes !

— Écoute-moi sans m'interrompre, s'il te plaît. Il faut que je te parle de quelque chose qui m'obsède et je n'en peux plus.

— Vas-y, je t'écoute.

— Tu te rappelles le rendez-vous que j'ai eu hier avec l'ophtalmo ? Il se trouve que je ne t'ai pas tout dit. J'ai vu le fils de Marc l'autre jour : il avait la même tache dans l'œil que Léo. J'ai demandé à Loreul la probabilité pour que deux enfants aient la même. Il m'a répondu que c'était pratiquement impossible, sauf s'ils avaient tous les deux la même mère. Ou le même père.

Tania devient soudain toute rouge.

— Je n'ai pas fini. Depuis quelque temps, je fais le

même cauchemar. Léo vient dans notre chambre et me souffle quelques mots à l'oreille. Cette nuit, j'ai enfin réussi à comprendre ce qu'il me disait : «Je ne suis pas ton fils.»

— Pourquoi me dis-tu ça ? Ce n'est qu'un rêve !

Tania est de plus en plus rouge et mal à l'aise.

— Tania, s'il s'est passé quelque chose, dis-moi la vérité !

Elle se met alors à pleurer, et je comprends à ce moment-là que mes craintes ne sont pas infondées.

— Léo n'est pas mon fils ? Tu m'as trompé avec Marc ?

— Je ne sais pas quoi te répondre, ce n'est arrivé qu'une fois. Je n'ai jamais été sûre que Léo soit de Marc jusqu'à maintenant. Nous n'avons jamais eu de relations ensuite, j'ai décidé d'y mettre fin, car c'est avec toi que je veux vivre et tu le sais.

Le monde dans lequel je vivais s'est totalement écroulé. Je viens de perdre mon travail, je découvre que ma femme m'a trompé et menti pendant tout ce temps et que mon fils n'est pas mon fils.

— Ne pars pas ! Dis-moi quelque chose ! Où vas-tu ?

— Tu veux que je te dise quoi ?

Je me mets à hurler, si bien que tous les gens autour de nous se retournent.

— Calme-toi, chéri, on va en parler !

— Je n'ai plus envie de parler !

Je file à la voiture, monte dedans et pars sans me retourner.

Je roule sans m'arrêter pendant trente minutes sans savoir où je vais. Je suis complètement perdu et ne sais pas quoi faire. Pourquoi m'ont-ils fait ça? Comment ai-je pu passer à côté? Ma femme et mon meilleur ami! Tania et Marc couchant ensemble, rien que l'imaginer me donne envie de vomir.

Je finis par m'arrêter devant un petit parc. Il n'y a presque personne, seulement quelques mamans avec leurs enfants jouant près de la balançoire. En les voyant, je pense à mon Léo… Cela me rend triste et furieux. Quoi qu'il arrive, je le considérerai toujours comme mon propre fils.

J'essaie de faire le vide; la colère retombe un petit peu et je m'assois sur un banc. Au loin, je vois un vieillard marcher difficilement. Il se rapproche doucement de moi, la mine radieuse. Son visage reflète des choses complètement différentes de sa façon de marcher. Il se rapproche de plus en plus et, bien que d'autres bancs soient libres, c'est le mien qu'il choisit. Ce n'est pas gênant, mais je ne suis pas dans un jour où j'ai envie de faire causette avec un inconnu pour passer le temps.

Il s'assoit à côté de moi et me sourit.

— Bonjour, Éric, me dit-il.

— Bonjour. On se connaît?

Le vieillard se met à rire.

— Oui, on peut dire ça. Disons que je connais beaucoup de choses.

Il me met un peu mal à l'aise.

— Je me présente, je m'appelle Roger. Maintenant, toi aussi, tu me connais.

— Enchanté, Roger.

Il se passe une longue minute sans que personne parle. Soudainement, il me prend la main, ce qui me déstabilise encore plus.

— Que faites-vous ?

Il presse ma main contre la sienne et me regarde droit dans les yeux.

— Je ressens beaucoup de stress et de colère au fond de toi, Éric.

— Si vous aviez vécu la même journée que moi, vous seriez dans le même état.

— Veux-tu qu'on en parle ?

Je retire ma main de la sienne.

— Excusez-moi, mais… que faites-vous ici ? Vous habitez là ?

— Pas vraiment, je suis un voyageur.

— Un voyageur ? À votre âge ? Où habitez-vous ?

— Pourquoi veux-tu absolument mettre une personne dans une maison ? J'habite dans le monde.

Je me mets à rire, c'est plus fort que moi.

— Voilà une bonne chose, Éric, notre conversation t'aura au moins fait sourire.

— Oui, mais ce n'est pas ça qui va régler mes problèmes.

— Dans un avenir proche, tu verras que tu pourras pardonner à Tania ce qu'elle t'a fait.

— Mais attendez ! Comment vous connaissez ma femme ? Comment vous savez que je lui en veux ? Et comment vous connaissez mon prénom ?

— Ne t'énerve pas. Comme tu le vois, je suis juste une personne âgée qui se balade dans un parc et qui veut simplement te parler.

— D'accord, mais comment est-ce possible que vous sachiez tout ça ?

— Comme je te l'ai dit, je sais beaucoup de choses. Faisons un pacte tous les deux, si tu acceptes de discuter un peu avec moi, alors je te dirai qui je suis.

Je réfléchis un moment. Au point où j'en suis, je n'ai plus grand-chose à perdre et je ne sais pas quoi faire d'autre.

— D'accord, allons-y pour une conversation.

— Que vois-tu en face de toi ?

— De la pelouse.

Le vieillard se met à rire.

— Qu'est-ce qui vous fait rire ? Vous voyez quoi, vous ?

— Des opportunités.

— Dans la pelouse ? Non, mais vous vous fichez de moi ou quoi ?

Roger rit de nouveau, ce qui a le don de m'énerver. Il n'a pas choisi le bon jour pour se moquer de moi.

— Oui, je vois des opportunités. Je vois au loin une famille qui joue à la balançoire, je vois des arbres qui dégagent de l'oxygène, je vois des petites plantes magnifiques qui poussent sur cette pelouse, je vois…

— O.K., j'ai compris, vous voyez plein de choses…

— Ce que je veux simplement te montrer ici, c'est que nous sommes tous les deux assis à la même place, nous regardons dans la même direction, mais nous voyons des choses totalement différentes.

— Et alors ?

— Alors, si je regarde ta vie actuelle, c'est la même chose. J'y vois des opportunités.

J'explose d'un rire nerveux.

— Je viens de perdre mon fils, ma femme et mon job. Sacrées opportunités !

— Toi aussi, bientôt, tu pourras voir celles qui t'entourent. Fais-moi confiance.

— Vous faire confiance ? Mais je ne vous connais pas ! D'ailleurs, fin de la conversation, à vous de vous présenter maintenant ! On a fait un marché, à vous de l'honorer.

— Je t'ai dit que je te dévoilerai mon identité, mais je ne t'ai pas dit que je le ferai aujourd'hui. Viendra le temps où je te dirai d'où je sais toutes ces choses sur toi, mais pas maintenant, tu n'es pas encore prêt.

— Prêt à quoi ?

— Sois patient ! Et quand tu passes un accord avec quelqu'un, fais en sorte d'ajouter de la clarté dans cet accord, cela évitera les malentendus.

Pour qui se prend-il, sérieusement ? Je garde mon calme, mais j'ai envie de hurler.

— C'est bon, j'abandonne. Merci pour cette conversation. Bonne journée.

— Je n'ai pas fini de te parler, je t'attendrai demain matin sur ce banc à 8 heures précises.

— Vous pensez vraiment que je vais revenir ? Je ne sais même pas où je vais dormir ce soir, et demain matin j'aurai certainement mieux à faire que de venir ici. Désolé, Roger, il faudra vous trouver quelqu'un d'autre.

— Quoi que tu dises, je serai là demain matin à 8 heures. Si tu veux savoir où dormir ce soir, écoute-toi. La réponse à toutes tes questions se trouve en toi.

— Franchement, vous avez l'air gentil à première vue, mais vous divaguez de plus en plus. Quand allez-vous me dire qui vous êtes ?

— Je te l'ai dit, je m'appelle Roger. Je suis un voyageur. Pour le reste, je te le dirai quand tu seras prêt.

Il se lève, reprend ma main, me regarde droit dans les yeux et me souhaite une bonne journée.

— N'oublie pas, me dit-il en partant, je serai sur ce même banc demain à 8 heures.

Il marche quelques mètres puis se retourne.

— N'oublie pas les deux premières leçons que tu as apprises aujourd'hui. Leçon numéro un : «Quand tu demandes quelque chose, ajoutes-y de la clarté.» Et leçon numéro deux : «Toutes les réponses à tes questions se trouvent en toi.»

Puis il disparaît à un tournant. Il peut rêver, j'ai d'autres choses à faire demain matin.

Me voilà de nouveau tout seul, en plein milieu de ce parc, et ce vieillard sorti de nulle part a réussi à attiser ma curiosité : comment diable peut-il connaître mon prénom, Tania et tous mes problèmes ?

J'ai une envie soudaine d'aller chez Marc pour qu'on s'explique violemment, mais je sais au fond de moi que cela ne va rien m'apporter, du moins rien de bon.

En sortant mon téléphone de ma poche, je vois neuf appels manqués de Tania et trois de Marc. Tania a dû le mettre au courant.

Deux options s'offrent à moi pour cette nuit : soit je rentre chez moi, mais on fera lit séparé, soit je vais à l'hôtel. Il est plus sage d'aller à l'hôtel. J'envoie un message à Tania pour la rassurer : « Je vais bien, je ne rentrerai pas ce soir. Embrasse Léo pour moi. »

Pour la dixième fois, elle essaie de m'appeler. Je n'ai pas envie de lui parler de vive voix. Il le faudra pourtant un jour, mais pas aujourd'hui, je n'en ai pas la force.

Je trouve un hôtel Formule 1 à quelques minutes du parc, dans le centre commercial où nous allons de temps en temps au cinéma avec Tania. Des milliers de questions me taraudent et m'empêchent de trouver le sommeil. Je prends mon portable et vois 7 h 12. J'ai, malgré tout, réussi à dormir quelques heures. Le vieillard de la veille s'immisce dans mes pensées, ce Roger soi-disant voyageur. Il a quand même réussi à attiser ma curiosité.

Et si, finalement, je me rendais au parc à 8 heures… Juste pour voir ce qu'il a à me dire. Peut-être qu'il pourrait m'aider ? Me conseiller ? Une partie de moi a envie d'y aller, mais une autre partie me dit que c'est stupide, que j'ai d'autres choses à faire. En fait, si je suis honnête, je n'ai rien de prévu, puisque je viens de perdre mon emploi.

Je descends à la réception prendre mon petit-déjeuner. Six autres clients sont là, l'air déprimé ; la plupart sont certainement des ouvriers. Ça fait mal au cœur de voir des personnes passer des dizaines d'années à faire quelque chose qui ne leur plaît pas. Je suis sûr que sur ces six personnes, plus de la moitié n'aiment pas vraiment ce qu'elles font. Elles n'ont certainement pas d'autre choix, comme je n'ai pas eu le choix d'aller chaque jour au bureau, avant d'être finalement viré comme un malpropre. Je pourrais gagner beaucoup d'argent aux prud'hommes si je fournissais les preuves que mon renvoi est fondé sur une injustice et qu'ils tentent de commercialiser un produit nuisible à la santé des consommateurs. Je contacterai un avocat dans les prochains jours et je pourrais également appeler la presse si le produit est commercialisé, afin de prévenir les consommateurs. La compagnie serait alors dans une situation très inconfortable.

7 h 55. J'y vais ? Je n'y vais pas ? Allez, je n'ai rien à perdre. Direction le parc.

J'arrive un quart d'heure plus tard, accompagné d'une légère brume et d'un petit vent frais très agréable.

J'aperçois le banc d'hier, mais personne n'est là. Je m'assois tout de même et décide d'attendre quelques minutes. Une silhouette au loin se déplace lentement, avec des difficultés à marcher, je crois que c'est Roger. Arrivé à ma hauteur, il me salue.

— Comment vas-tu, Éric ?

— Comme ci comme ça. Mes problèmes n'ont pas disparu pendant la nuit… Excusez-moi, mais je suis obligé de vous faire remarquer que vous êtes en retard ! Il est presque 8 h 30, j'étais sur le point de partir.

— En fait, je dirais plutôt que c'est toi qui es en retard… J'étais là dès 8 heures, mais ne te voyant pas, je suis allé marcher un peu, puis je suis revenu. Je n'avais pas prévu de t'enseigner cela tout de suite, mais tu viens par la force des choses d'apprendre une nouvelle leçon. Ce que tu fais aux autres en bien ou en mal te revient !

— Vous avez donc fait exprès de me faire attendre ?

— En quelque sorte, oui. Tu ne reçois pas forcément le jour même ou le mois d'après, mais ce que tu fais aux autres te revient dans la vie d'une manière ou d'une autre.

— Ne m'en voulez pas si je suis perplexe.

— Je ne t'en veux pas, c'est ce qu'ils disent tous au début.

— Qui ça « ils » ? Vous faites ça avec d'autres personnes ?

— Patience, Éric, patience. Tu peux tout obtenir

avec de la patience. Si ce sont des réponses que tu veux, tu les auras, sois juste patient.

— Bon, je suppose que je n'ai pas le choix de toute manière.

— As-tu réfléchi aux leçons que nous avons vues hier ?

— Non, pas vraiment. Pour être honnête, je ne m'en souviens plus trop. Vous comprenez que j'ai d'autres chats à fouetter en ce moment.

— Voici les trois premières leçons que je t'ai enseignées : « quand tu demandes quelque chose, ajoutes-y de la clarté » ; « toutes les réponses à tes questions personnelles se trouvent en toi maintenant » ; « tout ce que tu fais aux autres en bien ou en mal te revient ». Retiens-les, elles te serviront pour ton prochain voyage.

— Je n'ai pas prévu de voyager !

— C'est vrai, mais sais-tu que le meilleur qui me soit arrivé dans la vie était bien souvent de l'imprévu ?

— Peut-être, mais là, j'ai autre chose à faire. Où serais-je censé partir ?

— Où tu veux, je ne peux décider à ta place. Ce que je te propose, c'est de partir à l'aventure tout seul, pendant un mois. Pendant toute la durée de ton escapade, tu pourras me joindre par téléphone et nous pourrons continuer à parler tous les deux. Tu me feras le bilan de ce que tu as vécu, de ce que tu as vu et des leçons que tu en tires. Qu'est-ce que tu en penses ?

— Vous êtes un peu dingue, non ?

Roger se met à rire aux éclats.

— Beaucoup de gens me le disent, jusqu'à ce qu'ils découvrent la vérité.

— Dites-la-moi, alors !

— Je ne peux pas, Éric, car elle est propre à chacun. La tienne, actuellement, me décrit comme quelqu'un de fou. Tu verras qu'avec le temps, elle changera non seulement sur moi, mais aussi sur la vie, sur le monde et sur tout ce qui t'entoure.

— Tout ça a l'air bien intéressant, mais en quoi cela va-t-il m'aider à améliorer ma vie et à résoudre mes problèmes actuels ? Vous voulez vraiment que j'abandonne tout et tout le monde pendant un mois ?

— Je comprends que ça te fasse peur, mais penses-tu que tu as quelque chose à perdre à partir ? Ou, au contraire, quelque chose à y gagner ?

— Je suis persuadé que ce voyage serait intéressant, mais oui, ce que j'ai à y perdre, c'est de l'argent ! Je n'ai pas de moyens illimités. C'est peut-être votre cas, mais ce n'est pas le mien.

Le vieillard sourit.

— Intéressant point de vue, qui n'est pas le mien. Tu es beaucoup plus riche que tu ne le penses ! Et si c'est avoir de l'argent qui t'intéresse, tu verras que tu as aussi des moyens illimités.

— Appelez mon banquier, je peux vous assurer qu'il va vous démontrer le contraire.

— Ton banquier ne peut malheureusement pas voir la richesse qui se cache en toi.

— C'est bien beau tout ça, mais ce qui l'intéresse, comme moi, c'est le montant inscrit sur mon compte.

— Tu as raison, et c'est pour cela que tu n'as pas beaucoup d'argent.

— Comment ça ?

— N'allons pas trop vite. Si et uniquement si tu t'engages à suivre mes instructions, tu découvriras des informations qui vont bien plus loin et qui ont bien plus de valeur que des euros sur un compte.

— Je vous connais à peine, Roger. Ce que vous dites a du sens, enfin… certaines fois, mais comment vous faire confiance ? Qui êtes-vous, un gourou ? Dois-je vous payer pour tous les conseils que vous me donnez ? Comme je vous l'ai dit, je ne suis pas riche comme Crésus.

— Garde ton argent pour toi, tu m'apporteras bien plus que cela. Pour ce qui est du voyage, suis simplement ce qu'il y a en toi. Te rappelles-tu la leçon numéro deux : « Toutes les réponses à tes questions personnelles se trouvent en toi » ? Alors, écoute-toi.

— Ça ne m'avance pas énormément. Je tâcherai d'y penser en tout cas, mais je ne vous promets rien. Où puis-je vous contacter ?

Il me tend un papier sur lequel est inscrit un numéro de portable.

— Bon, c'est noté, je vous appellerai, mais je ne vous promets rien.

— C'est de ta vie qu'il s'agit, Éric, non de la mienne. Cette décision t'appartient, comme toutes celles que tu prends dans ta vie. Les résultats que tu obtiens actuellement sont la conséquence de tes choix antérieurs.

— Donc, si je comprends bien, c'est ma faute si ma femme m'a trompé ?

— Oui.

— Comment ça, oui ? Vous êtes sérieux, là ?

— Oui.

— Vous allez simplement vous contenter de me répondre « oui » ?

— Oui, car il est encore trop tôt pour te l'expliquer. L'information entre dans ta vie quand tu es prêt à la voir ou à la recevoir. Maintenant, je dois partir. J'ai été ravi de parler avec toi ce matin, merci. Rien qu'avec cette conversation, je me sens bien et je vais passer une magnifique journée.

— Vous avez de la chance, il ne vous faut pas grand-chose pour être heureux.

— Ce n'est pas une question de chance. La chance, comme tu l'appelles, se provoque. Tu en as autant que moi si tu le désires.

— J'aimerais que ce soit le cas.

— Passe une bonne journée, Éric, félicite-toi d'être venu à ce rendez-vous ce matin, tu as pris une sage décision.

— Comment le savez-vous ?

— Je le vois sur ton visage. À bientôt.

— À bientôt et merci aussi.

— Tu progresses ! Tu viens d'employer un des mots les plus puissants que tu puisses prononcer : « merci ».

Roger s'éloigne dans la brume matinale, et je reste sur mon banc à penser à tout ce qu'il vient de m'enseigner. Il a vraiment un don pour captiver les gens. Je me suis vraiment senti concerné par tout ce qu'il m'a raconté. De là à partir un mois en voyage, je ne suis pas encore convaincu. Je doute que ce soit la meilleure période, mais j'y réfléchirai.

CHAPITRE 3

La confrontation

Tania a essayé de me rappeler deux fois ce matin. Même si je n'ai pas envie de cette discussion avec elle, je ne pourrai pas passer à côté.

— Écoute, il faut qu'on discute. Viens à la maison ce soir, je finis à 18 heures aujourd'hui.

— Je vais y réfléchir.

— Éric, je t'en prie, ça s'est passé il y a si longtemps ! Tu sais que je t'aime. J'ai fait une erreur, je le regrette et j'aurais dû te le dire bien avant, mais j'avais peur de ta réaction. Je te demande pardon du fond du cœur.

— Écoute, Tania, c'est très dur à encaisser et, pour être honnête, je ne sais pas si je pourrai te pardonner un jour. Moi aussi je t'aime, mais j'ai perdu confiance en toi. En plus, j'ai aussi perdu mon job hier, donc laisse-moi du temps.

— J'ai appelé Marc pour le prévenir. J'avais peur que tu débarques chez lui et que tu fasses une bêtise. Crois-moi, il regrette réellement ce qui s'est passé.

— Le mal est fait. Est-ce que Jeanne est au courant ?

— Je ne crois pas. Que vas-tu faire, tu vas lui dire ?

— Ce n'est pas mon rôle, c'est son problème, pas le mien. J'en ai déjà assez comme ça. Je ne te promets rien pour ce soir. J'ai encore besoin d'être seul et de réfléchir.

— J'ai besoin de te voir ce soir. Je n'ai pas dormi de la nuit, on ne peut pas rester dans cette situation sans se voir. Fais-le au moins pour Léo.

— Passe une bonne journée, je te tiens au courant.

— Chéri, je t'aime. Je suis désolée, tellement désolée. Si tu savais à quel point…

Il semblerait que la nuit ait porté ses fruits : je me suis calmé et me suis trouvé plutôt détendu au téléphone. Ma situation est catastrophique, mais rien ne sert de l'empirer en faisant n'importe quoi. Si je rentre ce soir, c'est uniquement pour voir Léo. J'appréhende de me retrouver en face de Tania.

Je passe la matinée à marcher dans le parc, à réfléchir, à regarder autour de moi les gens rire et sourire autour des balançoires. J'ai repensé à ce que Roger m'a dit, et nos deux dernières conversations m'ont vraiment apaisé, si bien que j'ai envie de le revoir. J'avoue, j'ai passé mon temps à regarder s'il était dans le coin. Quelques questions me sont venues par rapport au voyage, et j'aurais aimé lui en parler. Et si je l'appelais ? Pourquoi pas, il sera peut-être disponible cet après-midi.

Alors que je suis en train de réfléchir, je reçois un coup de téléphone de Didier, mon ancien supérieur. Il regrette que la situation se soit envenimée à ce point-là et me demande de revenir au bureau afin de trouver un terrain d'entente. Je lui réponds que si le président reste campé sur ses positions et qu'il commercialise le produit sans avoir les résultats finaux des tests, je ne remettrai pas les pieds dans ce bureau.

Il comprend, ne cherche pas à me convaincre et souhaite juste savoir comment je vais. Même si je m'entends bien avec lui, je ne lui parle ni de Tania ni de mes problèmes personnels. Il conclut en me disant qu'il est là en cas de besoin. Peut-être qu'un jour, si nous allons boire un verre ensemble, je lui en parlerai. J'apprécie vraiment qu'il prenne de mes nouvelles.

Pour le déjeuner, je m'arrête dans un petit bistrot où je suis déjà venu avec Tania il y a quelques années. Une famille avec deux enfants est installée à côté de moi. Cela me rappelle ma situation et m'attriste de savoir que les bases de notre famille ont été construites sur un mensonge.

Une question revient sans cesse : que vais-je faire ? Je n'ai plus de travail, et je ne sais pas si je pourrai pardonner à Tania un jour et si on pourra revivre ensemble. Je pense aussi à Léo : avoir des parents divorcés n'est pas le meilleur environnement pour un petit garçon. Ma situation est tellement compliquée ! Pourquoi cela m'arrive-t-il maintenant ? Il y a une semaine encore, tout allait bien et, en un jour, tout s'est effondré. Comment est-ce possible ? La vie est étrange, elle vous offre parfois beaucoup de choses et peut tout vous reprendre très rapidement.

Je quitte le restaurant et me décide à téléphoner à Roger. C'est plus fort que moi. J'aurais pu appeler mes parents, un ami proche, mon frère, mais non. Roger m'a véritablement intrigué, il peut sans doute être de bon conseil.

— Bonjour, Roger, c'est Éric.

— Non, désolée, monsieur, je m'appelle Hélène.

— Roger habite-t-il ici ? Si oui, puis-je lui parler ?

— Attendez, je vais voir s'il est disponible.

Étrange… qui est cette femme ?

— Oui, mon garçon ?

— Bonjour, Roger. J'espère que je ne vous dérange pas ?

— Je t'ai donné ce numéro pour que tu puisses m'appeler, que se passe-t-il ?

— J'ai passé ma matinée au parc, sans être encore rentré chez moi. Je suis perdu… je ne sais pas quoi faire. Auriez-vous un conseil à me donner ?

— Que veux-tu, Éric ?

— Comment ça, qu'est-ce que je veux ?

— Pour savoir ce que tu dois faire, il faut que tu saches ce que tu veux. Sinon, comment peux-tu agir ?

Oui, ça paraît assez logique.

— Ce que je veux, c'est arranger la situation et trouver une solution, s'il en existe une. Je veux me sentir bien à nouveau.

— Une chose à la fois, Éric. C'est une bonne chose que de vouloir arranger la situation dans laquelle on se trouve. Plus tu seras focalisé sur la solution, plus tu en trouveras ; plus tu seras focalisé sur tes problèmes, plus ils s'amplifieront. Depuis hier, tu ressasses sans arrêt ceux que tu as en tête. Il est donc normal que tu ne trouves pas de solutions, car tu ne les recherches pas. À partir de maintenant, concentre-toi sur ce que tu veux ! Que dois-tu faire en premier pour que cette situation s'arrange ?

Le silence au téléphone lui répond. Je n'en ai pas la moindre idée.

— Tu te rappelles la leçon numéro deux : « J'ai la réponse à mes questions personnelles » ? D'après toi, comment résoudre un problème qui implique une autre personne que toi ?

— Je dois en parler avec cette personne ?

— Tout à fait ! Tu progresses vite, Éric. La communication est l'une des clés les plus importantes dans ta relation avec les autres. Si tu souhaites régler une difficulté qui te concerne ainsi que d'autres personnes, tu dois réunir toutes ces personnes et leur dire tout ce que tu as à dire, une fois pour toutes, droit dans les yeux.

— Toutes les personnes ? Je dois aussi inviter mon ami qui a couché avec ma femme ? Vous êtes fou !

— Sans doute, mais c'est toi qui m'as appelé, pas moi.

— Vous marquez un point. Merci beaucoup pour vos conseils, je vais y réfléchir.

— Attends, j'ai encore une chose à te dire. Tu viens d'apprendre la leçon numéro quatre : « Tout ce sur quoi tu te concentres s'amplifie. »

Les leçons de Roger commencent à résonner en moi. Il a certainement raison. Je pourrais certainement vivre d'une bien meilleure manière si j'appliquais ces leçons dans ma vie.

Pour le moment, je dois me concentrer sur ce que j'ai à faire : inviter Marc chez moi avec Tania… Je ne suis pas du tout à l'aise avec cette idée. Je ne sais même pas si je vais réussir à me contrôler, rien que d'y penser me rend fou. Mon intuition me souffle pourtant que ce serait l'occasion pour nous tous de mettre carte sur table, mais c'est encore trop tôt.

Après avoir longuement réfléchi, je décide de rentrer chez moi ce soir. J'ai besoin de voir Léo. Quant à Marc, je lui parlerai le moment venu.

Avant de franchir le seuil de la maison, un sentiment de peur m'envahit. Je pose ma main sur la poignée, ouvre la porte et trouve devant moi mon petit Léo et Tania, tous les deux dans le canapé. Cette fois, c'est un sentiment de bonheur qui m'envahit.

— Regarde qui est là, Léo ! Papa est rentré à la maison !

Elle s'avance et m'étreint longuement. Malgré tout, je reste immobile. Je m'approche de Léo, le prends dans mes bras et le serre fort contre moi. Cela me fait un bien fou.

Je passe la soirée à jouer avec lui dans le parc qu'on lui avait installé ; un moment où je m'évade et arrête un peu de penser aux récents événements. Si je le considérerai toujours comme mon propre fils, pardonner à Tania est trop difficile et je ne pense pas pouvoir le faire un jour. Peut-être que je changerai d'avis plus tard, mais pour le moment je n'en suis pas capable. Notre couple était fondé sur la confiance. Ma femme m'a trahi et menti pendant trop longtemps, c'est insupportable.

Une fois Léo au lit, elle souhaite me parler, mais je lui réponds que je ne suis pas encore prêt. Je lui souhaite une bonne nuit et vais dormir sur le canapé.

Elle avait triste mine quand je suis arrivé tout à l'heure et, plusieurs fois, j'ai senti qu'elle était sur le point de fondre en larmes. C'est difficile pour elle, c'est vrai, mais c'est elle qui a fauté, pas moi. À un moment, j'ai eu envie de la prendre dans mes bras, mais je me suis retenu. Je ne céderai pas.

Ce matin, je me lève de bonne heure, car j'ai eu du mal à dormir : outre deux appels de Marc hier soir, j'ai ruminé toute la nuit. Au moins, cela me permet d'aller chercher Léo dans son lit quand je l'entends pleurer.

Tania me prépare un petit-déjeuner, comme si elle

essayait de se faire pardonner et de faire en sorte que tout redevienne comme avant, même si c'est impossible. Puis elle s'approche de moi et me propose de discuter :

— Parler de quoi ? Le mal est fait ! Que veux-tu ajouter ?

— J'aimerais que tout redevienne comme avant. Je m'en veux tellement, si tu savais. Comment puis-je réparer mon erreur ? Je ferais n'importe quoi !

— Cela ne peut pas être réparé. Tu m'as trahi. Comment puis-je de nouveau te faire confiance ?

— Je ne t'ai jamais menti, sauf pour cette histoire. J'avais tellement peur que cela détruise tout ce que l'on avait construit. Et de ta réaction aussi. C'est pour ça que je ne t'ai rien dit.

— Comment as-tu pu coucher avec Marc, mon meilleur ami ?

— À ce moment-là, si tu te souviens bien, ça ne se passait pas très bien dans notre couple, et notre vie intime était loin d'être celle qu'on a construite par la suite. J'en ai parlé à Marc, et tout s'est passé très vite, on avait tous les deux bu et on a tous les deux regretté ensuite. Je te demande pardon. Je ferai tout ce qu'il faut pour regagner ta confiance.

Je coupe court à la conversation, une rage froide monte en moi. Je n'ai pas envie d'exploser et de crier, sachant que Léo est à côté. Dépitée, Tania part le déposer chez la nounou et file directement au travail. Elle tente de m'embrasser juste avant de partir, mais je la repousse.

Le reste de la semaine est très difficile. Je me laisse aller, reste enfermé toute la journée en ne voyant personne. Canapé, lit, télévision, bières… voilà mon nouveau quotidien, et le dialogue avec Tania est de plus en plus compliqué. Léo est la seule raison pour laquelle je reste.

Je décline tous les appels de Marc, ceux de mes parents et de toutes les personnes qui tentent de prendre contact avec moi. Je suis perdu, ne sais pas quoi faire. Des pensées noires me traversent l'esprit. Pourtant, il faut que je réagisse, que je prenne une décision pour mon couple, que je cherche un nouvel emploi, mais je n'ai aucune force ni aucune envie. Deux semaines passent ainsi. Je n'adresse même plus la parole à Tania. Elle me dégoûte, je me dégoûte, la vie me dégoûte.

Je ne cherche pas à joindre Roger non plus. Il semble que je fais tout le contraire de ce qu'il m'a conseillé ; je me souviens à peine des leçons qu'il m'a enseignées. Finalement, à quoi ça rime si les personnes que l'on aime le plus nous trahissent et nous brisent le cœur ? À quoi ça sert de continuer à avancer quand on n'a pas d'objectifs et que tout semble tellement compliqué ?

Un soir, alors que je suis affalé devant la télé avec une bière, Tania s'énerve, me dit de me reprendre en main. Pour faire face à cette situation, il faut qu'on avance main dans la main. Je sais bien qu'elle a raison, mais je n'arrive pas à puiser la force nécessaire pour réagir. Le seul bonheur de ma journée réside dans les deux heures où je peux jouer avec Léo.

Après trois semaines passées à traîner et à me détruire à petit feu, un après-midi, alors que Tania est au travail et Léo chez sa nounou, quelqu'un frappe à la porte.

Il s'agit d'une femme d'une quarantaine d'années que je ne connais pas. Elle arbore une mine radieuse et un large sourire, alors que la mienne est sombre et triste.

— Bonjour, Éric.

— Bonjour, on se connaît ?

— Je suis une amie de Roger, que vous avez rencontré il y a quelques semaines.

— Ah oui, vous êtes Hélène, n'est-ce pas ?

— En effet, c'est bien moi. Je voulais juste vous prévenir qu'il vous attend au parc dans trente minutes. Il m'a dit que vous comprendriez.

Je mens :

— Mais j'ai d'autres choses à faire aujourd'hui.

— Ce n'est pas une obligation, juste une invitation. Vous n'êtes pas obligé d'y aller, c'est votre choix. Il m'a juste transmis ce message.

— Bon, très bien, merci, je vais y réfléchir. Vous voulez boire un café ?

— Non merci, Éric, je dois y aller, j'ai plusieurs messages à délivrer aujourd'hui. Bonne fin de journée.

— Roger rencontre d'autres personnes comme

moi ? Dites-moi, qui êtes-vous par rapport à lui ? Sa fille ?

— Vous lui poserez directement ces questions. À bientôt, Éric, prenez soin de vous.

Elle s'éloigne, pendant que je reste sur le seuil de la porte à me demander si je dois voir mon nouvel ami. J'ai tellement honte, honte de n'avoir rien fait depuis des semaines, honte d'avoir oublié toutes les leçons qu'il m'a enseignées, honte de l'avoir laissé sans nouvelles.

Je ne peux pas rester comme ça, il faut que j'aille à sa rencontre. Qui sait, ça me permettra peut-être de réagir. Il faut que ça change, il faut que je change !

Dix minutes plus tard, je roule en direction du parc, déterminé et effrayé en même temps. J'appréhende le moment où je vais le revoir.

À 16 heures, je me gare et commence à marcher le long du chemin principal. Des familles avec des enfants jouent dans l'herbe, le soleil est au rendez-vous ; c'est très agréable et ça me fait du bien de me retrouver à l'extérieur. Un vent léger souffle. Je regarde dans la direction du banc où j'ai rencontré Roger la première fois, mais il est vide. Puis je le vois arriver en face de moi. Il se déplace vraiment difficilement : il traîne des pieds et avance très lentement. Je m'approche de lui et lui propose mon bras pour le soutenir.

— Bonjour, Éric, me lance-t-il avec un grand sourire. Tu as vu cette magnifique journée ? C'est le jour idéal pour profiter de la nature, tu ne trouves pas ?

— C'est vrai.

— Tu as bien triste mine…

— Disons que je m'en veux et que j'ai honte. Je ne vous ai donné aucune nouvelle, malgré mes promesses, et je n'ai pas appliqué vos conseils.

— Ne t'en fais pas pour ça. Ne sois pas trop sévère avec toi-même. Tiens, aide-moi, nous allons nous asseoir. Mes jambes ne sont plus toutes jeunes, elles m'ont aidé toute ma vie à me déplacer, mais aujourd'hui elles sont fatiguées, un peu comme moi. C'est la vie.

— J'ai rencontré Hélène tout à l'heure. Qui est-elle ?

— Elle m'aide dans mes différentes tâches. C'est une magnifique personne que je connais depuis très longtemps. Parlons un peu de toi, Éric. Comment vas-tu ?

— Je me suis laissé aller ces derniers temps, je n'ai rien fait de concret. C'est tellement tendu avec Tania que je ne lui adresse presque plus la parole. Je n'ai pas cherché de travail, je suis resté planté chez moi à ne rien faire, mis à part m'occuper de mon fils. Je n'ai pas trop le moral en ce moment.

— Oui, c'est plutôt logique.

— Comment ça ?

— Leçon numéro quatre, tu t'en souviens ?

— Même celle-là, vous voyez, je l'ai oubliée.

— Tout ce sur quoi tu te concentres s'amplifie. Pour résumer, tout ce à quoi tu penses dans la journée déterminera en partie les résultats que tu vas obtenir. À quoi as-tu songé en restant chez toi ces dernières semaines ? Qu'est-ce qui occupait ton esprit ?

— Je crois que vous le savez déjà avant même de me poser la question ! J'ai cogité sans arrêt sur mon meilleur ami qui a couché avec ma femme ! Rien de très positif.

— Par ta pensée, tu crées l'état émotionnel dans lequel tu te trouves, et par tes actions, cet état émotionnel s'amplifie. Il faut que tu comprennes que la manière dont tu agiras dans ta vie sera en cohérence avec ta pensée. Ton état émotionnel est donc directement relié à ta pensée, et ta pensée est déterminée par bien des facteurs. Mais nous aurons l'occasion de reparler de ce sujet plus tard.

Je commence à comprendre.

— Pourquoi voulez-vous m'aider, Roger ?

— C'est ce que je dois faire actuellement, tout simplement.

— Comment le savez-vous ?

— Je le sens, Éric. Toi aussi, tu sauras bien assez tôt ce que tu dois faire, aie confiance.

— J'aimerais bien…

— Le mouvement crée le changement ! Veux-tu rester dans l'état où tu te trouves ?

— Bien sûr que non !

— Tu dois donc te diriger vers une nouvelle voie et procéder différemment. Tu sais, beaucoup de personnes sur cette planète aimeraient obtenir des résultats différents tout en agissant sans cesse de la même manière dans leur vie. Mêmes actions, mêmes pensées, mêmes habitudes… qu'est-ce que cela produit à ton avis ?

— Leur vie ne change pas ?

— Tout à fait ! Mêmes résultats. Le mouvement crée le changement. Attention ! Cela ne veut pas dire que ce changement soit favorable. Certains choix peuvent créer un mouvement vers une nouvelle direction toxique pour toi, sans résultats positifs, mais inévitablement ce mouvement va créer du changement. Généralement, plus ton agissement est associé à une résistance, plus les bienfaits seront importants dans ta vie.

Il doit voir à mon visage que je suis perdu.

— Plus l'action que tu veux mettre en place dans ta vie est un défi pour toi, plus les bénéfices s'en ressentiront. Prenons par exemple une personne qui entretient une relation toxique depuis plusieurs années. Plus les années passent, plus la résistance de mettre un terme à cette relation s'amplifie. Il est donc judicieux d'agir le plus rapidement possible. Plus les années passent, plus les habitudes se créent, et plus la résistance prend de l'ampleur. Si, après dix ans de vie commune, la personne prend la décision de quitter l'autre, le courage dont elle fait preuve va créer un gros changement dans sa vie, en cohérence avec la résistance liée à cette décision. Cette attitude permettra non seulement à cette personne de vivre de manière beaucoup plus cohérente, mais en plus, son âme pourra pleinement s'épanouir. Elle devra, en revanche, passer par une transition inconfortable. C'est fréquemment à cause de cette dernière que la majorité des personnes confrontées à une résistance très forte ne passent pas à l'action et ne créent donc pas de changement. En effet, ce moment fait tellement peur qu'elles ne veulent pas s'y confronter.

— C'est très intéressant, Roger, et je me permets de revenir à ce que vous disiez tout à l'heure. Qu'entendez-vous par «l'âme»?

— Je t'ai déjà donné bien plus que je ne pensais depuis que je te connais. Laisse à tout ce que je viens de t'apprendre le temps de mûrir. Le temps fait toujours son travail, Éric.

— Très bien. Je suppose que c'est la leçon numéro cinq?

— Exactement: le mouvement crée le changement.

— Je suis désolé de vous demander cela, Roger, mais pouvez-vous me rappeler les autres leçons? Je les ai oubliées.

— La partie consciente de ton cerveau les a oubliées, mais, crois-moi, pas ton inconscient. Je vais te les énumérer de nouveau.

Les paroles de Roger m'ont dynamisé. Il n'est pas question que je passe les prochaines semaines à ne rien faire chez moi. Je dois prendre des décisions. Chaque fois que je le vois, je me sens réellement mieux, mais aussitôt qu'il s'en va, tout retombe. Comment garder cette énergie qu'il me donne?

Je ne suis sans doute pas la première personne à qui il vient en aide, car il commence à réciter les leçons comme s'il avait fait ça toute sa vie :

— Leçon numéro un : quand tu demandes quelque chose, ajoutes-y de la clarté. Leçon numéro deux : toutes les réponses à tes questions personnelles se trouvent en toi. Leçon numéro trois : tout ce que tu fais aux autres en bien ou en mal te revient. Leçon numéro quatre : tout ce sur quoi tu te concentres s'amplifie. Leçon numéro cinq : le mouvement crée le changement.

Pas question de les oublier cette fois-ci, je les note toutes sur mon téléphone.

— Je vais devoir y aller, Éric, mais je te propose de réfléchir à ce que je viens de te dire aujourd'hui, de revenir demain à la même heure et de me dire quelles décisions tu vas prendre pour créer ce changement. As-tu repensé au voyage que je t'ai proposé ?

— J'avoue que non. Vous ne pouvez pas rester encore un peu avec moi ?

Je suis très déçu, on vient à peine de se revoir. J'ai encore tellement de questions à lui poser.

— C'est inutile de te donner trop d'informations. Réfléchis à ce que je viens de te dire, et on se retrouve demain à la même heure pour que tu me fasses part de tes réflexions. L'information peut créer une différence si tu l'utilises dans ta vie, mais l'accumulation d'informations sans réflexion, sans action ou encore sans remise en question est en général inutile.

— Très bien, je vous promets que je vais sérieusement me bouger cette fois-ci.

— Je ne me fais pas de souci pour ça. Pense en termes d'actions, de solutions, d'amélioration, et arrête de ressasser sans cesse dans ta tête les mêmes problèmes, qui te conduiront à voir malheureusement les mêmes choses.

— Je vais essayer. Merci, je vous dois beaucoup.

— Attends d'avoir fini ton parcours avant de me remercier.

— Que voulez-vous dire par là ?

— Un cycliste qui commence à pédaler a toujours un parcours en tête. Dans ton cas, c'est la même chose, et nous n'en sommes qu'au premier kilomètre.

— Combien de leçons allez-vous encore m'apprendre ? Et quand allez-vous m'en dire plus sur vous ?

— Tu le sauras à la fin de ton parcours, me répond Roger en partant.

C'est la première fois qu'une personne m'intrigue autant. Je suis épaté par son discours et vraiment content d'être venu ici cet après-midi. Je me sens déjà bien mieux. Le mouvement crée le changement. Rien que de sortir de chez moi – même si ce n'était qu'un petit mouvement – m'aura permis de créer un changement. Intéressant.

Il est presque 17 heures et j'hésite à rentrer à la maison, sachant que Tania et Léo ne seront pas là avant 18 heures. Je vais rester encore un peu dans le parc pour réfléchir.

Marcher un peu me fera le plus grand bien et me permettra de méditer. Et si la clé de mes problèmes se trouvait dans le voyage ? S'il me le recommande, il y a sûrement une raison. Puisque je suis aujourd'hui dans une impasse, cela résoudrait certainement quelques-unes de mes questions.

J'ai du mal à m'imaginer seul, quelque part dans le monde, livré à moi-même. Cela me fait même peur, je dois l'admettre. Résistance ! Roger me l'a bien répété tout à l'heure : plus la résistance est forte, plus les bénéfices en seront importants. Où voyager ? Las Vegas m'a toujours fait rêver, mais ce n'est pas l'endroit idéal pour un voyage en solitaire. L'Asie ? Les paysages de Thaïlande ont l'air magnifiques. J'ai plusieurs amis qui y sont allés, je n'en ai entendu que du bien. Et pourquoi pas le Japon ? Voilà un pays qui m'a toujours fasciné. Combien de temps partir ? J'aurais l'impression d'abandonner Léo en m'envolant à l'autre bout du monde. Je tenterai d'avoir une discussion sérieuse avec Tania ce soir pour lui en parler, elle m'aidera peut-être à faire le bon choix.

Il est 19 heures quand je passe le pas de la porte. Léo dort déjà, Tania est dans la cuisine et prépare le dîner. Elle a pris l'habitude le soir de mijoter de bons petits plats. C'est très agréable.

— Tu es sorti aujourd'hui ? Où es-tu allé ? me demande-t-elle.

— Puisque Léo est couché, prenons un peu de temps pour parler, je suis prêt. J'ai rencontré une

personne inspirante qui me donne de bons conseils.
Enfin, je crois... Il s'appelle Roger.

— Je l'ai déjà rencontré ?

— Non. Moi-même je ne le connais que depuis peu
de temps.

— Qu'est-ce qu'il t'a raconté ? Il va t'aider à te
reprendre en main ? Tu ne peux pas rester comme ça.

— Je le sais parfaitement. Crois-tu que cette situation me plaît ? N'oublie pas que je n'en serais pas là si
tu ne m'avais pas trahi.

— Oui, j'ai fait une erreur, et je me suis déjà excu-
sée cent fois. Mais je ne peux malheureusement pas
remonter le temps, j'en suis navrée. Crois-moi, c'est
toi que j'aime, je t'ai toujours aimé, et ce sera toujours
toi.

— J'aimerais passer au-dessus de toute cette histoire, mais je n'y parviens pas. Pour le moment en tout
cas.

— Je comprends, même si ça me rend triste.

— Je réfléchis à un gros projet que Roger me
conseille de mener à bien. J'aimerais ton avis, mais
s'il te plaît, ne t'énerve pas. C'est quelque chose de
sérieux, que j'envisage vraiment.

Elle se tait et me regarde avec attention. J'en profite
pour me lancer :

— Je pense voyager seul pendant quelque temps,
afin de réfléchir sur ma vie. Au fond de moi, je pense
que ce serait une bonne chose, même si j'aurais l'impression d'abandonner Léo.

— Et moi, tu n'aurais pas l'impression de m'abandonner ? Maintenant, si tu penses que c'est ce qu'il y a de mieux, alors fonce. Si tu peux revenir ensuite et faire en sorte que tout rentre dans l'ordre pour nous deux et notre famille, alors je ne t'en empêcherai pas.

À ce moment-là, je sais de nouveau pourquoi je me suis marié avec Tania. Elle m'a toujours poussé vers le haut, toujours encouragé et aidé dans les projets que j'avais. Et je l'aime tellement, cela me déchirerait le cœur de devoir la quitter.

— Merci. Ça me fait plaisir que tu réagisses comme ça. Si je pars, ce sera sans doute un mois. À moins que ça ne me convienne pas, dans ce cas, je rentrerai plus tôt. Le problème est que je ne sais pas du tout où aller.

— Un mois !

Elle s'arrête un instant, le temps de digérer l'information et d'éviter de me faire une scène.

— Ne t'inquiète pas pour Léo et moi. On saura se débrouiller tout seuls. En revanche, tu as intérêt à nous donner de tes nouvelles.

— Bien sûr ! Je te raconterai tout, c'est promis.

On continue à discuter de l'organisation de mon voyage et de mon départ. On a retrouvé dans cette discussion une certaine complicité qui me manquait profondément, je dois l'avouer. Je la vois sourire et je suppose qu'il en est de même pour moi. À la fin de la conversation, je la prends dans mes bras, ce qui n'était pas arrivé depuis des semaines.

Ce soir, l'ambiance est apaisée et détendue, on

rigole une bonne partie de la soirée, je me sens déjà mieux.

Je m'endors sur le canapé, avec cette phrase en tête : le mouvement crée le changement !

CHAPITRE 4

Le grand départ

Pour la première fois depuis un bon moment, j'ai dormi comme un bébé. Je ressens une légèreté et une joie que j'avais perdues depuis que je sais pour Tania. Il existe toujours un profond vide en moi, mais j'essaie de me concentrer sur les solutions qui se présentent et de ne pas ressasser mes problèmes. Cette fois-ci, pour bien les intégrer, j'ai écrit les leçons de Roger sur un carnet. Je les ai d'ailleurs relues trois fois depuis notre dernière rencontre. Leçon numéro quatre : « Tout ce sur quoi tu te concentres s'amplifie. » J'ai pris l'engagement, à partir de maintenant, d'être plus positif et de voir les résultats que je peux obtenir.

Plus le temps passe et plus j'aimerais qu'il me dévoile toutes les leçons qu'il a à m'apprendre. J'ai l'intuition que je pourrais vivre d'une manière totalement différente en appliquant tout ce qu'il m'inculque.

Cependant, comme il me l'a répété : «patience». À tout vouloir tout de suite, on est très vite frustré. Je suis quand même excité à l'idée de retrouver Roger aujourd'hui.

Tania, quant à elle, a du mal à accepter que je parte aussi longtemps. Je sens bien qu'elle se retient de me dire vraiment ce qu'elle pense et qu'elle fait son possible pour gérer cette situation. Elle m'a fait promettre de lui donner des nouvelles tous les deux jours, de ne pas partir plus de trente jours et de l'aider à tout organiser avec la nounou avant mon départ. J'ai accepté ses conditions sans réserve, ce qui m'engage vraiment à partir. J'ai un peu de mal à réaliser et, je dois bien l'avouer, j'ai très peur.

«Grande résistance égale grande opportunité», comme me l'a souligné Roger. Je mise vraiment sur ce voyage pour m'ouvrir les yeux et me faire du bien. Ce serait un échec de revenir en étant au même point. Je me souviens d'un grand entrepreneur qui disait : «Derrière chacune de mes réussites, il y a une prise de risque plus ou moins importante.»

Une chose est sûre, même si cela m'effraie, ce projet m'excite et dynamise ma vie. Les préparatifs, le choix de la destination et de l'itinéraire, tout va me plonger dans l'action et me faire bouger. Ce sera toujours mieux que de regarder la télé. J'en suis convaincu.

J'ai passé ma matinée sur des forums de discussion et les réseaux sociaux pour aiguiser le choix de ma destination. Décision difficile. Je n'ai pas envie de me tromper, et ce choix déterminera une bonne partie de la réussite de mon voyage.

J'ai lu des articles de personnes vivant en Thaïlande, mais aussi en Indonésie, en Inde, aux États-Unis, au Canada, au Japon, et j'en passe. Après trois heures à surfer sur le Web, je suis encore plus perdu qu'au départ. Pour changer d'air, je vais déjeuner dehors. Cela me fera du bien, avec le soleil qu'il fait aujourd'hui.

En sortant de la maison, je m'aperçois que la pelouse a beaucoup poussé. Je la taillerai avant d'aller voir Roger. Par ailleurs, ça fera plaisir à Tania, qui m'a demandé au moins cinq fois ces dernières semaines de la tondre.

Dans le restaurant dans lequel je m'installe, je croise un copain qui a étudié avec moi à la fac et que j'ai perdu de vue depuis au moins deux ans. C'est sympa de se retrouver là tous les deux, de se remémorer nos souvenirs, les quelques belles soirées qu'on a passées avec Marc. D'ailleurs, en pensant à lui, il va falloir que je l'appelle avant de partir, peut-être même que je passerai le voir si nécessaire.

L'heure de mon rendez-vous arrive très vite, et je suis vraiment excité à l'idée de retrouver Roger. Il va sûrement m'aider à choisir ma destination. À 16 heures tapantes, je m'installe sur notre banc et l'attends. Il a sans doute un peu de retard…

Un quart d'heure plus tard, il n'est toujours pas là. Ce

n'est pas dans ses habitudes, surtout après ce qu'il m'a enseigné. À 16 h 30, j'appelle le numéro qu'il m'a laissé.

— Allô ! Hélène ? C'est Éric. Roger est avec vous ?

— Bonjour, Éric. Roger a eu un problème de santé cette nuit, il a été hospitalisé à la clinique Reignac. J'y suis actuellement. Il n'y a pas d'inquiétude à avoir, mais son cœur est fatigué.

Je reste abasourdi par ce que j'entends.

— Vous êtes sûre qu'il va mieux ? Vous pensez que je peux lui parler ?

J'entends la voix de Roger derrière : « Passe-moi le téléphone, je vais le prendre. »

— Bonjour, Roger, comment allez-vous ?

— Les médecins disent que ça va. J'ai fait une petite chute de tension, et mon cœur n'est plus tout jeune, tu sais.

— Je suis triste d'entendre ça. Est-ce que je peux faire quelque chose pour vous ?

— Ne t'inquiète pas. Nous avions rendez-vous aujourd'hui, ça m'est sorti de la tête. Tu m'excuses, j'ai une bonne raison pour ne pas être présent. Désolé de t'avoir fait attendre. Dis-moi, et toi, comment vas-tu ?

— Je ne vais pas vous embêter avec mes histoires, vous devez vous reposer.

— Dis-moi comment tu vas ou je débranche tous les fils qui m'entourent et je te rejoins.

Il se met à rire.

— D'accord, vous avez gagné. Je vais mieux, je me sens mieux ; j'ai déjeuné au restaurant aujourd'hui où j'ai croisé un ancien ami, j'ai tondu ma pelouse et j'ai cherché un endroit où partir. Et j'ai parlé avec Tania hier soir.

— Superbes nouvelles, Éric. Tu es donc décidé à partir ?

— Oui, vous m'avez convaincu. Le seul problème, c'est la destination.

— Ce n'est pas un problème ça. Je pensais que tu avais noté les leçons que je t'avais enseignées ?

— Oui, bien sûr.

— Alors, quelle est la leçon numéro deux ?

— Toutes les réponses à mes questions personnelles se trouvent en moi.

— Ne les cherche pas ailleurs qu'à l'intérieur de toi. Tu sais où tu dois aller, écoute-toi.

— Ces leçons peuvent s'appliquer à beaucoup de choses, je n'avais pas pensé que je pourrais les utiliser aussi souvent.

— Elles te serviront dans ton quotidien.

Roger est pris d'une violente toux, et j'entends Hélène qui lui demande de raccrocher.

— Je vais devoir te laisser, champion.

— Soignez-vous bien, Roger, je vous rappellerai pour prendre de vos nouvelles.

Ça me peine beaucoup de savoir qu'il est à l'hôpital. Et dire que je viens à peine de le rencontrer. Il y a des gens que l'on croise dans notre vie et avec qui on se lie très rapidement, et Roger fait partie de ces personnes-là. Il dégage vraiment quelque chose de particulier. Je l'appellerai demain matin pour savoir s'il va mieux et je passerai le voir s'il y reste quelques jours.

Je reste dans le parc en faisant le vide et en me concentrant sur l'endroit où je veux aller. Si la réponse est en moi, je dois pouvoir la trouver, mais comment ?

Je retrouve Tania le soir et nous discutons de mon voyage. Je lui fais part de mes interrogations quant au choix de la destination, et elle me rappelle ma fascination pour le Japon. C'est vrai que ce pays m'a toujours intrigué. J'ai l'impression qu'il est à part, qu'il s'y passe des choses insolites, que la culture est à des années-lumière de la nôtre. Ce qui m'effraie le plus est de voyager seul pour la première fois de ma vie, alors partir au Japon ? Cela me semble tellement compliqué…

Avant d'aller me coucher, je m'assois sur le canapé et, à ce moment précis, je sais de manière limpide où il faut que j'aille. Comme le dit Roger, la réponse se trouve en moi, elle est juste voilée, sans doute par la peur, les interrogations et bien d'autres choses encore… Je me lève tout à coup et clame : « Je pars au Japon ! » C'est décidé, peu importe si je ne connais rien à ce pays, c'est là-bas que je partirai !

Merci, Tania, de m'avoir rappelé cela, je lui en ai parlé tellement de fois.

Du temps où je travaillais dans mon entreprise, j'avais été en relation avec un correspondant japonais. Il avait vraiment de l'avance sur nous dans ses recherches et nous avait aidés à développer certains produits en nous partageant des résultats qu'il avait mis des mois à obtenir. Nous avions gagné un temps précieux.

Je pourrais peut-être le contacter avant de partir, il sera sans doute de bon conseil. Voilà déjà un contact sur place, c'est une bonne chose. J'ai l'impression de revivre depuis hier, je me sens complètement différent.

Je me couche satisfait, excité, mais aussi incertain et effrayé. J'ai même décidé de dormir avec Tania, qui m'a pris dans ses bras quand je suis arrivé dans notre lit. Nous nous sommes embrassés pendant de longues minutes sans prononcer un mot puis nous avons fait l'amour. Cette nuit, j'ai réussi à passer au-dessus de cette histoire. Pourvu que ça dure, car au fond de moi je n'ai pas envie de la quitter. J'ai encore du mal à digérer qu'elle ait couché avec mon meilleur ami, mais c'est normal. C'est encore trop récent.

Depuis que je suis au courant, elle se donne beaucoup de mal pour sauver notre couple, et je sais qu'elle en souffre également profondément. Si on se relève tous les deux de cette histoire, il est évident que nous serons encore plus forts. Il faut juste que je retrouve la confiance que j'avais en elle, car aujourd'hui je l'ai perdue.

Au petit-déjeuner, j'annonce à Tania – qui me conforte dans mon idée – ma décision de m'envoler pour le Japon. J'ai essayé d'appeler Roger également ce matin, mais Hélène m'a dit qu'il était en train de dormir et qu'il n'était pas joignable, j'espère vraiment le voir avant de partir. Il a tellement de choses encore à m'apporter, j'en suis persuadé.

Ma journée se passe dans les préparatifs : les affaires à emporter, mon sac de voyage, mon passeport, mon visa, la nounou de Léo, et j'ai même envoyé un message à Liu, l'ancien collaborateur japonais, en espérant qu'il me réponde. Je ne réserverai pas de logement avant d'avoir un e-mail de sa part. Il faut en effet savoir où partir, car le Japon, c'est grand…

Puis j'estime qu'il est temps d'appeler Marc, même si j'ai plutôt envie de le rouer de coups. Je ne suis pas sûr que cela soit une bonne idée de le voir, mais je vais bien devoir m'y confronter un jour.

— Marc, c'est moi.

— …Tu vas bien ?

— Disons que ça va un peu mieux. Mais comme tu t'en doutes, j'ai toujours du mal à digérer que tu te sois tapé ma femme. Si t'étais en face de moi, j'aurais sûrement envie de te casser la gueule !

— Je suis vraiment désolé. Je m'en veux tellement, si tu savais ! Ce n'est pas du tout ce que je voulais.

— Sauf que c'est fait et que tu es le père biologique de mon fils ! Tu peux t'en vouloir. Imagine que je couche avec Jeanne, tu réagirais comment ?

— Très mal, c'est évident. Et je comprends que tu ne m'aies pas appelé ces dernières semaines. Qu'est-ce que tu comptes faire ? Je veux dire, tu es rentré chez toi ?

— Oui, je suis rentré. Mais t'as foutu un tel merdier dans mon couple que je pars un mois au Japon tout seul.

— Hein ? Mais pourquoi ?

— Il faut que je bouge d'ici. Je suis perdu à cause de toute cette histoire, et on m'a viré de mon boulot.

— Qu'est-ce qui s'est passé ?

— Longue histoire. Ma vie est en train de changer totalement, j'ai besoin de me retrouver avec moi-même pour savoir ce que je vais faire ensuite.

— Mais tu vas rester avec Tania ? Tu dois rester avec elle.

— C'est facile à dire pour toi. Tu l'as annoncé à Jeanne ?

— Oui. À vrai dire, elle le savait déjà, je l'avais prévenue il y a quelques mois.

— Ah, d'accord ! Donc j'étais le seul con à ne pas être au courant, super !

— Je te demande pardon. Qu'est-ce que je peux faire pour me rattraper ?

— T'as une machine à remonter le temps ? Je pense que non, donc tu ne peux rien faire ! Ce que tu as fait est impardonnable ! T'étais mon meilleur pote, j'avais confiance en toi !

— Je sais, j'ai merdé, vraiment. On avait bu tous les deux et c'est arrivé, je ne sais pas quoi te dire…

— Je te laisse, car plus je te parle, plus j'ai envie de te frapper !

— J'espère que tu me pardonneras un jour…

— Un conseil, n'y mets pas trop d'espoir. Inutile d'ajouter que le voyage à Vegas est annulé. Ciao !

Je ne sais pas pourquoi je l'ai appelé en fait, car je ne me sens vraiment pas bien. La rage et la colère ont repris le dessus.

Le mouvement crée le changement. Je prépare un sac et me rends à la piscine municipale. Nager un peu me fera du bien. Avant, j'y allais toutes les semaines, parfois avec Tania, et la routine a repris le dessus. Pourtant, ça m'était vraiment bénéfique. Je nage pendant quarante-cinq minutes, ce qui me permet de retrouver la sensation de bien-être éprouvée après une bonne séance de sport. J'adore. Je devrais vraiment m'y remettre.

Je rentre chez moi en fin de journée et appelle Roger à la clinique, j'aimerais beaucoup lui parler. C'est lui-même qui me répond : les médecins devraient le laisser partir d'ici une ou deux heures, avec l'obligation de faire de l'exercice tous les jours. Il me propose qu'on se rencontre demain matin dans le parc, ça lui permettra de marcher. Génial ! Rien qu'à l'idée de le retrouver, je vais déjà mieux.

À 10 heures, le lendemain, je me gare à l'entrée du parc, croise quelques joggeurs et aperçois Roger qui marche près de l'espace prévu pour les enfants.

— Bonjour, Roger, vous allez mieux à ce que je vois.

— En pleine forme ! Je pourrais courir un marathon, me répond-il en rigolant.

— Venez, on va s'asseoir si vous voulez.

— Bonne idée, ça fait plus d'une heure que j'arpente les allées.

— C'est bon de vous voir, vraiment !

— Tu as vite changé.

— Pourquoi dites-vous ça ?

— La première fois qu'on s'est rencontrés, tu m'as dit le contraire.

— En effet, mais je ne vous connaissais pas encore, c'est pour ça.

— Oui, j'étais un inconnu pour toi. Laisse-moi t'expliquer quelque chose sur ce point. Naturellement, nous tous qui peuplons cette terre n'allons pas vers l'inconnu, ce qui est plutôt logique quand on y pense. Tant qu'on n'a aucune information sur une personne, une situation, ou un environnement, il est naturel de tenter de fuir. De plus, les parents apprennent souvent à leurs enfants à ne pas parler aux inconnus. Malheureusement, la majorité des gens gardent cette croyance quand ils sont adultes. Toi, Éric, tu transmettras à ton fils tout ce que tu penses être vrai, comme tes croyances et tes convictions. Ainsi, tu détermineras le monde dans lequel ton fils va grandir. Tu dois te mettre en tête que non seulement l'inconnu est bon pour toi, mais que tu dois l'embrasser. Tu dois le chercher, lui courir après, le chérir et t'y confronter autant que tu peux.

— O.K., mais à quoi cela va-t-il me servir ?

— Tu augmenteras non seulement tes propres capacités dans ce monde, mais aussi ton niveau de conscience, ta confiance et ton estime de toi. L'inconnu te permettra de vivre de manière incroyable ! Si tu regardes les gens autour de toi, la plupart se contentent de vivre des expériences, de côtoyer des personnes ou de se rendre dans des lieux qu'ils connaissent déjà. Pourquoi, à ton avis ?

— Parce que c'est plus simple.

— En effet, mais c'est surtout plus confortable. Quand tu te confrontes à l'inconnu, tu peux être gêné, parfois embarrassé, même avoir peur. Tu peux aussi vivre des situations qui ne sont pas forcément très positives.

— Pourtant, le but n'est-il pas de se sentir bien ?

— Tu marques un point. Mais tu dois faire la différence entre se sentir bien à court terme et se sentir bien à long terme. L'inconnu t'amènera à te dépasser toi-même et, à de nombreuses reprises, tu seras gêné, car tu n'auras jamais agi de la sorte. Cependant, sur le long terme, tout ça t'apportera beaucoup de positif dans la vie, comme tous les points que je t'ai cités tout à l'heure. Ce qui te permet d'élever ton niveau de conscience et de te sentir en perpétuelle évolution. Tu as deux façons de voir la vie, la première comme quelque chose qui se déroule sous ton nez et où tu n'as aucun contrôle, la deuxième comme un personnage de jeux vidéo que tu peux faire évoluer au fur et à mesure et où tu deviens conscient que tout ce qui se produit dans ta vie découle directement de ce que tu fais et de ce que tu penses.

— C'est pour ça que vous m'avez conseillé de voyager ?

— C'est effectivement l'une des raisons, mais pas la seule. Je te l'ai dit avant mon hospitalisation : plus la résistance est grande, plus l'opportunité d'évoluer est grande. Si tu te dépasses constamment, que tu te confrontes à tes peurs et que tu passes beaucoup de temps face à l'inconnu, ta vie tout entière changera. Tu auras dans ta vie des opportunités qui échappent à la majorité des personnes.

— Effectivement, ça va à l'encontre de tout ce que je fais face à une situation inconnue. Bien souvent, je tente d'y échapper.

— Ce n'est pas toi, Éric. Nous agissons tous naturellement comme cela. Pourtant, affronter l'inconnu est la clé pour te sentir bien et vivre une vie extraordinaire. Au bout d'un moment, il se passera quelque chose en toi. Presque aucune situation ne te fera peur, tellement tu seras habitué. Au contraire, tu évolueras encore plus vite.

— Fascinant ! Quand j'y repense, effectivement, chaque fois que je me suis dépassé lors de situations périlleuses, cela a toujours eu un impact bénéfique sur ma vie.

— Et ce sera le cas encore et encore, chaque fois que tu te surpasseras. Alors, dis-moi, as-tu trouvé ta destination ?

— Oui, je pars au Japon !

Je suis particulièrement fier d'avoir pris ma décision et de le lui annoncer.

— C'est un excellent choix. Tu vas adorer, j'en suis sûr !

— Vous y êtes déjà allé ?

— Oui, rappelle-toi, je suis un voyageur. Regarde comment tu te sens maintenant. Je suppose que tu dois avoir un peu d'appréhension à propos de ce voyage vers l'inconnu, même si tu sais que tu vas faire quelque chose de bon pour toi et que tu vas grandir.

— En effet, j'ai encore du mal à réaliser. Quand je serai dans l'avion, j'en prendrai certainement conscience, mais c'est vrai que ça me fait un peu peur.

— Formidable ! Quand comptes-tu partir ?

— La semaine prochaine si je peux.

— C'est génial, je suis vraiment ravi pour toi.

— Vous allez me manquer. Je pourrai vous appeler ?

— Bien sûr ! Et il faudra que tu me racontes ce que tu vis là-bas.

On continue à discuter pendant près d'une demi-heure. Il me donne un tas d'exemples pour me parler de l'inconnu. Apparemment, c'est un sujet qui lui tient à cœur. Il a observé des résultats incroyables chez de nombreuses personnes qui avaient pris la décision de se confronter à leurs peurs. Lui aussi avait constaté des grands changements dans sa vie grâce à cette simple manière d'agir.

Je me souviens d'une fois où, quand j'avais une

douzaine d'années, j'avais gagné un lot à un tirage au sort. La personne qui annonçait les gagnants m'avait fait signe de monter sur l'estrade. J'étais tellement gêné de devoir parler devant tout le monde que je ne voulais pas. Ma tante m'a encouragé et j'ai finalement grimpé les trois marches. J'étais très mal à l'aise, je tremblais comme une feuille et je savais que cela se voyait. On m'a donné le micro, j'ai remercié pour le cadeau puis j'ai remercié ma tante de m'avoir emmené ici. Quand je suis retourné auprès d'elle, le public m'a applaudi, même si j'avais seulement articulé deux phrases. Ce moment est resté gravé en moi. Cela correspond parfaitement à ce que Roger m'a dit au sujet du court terme : je ne me sentais pas bien sur le moment, mais, avec le recul, j'étais extrêmement heureux d'avoir vaincu ma peur.

Roger est parti peu de temps après, mais juste avant, il s'est retourné et m'a lancé :

— Au fait, Éric, leçon numéro six : l'inconnu est synonyme d'évolution !

— Merci beaucoup, Roger. Je vous tiens au courant de la date de mon départ. J'aimerais bien vous revoir avant le jour J.

— Tiens-moi informé. Passe une belle journée et regarde toutes les opportunités qui s'offrent à toi.

— Je vais essayer.

— Quand tu veux faire quelque chose, ne dis pas « je vais essayer », fais-le !

Il sourit puis s'éloigne. Je le rattrape pour lui demander s'il veut que je le raccompagne.

— Ne t'en fais pas, je ne suis pas loin, je vais rentrer tranquillement.

— Où habitez-vous ?

— Ici et là.

— Ça ne me donne pas beaucoup d'informations tout ça… Leçon numéro un : « ajouter de la clarté ».

— Mais tu apprends vite, dis-moi !

— J'aimerais donc savoir dans quelle rue vous habitez et combien de temps vous allez mettre pour rentrer.

— Voilà une demande précise. J'habite en ce moment chez une famille qui m'accueille pour quelque temps, dans une ruelle parallèle au parc, à dix minutes d'ici.

— Ça, c'est une vraie réponse !

— Tu es un bon élève, tu le mérites bien. Je dois y aller, à bientôt, Éric.

— À bientôt, Roger. Prenez soin de vous, si vous avez besoin de quoi que ce soit, je suis joignable à toute heure.

Nous sommes vendredi et je suis excité comme une puce, car je viens d'acheter mon billet. Départ prévu mardi prochain à 10 h 45 de Paris. Je ne tiens pas en place. L'aventure, voilà ce que je vais vivre ces trente prochains jours.

Comme j'ai toujours du mal à digérer ce que Tania m'a fait et que la conversation avec Marc n'a pas arrangé les choses, le climat à la maison devient de nouveau stressant. Il est plus que temps pour moi de partir. Tania et Léo vont terriblement me manquer, mais je dois le faire pour moi, pour elle et aussi pour lui.

Tania propose de m'accompagner à l'aéroport, mais ça risque d'être compliqué d'y aller en voiture. Je préfère partir en train, elle m'emmènera donc juste à la gare d'Angers.

Je passe mon week-end à régler les derniers préparatifs, à réserver un logement, à me renseigner sur les coutumes du Japon. N'ayant pas reçu de nouvelles de Liu, je décide de commencer mon périple à Osaka, où je vais atterrir.

J'appelle mes parents pour les prévenir de mon départ. Mon père me fait la morale. Ils ne comprennent absolument pas mon choix et, surtout, ils sont furieux de savoir que j'ai perdu mon travail. Bien évidemment, je ne leur dis rien à propos de Tania, ce serait la catastrophe et ça dégraderait leur relation. J'espère qu'ils comprendront plus tard. Je prends sur moi pour ne pas m'énerver et ne pas me fâcher avec eux avant mon départ, tout en leur promettant de leur envoyer des nouvelles régulièrement.

Le jour de mon départ arrive et je n'ai pu revoir Roger. Je l'appellerai dès mon arrivée.

Notre voisine nous rejoint à 4 h 30, juste avant que nous ne partions à la gare. Nous lui avons demandé la veille si elle pouvait garder notre petit garçon le temps que Tania m'emmène. Avant de m'en aller, je passe un peu de temps au pied du lit de Léo, simplement à l'observer, et je lui fais la promesse que papa reviendra plein de bonnes intentions. Je l'embrasse doucement, prends mon sac à dos que Tania m'a aidé à faire, puis je monte dans la voiture, effrayé mais déterminé.

Je n'ai pris que le strict minimum, car, comme me l'a dit Tania, si j'ai besoin de quelque chose, je le trouverai bien sur place.

Dans la voiture, le climat est spécial. Elle doit être triste à l'idée que je parte. Arrivés à la gare, je la prends dans mes bras et vois des larmes rouler sur son visage.

— Tout va bien se passer, ma chérie. C'est juste un mois. Tu vas me manquer, je t'appellerai aussi souvent que je peux le faire.

— Profites-en bien. Je suis contente pour toi, vraiment, et j'espère que ce voyage t'apportera ce que tu recherches.

— Merci. Merci d'avoir toujours été là pour moi et merci d'accepter mes choix.

— Je t'aime, fais attention à toi, et si demain je n'ai pas eu un coup de téléphone de ta part, je prends l'avion pour te botter les fesses !

— C'est promis.

Je monte dans le train, la pression est à son maximum. Je me sens vraiment seul et stressé. À partir de maintenant, ce sera l'inconnu tous les jours et à tous les niveaux. Si j'en crois Roger, ça va forcément me faire évoluer.

Quelques heures plus tard, je suis à l'aéroport de Roissy, prêt à embarquer. Je me présente au guichet avec mon billet. L'hôtesse de l'air qui m'enregistre me fait un grand sourire et me souhaite un bon vol. J'entre dans l'avion et vais m'installer à ma place, à côté d'une femme âgée. Elle a l'air d'être française. Trois quarts d'heure plus tard, l'avion décolle !

Je regarde par la fenêtre, et là, je réalise ce qui se passe. Je souris, puis je rigole tout seul : « Tu l'as fait, c'est parti ! »

CHAPITRE 5

À la découverte d'un nouveau monde

Je me réveille en sursaut, complètement désorienté. Je pensais être dans mon lit à la maison et je constate que je suis dans l'avion, en direction du Japon. Jamais je n'aurais pensé réussir à dormir tellement je suis sensible aux bruits qui m'entourent. Ma voisine de fauteuil se réveille quelques minutes après moi et me sourit. Je lui souris à mon tour, sans rien dire. J'aimerais bien parler un peu avec elle, mais si ni l'un ni l'autre n'ouvrent la bouche, aucune discussion ne s'engagera. «L'inconnu est synonyme d'évolution.» Il faut que je mette en pratique ce que Roger m'a enseigné.

— Vous êtes française ?

— Oui, de Paris.

— En vacances ?

— Non, je travaille pour un centre d'esthétique et je

pars régulièrement en voyage pour rencontrer différents partenaires. Et vous ? Vous êtes en vacances ?

— Oui, on peut dire ça. Disons que c'est une première de partir tout seul…

— C'est génial, où allez-vous ?

— Au Japon. Et vous ?

— Je m'arrête à Dubaï. Le Japon ? C'est extra ! J'y suis allée quatre fois déjà, vous allez adorer, j'en suis sûre ! Dans quelle ville allez-vous ?

— Je commence par Osaka. Je reste un mois, donc, je vais avoir le temps de bouger un peu. Au fait, je m'appelle Éric.

— Enchantée, Éric. Moi, c'est Silvia.

Nous discutons pendant près d'une heure, surtout du Japon. Elle me donne plein de bonnes adresses, des conseils sur les temples et les villes à visiter, des bars sympas, et même un restaurant où l'on mange dans une prison. Pas sûr que cela m'intéresse, mais je prends note.

J'obtiens tous ces renseignements juste parce que j'ai demandé si elle était française ! Les conseils de Roger commencent déjà à payer. Sans ses enseignements, il est fort probable que je n'aurais pas ouvert la bouche de toute la durée du vol.

Quelques heures plus tard, on atterrit à Dubaï pour deux heures d'escale. Silvia s'en va. Pas le temps de visiter la ville, dommage, ça a l'air grandiose.

Mon ordinateur est dans mon bagage à main, j'en profite pour consulter mes e-mails. Liu m'a répondu, c'est génial.

«Bonjour Éric,

Je suis en effet à Osaka jusqu'à la fin de la semaine, mais ma famille et moi partons à Taïwan la semaine suivante. Nous pouvons nous rencontrer si tu veux et je pourrai te faire visiter les lieux, cela me ferait plaisir.»

Super ! Je connaîtrai au moins une personne sur place. Mine de rien, c'est rassurant. Je réserve trois nuits dans un logement en plein cœur de la ville. Je récupérerai les clés dans un coffre sécurisé de l'immeuble. Le propriétaire m'envoie toutes les infos, je devrais réussir à me débrouiller. Passé ces trois jours, j'improviserai, ce qui me laissera plus de liberté.

Les deux heures passent très vite, et je commence à entendre parler japonais dans l'avion. Je crains que ce ne soit difficile de faire face à la barrière de la langue, mais j'essaierai au moins d'apprendre les bases. Je tâcherai de me débrouiller en anglais le reste du temps, même si beaucoup de Japonais ne le parlent pas. De toute manière, je n'ai pas le choix, je doute de croiser des personnes qui parlent français.

Cette fois, le vol est un peu plus mouvementé. Je suis côté hublot, et une famille de Japonais est assise à côté de moi. Je tente une phrase d'accroche comme tout à l'heure, mais j'ai juste droit à un sourire poli. Tant pis, j'aurais au moins essayé. Je repense un peu à Léo, à Tania, à Marc, à mon travail, à tous les événements qui me sont arrivés en si peu de temps. Pourquoi cela m'est-il arrivé ? Une partie de moi est toujours en colère rien que d'y songer. Le souci, c'est que plus je me concentrerai dessus, moins je me sentirai bien, comme me l'a dit Roger. «Tout ce sur quoi tu te concentres s'amplifie!» Facile à dire, mais à mettre en pratique un peu moins. On a naturellement tendance à ressasser tous nos tracas.

Il est 8h30, heure locale, quand l'avion atterrit. Je me sens bien fatigué. Finalement, j'ai très peu dormi depuis le départ.

À la sortie de l'aéroport et après avoir récupéré mon bagage, je choisis un taxi sur les trois qui se jettent sur moi. On met trente-cinq minutes pour rejoindre l'immeuble où se trouvent les clés de mon logement.

Je prends pleinement conscience que je me trouve au Japon. Cette expérience qui doit être un tournant dans ma vie peut enfin démarrer!

Une fois sur place, je récupère mes clés, puis file en direction de l'appartement qui se situe sur le trottoir d'en face. Je découvre un appartement typiquement japonais et très chaleureux. C'est assez bizarre, car il est sur trois petits étages: la cuisine est au rez-de-chaussée, un canapé et une table au premier, et le lit au troisième.

Je suis vraiment fatigué, mais j'ai aussi très faim. Je sors donc pour trouver de quoi me rassasier. La première chose qui me frappe est le calme, malgré la circulation intense et le monde dans la rue.

Je m'approche de deux Japonaises habillées comme dans les mangas – c'est sûr je ne verrai jamais ça en France – et leur demande où je peux trouver un distributeur automatique. Par chance, elles ont l'air de bien comprendre et de parler l'anglais. Mieux que moi apparemment. Elles me proposent de les suivre et me montrent, trois minutes plus tard, une banque avec des machines dehors. Je les remercie en japonais, fier d'avoir appris quelques mots. Elles se mettent à rigoler toutes les deux et continuent leur chemin. Ça commence bien, première interaction réussie !

Après avoir retiré un peu de liquide, je me balade dans le centre. Je réalise que mon appartement est en plein cœur de la ville. Ça me permet de m'immerger totalement dans ce nouveau monde, c'est génial.

Je vois à l'intérieur d'un restaurant des plats qui tournent sur un tapis, devant les clients qui prennent ce qu'ils veulent. J'entre et fais un signe de tête à la serveuse. Elle me répond en japonais, certainement pour me saluer, et m'installe. Elle m'explique à sa façon que je peux me servir. Je la remercie, puis avale les meilleurs sushis que j'aie jamais mangés. On en prend souvent avec Tania le vendredi soir, elle adore ça. Je prends une petite photo que je lui enverrai tout à l'heure. Il faut que je l'appelle d'ailleurs, mais honnêtement, pour le moment, j'ai surtout envie d'appeler Roger.

Après mon repas, je rentre, car je tiens difficilement debout. J'envoie un texto à Tania pour la prévenir que je l'appellerai demain et que tout va bien, mais j'appelle Roger avant de m'endormir.

— Bonjour, Roger, c'est Éric. Comment allez-vous ? Cela me fait plaisir de vous avoir. Comment vous portez-vous, vous allez mieux ?

— Oui, oui, les médecins sont rassurants, je suis solide comme un roc ! Et toi, es-tu arrivé ?

— Il y a deux heures environ. Je suis très fatigué et je ne vais pas tarder à me coucher, mais je tenais à vous appeler auparavant.

— C'est gentil de ta part. Quelles sont tes premières impressions ?

— Ça a l'air génial. Je suis en plein centre, et je dois voir un ancien collègue demain normalement. C'est marrant, l'atmosphère est vraiment différente, c'est très calme et paisible.

— Parfait, c'est ce qu'il te faut. Quelles sont les intentions que tu as émises pour ce voyage ?

— J'avoue que je n'y ai pas vraiment réfléchi… Enfin si, j'ai promis à mon fils que je rentrerai avec de bonnes intentions.

— Tu sais, il est important d'en émettre, et ce pour chaque acte que tu poses : un rendez-vous, un voyage, un projet en tête, ou même une rencontre… Elles seront la ligne conductrice de l'accomplissement de l'acte en question. Cela t'aidera à obtenir les résultats espérés. Alors, dis-moi, quelles sont tes intentions pour ce voyage ?

— Le but premier, je pense, est d'être moins perdu en rentrant que je ne le suis aujourd'hui, d'avoir un plan pour ma vie professionnelle et personnelle.

— Très bon. Quoi d'autre ?

— Je souhaite vivre des moments et des expériences agréables, et faire de belles rencontres !

— Parfait. Quoi d'autre ?

— Je crois que c'est tout pour le moment…

— D'accord, alors note-les dès maintenant puis repasse-les dans ta tête avant de t'endormir. Si tu en trouves d'autres, écris-les également. À la fin de ton voyage, tu reprendras ce papier pour faire le point.

— Merci, Roger. Est-ce une nouvelle leçon ?

— Gagné ! Leçon numéro sept, mon ami : « Émettre des intentions avant d'entamer quelque chose d'important pour soi. » Repose-toi bien et tiens-moi au courant de ce que tu accomplis pendant ce voyage.

— Comptez sur moi, merci encore.

— Merci à toi.

— Pour quoi ?

— Tu le découvriras bientôt, bonne nuit.

Les discussions avec Roger sont toujours très courtes mais pertinentes : on dirait qu'il sait exactement quand et quoi me dire.

Je m'empresse de marquer les différentes intentions auxquelles j'ai pensé et m'endors avec cette nouvelle leçon : émettre des intentions. Demain sera un autre jour.

La lumière du soleil me réveille, j'ouvre difficilement les yeux. Il est 9 h 15. J'ai dormi près de onze heures sans interruption. Je pense à Tania et au fait que je ne l'ai pas encore appelée, il faudra que je le fasse en rentrant, car, pour le moment, elle dort encore.

Aujourd'hui, je dois rencontrer Liu, qui m'a gentiment proposé de me faire visiter les lieux avant son départ pour Taïwan. J'arrive sur le lieu du rendez-vous, une sorte de grande place remplie de statues représentant des personnages connus à Osaka, et devant lesquelles beaucoup de personnes se prennent en photo. Je le reconnais tout de suite. Je lui fais une accolade mais je sens une certaine réticence de son côté.

— Comment vas-tu ? As-tu fait bon voyage ?

— Oui, un peu fatigué, car je dois me remettre du décalage horaire, mais vraiment heureux d'être ici.

— Ah ! Tu as choisi le meilleur des endroits, je suis amoureux de mon pays et de ma ville. Elle est extraordinaire, je ne la quitterais pour rien au monde. Viens, on va marcher un peu.

On avance tranquillement dans une longue ruelle, remplie de vendeurs de souvenirs, de nourritures et autres babioles. Je continue à croiser des personnes habillées d'une manière totalement improbable. Il est clair qu'en France, on se moquerait d'elles si elles débarquaient comme ça.

— Tu regardes les cosplayers ?

— Les quoi ?

— Les cosplayers. C'est le nom donné ici aux personnes qui s'habillent en personnages de manga. C'est très populaire, tu en trouveras plus ou moins selon les quartiers dans lesquels tu te rends.

— C'est spécial.

— Pour nous, c'est normal, mais je te l'accorde, pour toi, ça doit être particulier. Pour avoir voyagé beaucoup en Occident ces dernières années, la grande différence avec vous est que nous jugeons très peu les autres. Le respect est au cœur de notre culture.

— On vivrait bien mieux de notre côté avec cette même philosophie !

— Oui, peut-être, mais il n'y a pas que du bon. Comme dans chaque pays, il y a aussi des inconvénients, et le Japon n'échappe pas à la règle. On aura l'occasion d'en reparler si tu veux.

— Avec plaisir.

— Viens, je vais te présenter ma femme et mes enfants. On habite à dix minutes d'ici en métro.

Liu parle très bien français : il a passé plusieurs années près de Bordeaux où il travaillait dans un laboratoire chargé de tester différentes substances créées par des labos indépendants un peu partout dans le monde. De ce qu'il m'a dit, il a vraiment apprécié son séjour en France, mais il est revenu à Osaka car il avait le mal du pays.

En rentrant dans le métro, je constate une différence hallucinante avec celui de Paris : les gens se mettent les uns derrière les autres, descendent les marches et les escaliers roulants dans un sens précis ; le respect de l'autre est vraiment au cœur de leur culture. J'ai hâte de m'y plonger.

Nous arrivons dix minutes plus tard dans un appartement typique en plein cœur d'une rue commerçante. Sa femme et ses enfants me saluent en japonais. Je baisse la tête à mon tour pour leur rendre leur salut.

— Assieds-toi, je vais te servir un thé.

L'appartement est très ordonné, avec de grands espaces que rien ne surcharge. Les enfants jouent autour de la table avec des sortes de Lego.

Nous discutons pendant un moment de sa vie et de la mienne, et il me donne une liste d'endroits intéressants à visiter. Je n'aurai jamais assez d'un mois ! Une chose est sûre pour le moment, il faut que je passe à Tokyo. Mon départ pour la France se faisant par cette ville, j'y finirai mon périple.

Au cours de notre conversation, un de ses amis arrive chez lui pour le saluer et s'énerve très rapidement. Si je ne comprends absolument rien de ce qu'il raconte, je sens la tension monter. Je suis un peu gêné d'assister à cette scène, sa femme et lui également. Il part cinq minutes après en claquant la porte.

— Excuse-moi Éric, j'ai quelques soucis avec cet ami…

— Ne t'inquiète pas, je comprends, j'ai moi-même un souci avec quelqu'un de très proche.

— J'ai une urgence, je suis désolé, il faut que je m'en occupe maintenant. Veux-tu que j'appelle un taxi pour toi ? Et je te retrouverai dans une ou deux heures.

— Non, ne t'embête pas. Je vais me balader dans le quartier. Envoie-moi un message dès que tu es disponible. J'ai mon portable avec moi, voici mon numéro.

Je le sens assez stressé. Je ne sais pas ce qu'il a à faire, mais ça a l'air particulièrement important.

Son quartier est un véritable labyrinthe de commerces et de ruelles, et je m'y laisse porter. « L'inconnu est synonyme d'évolution. » J'ai bien retenu la leçon de Roger. J'achète alors de la nourriture directement dans la rue. Je goûte à tout ou presque – dont une chose violette et visqueuse que j'ai envie de recracher tout de suite –, mais j'avoue ne pas forcément savoir ce que je peux bien déguster à certains moments. Ça fait près de deux heures et demie que Liu m'a laissé, et je n'ai toujours pas de nouvelles de lui.

Finie la *street food*, direction une salle de jeux, remplie de petits jeux de billes. Je ne comprends absolument rien aux règles, mais je constate que tous les joueurs ont l'air obnubilés par ces petites billes à pousser continuellement sur des sortes de miniflippers. Je ressors de là en tentant de prendre des photos, mais on me fait clairement comprendre que c'est interdit.

Ça fait maintenant trois heures que j'ai quitté Liu, et je suis toujours sans nouvelles. Tant pis, je rentre, car j'ai besoin de me reposer un peu. Il me recontactera quand il sera disponible. J'hésite entre la solution de facilité – prendre un taxi – ou m'engouffrer tout seul dans le métro au risque de me perdre… Je suis là pour l'aventure, n'est-ce pas ? Direction le métro, il va falloir que je me débrouille. Malheureusement pour moi, les indications sont tout bonnement incompréhensibles. Je demande mon chemin à un Japonais, qui me fait signe de le suivre. Si je comprends bien ce qu'il me raconte, il rentre juste du travail et insiste pour m'accompagner jusqu'à mon appartement. Étrange…

Une dizaine de minutes plus tard, il me laisse devant chez moi. Je n'en reviens pas. Il a pris le métro à l'opposé de sa direction pour que je retrouve mon chemin ! Personne ne ferait ça en France !

Ma journée a été intéressante et j'en suis très content. Je me sens revivre. J'appelle Tania – qui est un peu fâchée que je ne l'aie pas appelée plus vite –, pour lui raconter mon arrivée ainsi que ma première journée, puis je vais me coucher.

Je suis réveillé en sursaut par quelqu'un qui frappe frénétiquement à la porte. La femme de Liu, dont je ne connais même pas le prénom, s'agite dans tous les sens en japonais. Ne saisissant pas un traître mot de ce qu'elle raconte, je lui demande de se calmer et, si elle le peut, de s'exprimer en anglais.

Des personnes détiennent Liu et elle ne sait pas quoi faire.

Je ne comprends rien à ce qui se passe. Qui détiendrait Liu ? L'ami qui est venu le voir tout à l'heure ?

Elle entre chez moi, s'assoit et m'explique que Liu a perdu beaucoup d'argent aux jeux, qu'il est retenu par ses créanciers et qu'ils ne le laisseront pas partir s'il ne rembourse pas ses dettes, à savoir un million de yens. Il faut que je l'aide !

Mon voyage de rêve commence très mal. J'utilise un convertisseur sur mon téléphone et constate qu'un million de yens correspond à 7 500 euros ! Liu ne fait pas semblant quand il joue de l'argent. Dans quel pétrin me suis-je encore mis ? Je le connais à peine et, même s'il est fort sympathique d'avoir accepté de me voir, je ne peux pas payer pour ses erreurs, je n'ai pas envie d'avoir de problèmes. Je fais comprendre à sa femme que je ne peux pas avoir cette somme. Je lui conseille d'appeler la police, mais elle refuse catégoriquement et se met à pleurer. Je l'invite alors à demander de l'aide à sa famille ou à des amis, mais elle m'explique que la famille de Liu lui a tourné le dos après une histoire d'héritage qui s'est mal passée, que sa famille à elle est à Taïwan – d'où leur départ la semaine prochaine –, et qu'elle ne connaît pas encore ses amis, car ils ne sont ensemble que depuis six mois. Moi qui pensais qu'ils avaient toujours été en couple… à qui sont les enfants alors ? À lui ou à elle ?

Toute cette histoire me dépasse. Outre le fait que je ne peux pas retirer cette somme avec ma carte, mon banquier risque d'avoir une attaque et Tania également. Et je n'ai absolument pas envie de donner une somme pareille.

Elle me supplie et m'affirme qu'ils ne le relâcheront pas tant qu'ils n'auront pas l'argent. Elle me donne ses coordonnées et me fait promettre de la rappeler demain matin au plus tard.

Mais, au fait, comment sait-elle où je loge ? Elle me montre le mail que j'ai envoyé à Liu avant-hier où je lui indiquais mon adresse.

Elle finit par quitter mon appartement, toujours en pleurs. J'ai de la peine pour elle et je m'en veux un peu de la mettre dehors, mais j'ai besoin de réfléchir à ce qui vient de se passer et à ce que je dois faire.

CHAPITRE 6

L'inconnu : source d'évolution

Que suis-je censé faire maintenant ? Je n'ai pas trente-six solutions : soit j'ignore l'appel à l'aide de Liu, soit je tente de lui donner un coup de main. Je m'en voudrais de ne rien faire, lui qui m'a très gentiment accueilli, mais je le connais à peine. Il faut que je sorte me balader, cela me clarifiera certainement les idées.

Je traverse la grande rue qui sépare mon appartement de l'artère principale d'Osaka. Des magasins, des salles de jeux, des salons de massage, il y en a pour tous les goûts : pourquoi n'en profiterais-je pas pour me faire masser ? Après une dizaine de minutes de marche, je trouve un salon qui me convient. L'une des hôtesses me propose un thé, pendant qu'une autre me tend la carte des prestations. On est au Japon, autant tester le massage local, même si je ne sais pas trop de quoi il s'agit. L'inconnu : source d'évolution !

Je ressors revigoré après avoir été enduit d'huile et frictionné énergiquement pendant quarante-cinq minutes. La masseuse m'a même marché dessus ! Et dire que je pensais que ça n'existait que dans les films…

Je suis disponible pour repenser à mon problème. Mais que faire ? Sortir 7 500 euros signifierait dilapider presque un quart des économies que j'ai réalisées avec Tania ces dernières années.

Et si j'appelais Roger pour lui demander conseil ? Il pourrait sans doute m'aiguiller.

Après les salutations d'usage et des nouvelles de sa santé, je me confie :

— J'ai été confronté à une situation très particulière et je suis un peu perdu. Je voudrais bien vous en parler, mais je n'ai pas envie de vous ennuyer avec mes histoires.

— Allons, allons, je t'écoute.

Je lui expose brièvement ce qui est arrivé à Liu et ce que Sakutia, sa femme, attend de moi. Roger me demande comment je compte agir.

— Je ne sais pas, j'aimerais bien les aider, mais je ne peux pas débourser cette somme !

— Quand tu es confronté à un choix important, il faut que tu aies une vision claire des possibilités qui s'offrent à toi. Il y a toujours un juste milieu. Tu peux te demander comment les aider sans leur donner cette somme d'argent, puis réfléchir aux réponses qui te viennent. Les questions que tu te poses ont un pouvoir énorme dans ta vie. Tu ne peux pas trouver de solutions sans elles.

— C'est ce que j'ai essayé de faire tout à l'heure en sortant pour réfléchir, mais je ne suis pas parti avec des questions précises.

— Notre esprit est généralement dissipé et, si nous ne lui imposons pas de limites, il part dans tous les sens. Si tu te concentres sur une question, tu lui imposes un cadre et tu peux alors utiliser tes ressources sur un problème spécifique. J'ai, dans ma vie, changé et mis en place énormément de choses, simplement en me baladant avec un cahier et un stylo à la main et en me posant les bonnes questions. Je marquais tout ce qui me passait par la tête sans juger, ou sans essayer de comprendre. Je faisais ensuite le point et analysais toutes les possibilités qui s'offraient à moi. Tu devrais faire de même.

— J'ai compris la méthode. Vous avez réponse à tout, on dirait.

— Les réponses, non, c'est toi qui les as, ne l'oublie pas. Je te donne seulement les indications nécessaires pour améliorer ta vie, attirer à toi les résultats que tu désires et t'aider à faire des choix plus avisés.

— J'ai promis à la femme de Liu de la recontacter aujourd'hui. Je vais tâcher d'appliquer vos conseils et de voir ce qui en ressort. Ça m'embêterait quand même de lui dire que je ne peux pas l'aider.

— Si tu estimes que c'est ton rôle, alors, oui, ton imagination trouvera certainement une solution. J'en profite pour te donner la leçon numéro huit, même si je ne pensais pas te la donner aussi tôt : « Pose-toi des questions pertinentes ! »

— Merci beaucoup, Roger, j'en prends bonne note. Au fait, quand me direz-vous pourquoi vous êtes rentré dans ma vie et pourquoi vous m'aidez ?

— Patience, Éric. Quand il s'agit de réponses qui viennent de l'extérieur et que tu ne peux avoir de toi-même, le facteur temps peut alors intervenir.

— Je vois. Ça commence à être long…

— Tout dépend de ta perception de « long ».

— Je vais arrêter ici, sinon vous allez me mettre K.-O.

Roger se met à rire.

— À bientôt, Éric, je vais me promener un peu dans le parc où nous nous sommes rencontrés.

Après avoir raccroché, je me sens soulagé d'avoir eu quelques éclaircissements, malgré l'angoisse encore présente.

Sur les conseils de Roger, je prends le temps de faire le vide, saisis papier et crayon, et note la question qui me perturbe : comment aider Liu sans donner l'argent demandé ?

Plusieurs idées me viennent à l'esprit. Je pourrais :

• Aller voir ses ravisseurs, pour parler avec eux et essayer de trouver un arrangement.
• Voir avec Sakutia qui, autour d'elle, pourrait lui prêter cet argent.

- Trouver un moyen sur place de réunir cette somme.
- Jouer au poker, car je me débrouille plutôt bien à ce jeu, et gagner ce montant.
- Contacter la police, bien qu'on m'ait défendu de le faire.
- Lui dire que je veux bien l'aider, mais que je n'ai tout simplement pas cet argent à disposition.

Tout n'est certainement pas bon à prendre, mais, sur les conseils de Roger, j'ai noté tout ce qui m'est passé par la tête. C'est un exercice intéressant, j'ai déjà les idées un peu plus claires.

Après avoir réfléchi à chaque option, je contacte Sakutia pour lui dire que je ne peux pas lui avancer l'argent. Elle se met à pleurer et à s'énerver. Je ne comprends que la moitié de ce qu'elle me raconte, mais la conversation tourne court, car elle décide très vite de raccrocher.

Parmi toutes les solutions notées sur ma feuille, je n'ai peut-être pas opté pour la meilleure : la première m'attirait, mais jouer au superhéros dans un pays et avec une langue que je ne connais pas n'est sûrement pas une bonne idée. L'inconnu oui, mais la sécurité avant tout.

Dix minutes plus tard, elle me rappelle et m'explique qu'il lui manque 200 000 yens, ce qui représente environ 1 500 euros. Comment s'est-elle débrouillée pour trouver 6 000 euros en dix minutes ? Elle me répond que des amis de Liu ont accepté de les lui prêter.

1 500 euros… Si je fais un retrait aussi important, Tania va évidemment me poser des questions et me faire un sermon là-dessus. En même temps, si je peux sortir Liu de là… Il me remboursera quand il sera en mesure de le faire. Je file au distributeur le plus proche, retire les 200 000 yens et reviens rapidement à l'appartement, peu rassuré de porter une telle somme sur moi.

La Taïwanaise arrive une demi-heure plus tard, me remercie et, sans même m'écouter, repart très vite déposer la rançon.

Il faut que je parle à Tania avant qu'elle ne découvre ce que je viens de faire. Dois-je lui dire la vérité ? Je crains qu'elle ne comprenne pas mon choix, voire qu'elle ne l'approuve pas. Soyons lucides, à sa place, je la traiterais sans doute de folle.

Pour finir la journée, je pars me balader et tombe dans le quartier des *love hotels*. Comme les couples ont très peu d'intimité et qu'ils vivent souvent en famille, ces endroits leur permettent de louer une chambre et de se… retrouver pendant une ou plusieurs heures.

Puis je passe devant un hôtel capsule. Le concept est très particulier : il s'agit d'optimiser l'espace et de ne louer que des lits-cabines. Il arrive fréquemment que de nombreux salariés finissent trop tard et n'aient pas le courage de rentrer chez eux le soir. Ils préfèrent donc dormir là-dedans. Peut-être que je testerai une nuit pendant mon séjour, et sans doute plus rapidement que je ne pense : après-demain, ma location touchera à sa fin, et je n'ai pas encore de plan pour la suite. En plus, maintenant, avec cette histoire, il va falloir que je fasse attention à mon budget.

J'aimerais revoir Liu, non seulement pour savoir comment il va, mais aussi pour qu'il me conseille sur la suite de mon voyage. Au pire, si je n'ai pas de nouvelles de lui, je vivrai pleinement l'aventure en embrassant l'inconnu.

Je continue ma promenade et traverse une ruelle remplie de petits restaurants où les Japonais s'assoient au comptoir : il n'y a ni salle ni table individuelle. Et pas un seul touriste. J'entre dans l'un d'eux et, grâce à l'un des clients qui m'en explique le fonctionnement, je commande ce que je veux manger sur une machine où sont indiqués des numéros ainsi que les photos des plats correspondants.

Au moment où je m'installe sur mon tabouret, mon téléphone vibre. C'est peut-être Liu !

— Éric, c'est Liu.

— Comment vas-tu ? Ils ne t'ont pas fait de mal ?

— Ils n'ont pas été tendres, c'est certain, mais je vais bien, rassure-toi. Je suis vraiment désolé de ce qui s'est passé. Merci infiniment de nous avoir aidés, ma femme et moi.

— La décision n'a pas été simple, car c'est une grosse somme et je ne roule pas sur l'or.

— Oui, je comprends. Je te rembourserai dès que je peux.

— Pourquoi tu n'appelles pas la police ?

— Ici, c'est plus compliqué qu'en France. Je risque de gros problèmes si on apprend que j'ai joué dans un club de poker clandestin. J'avais une sacrée main, à une table d'entrepreneurs très riches. J'ai misé tout ce que j'avais en faisant un crédit, car j'étais sûr de mon coup, et l'un de mes adversaires m'a battu sur une main. Je pensais trouver là le moyen de mettre ma famille à l'abri du besoin et de nous constituer de bonnes économies pour l'avenir. C'est certain que je n'y retournerai plus. J'ai failli tout perdre.

— Je comprends, ça peut arriver, mais promets-moi de t'éloigner des tables de poker. On pourra se revoir tout de même avant ton départ pour Taïwan ?

— Oui, bien sûr. Laisse-moi passer du temps avec ma femme ce soir, elle a besoin de moi, et je te rappelle demain. Merci encore mille fois pour ta générosité, cela me touche beaucoup. Compte sur moi pour te rembourser au plus tôt, je vais trouver une solution.

Bonne nouvelle, tout est rentré dans l'ordre. Certes, il y a un trou de 1 500 euros sur mon compte, mais je pense avoir fait le bon choix.

Entre-temps, mon bol de soupe avec mon poulet m'a été servi, mais à l'odeur et à l'apparence, je doute sérieusement que cela soit du poulet. Mon bol terminé – c'était très bon mais je ne sais pas vraiment ce qu'il y avait dedans –, je remercie d'un signe de tête et m'engouffre dans les rues adjacentes, remplies d'animations.

Finalement, à 22 h 30, je rentre me coucher. Quelle journée ! Si je vis le prochain mois comme aujourd'hui, j'aurai de quoi écrire un livre après ce voyage.

Le lendemain matin, je n'ai qu'une hâte, me plonger pleinement dans cette nouvelle journée et découvrir ce que le Japon me réserve. Si Liu a un peu de temps, ce serait bien qu'il me fasse visiter en profondeur la ville. En attendant, il est nécessaire que je me fixe un objectif. Cela m'évitera de perdre du temps et j'irai à l'essentiel : souvenir d'une formation quand je travaillais encore dans mon entreprise.

- Objectif numéro un : réserver un hôtel ou autre pour demain et élaborer la suite de mon voyage.
- Objectif numéro deux : tenter de nouvelles expériences, faire des choses inédites, plonger dans l'inconnu et vivre pleinement le moment présent.

En attendant l'appel de Liu, je décide d'aller dans un nouveau quartier qui s'est spécialisé dans les magasins de mangas et d'équipements high-tech en tout genre. J'adore découvrir de nouveaux appareils, même si mon banquier et Tania sont généralement moins enthousiastes que moi…

Je redécouvre les joies du métro, mais cette fois-ci, la période de bousculade est passée, et certains des panneaux indicateurs sont en anglais. Je trouve facilement, et seul, mon chemin. À la sortie, j'en profite pour écouter deux musiciens, dont un qui joue drôlement bien de la guitare électrique. Ça me rappelle qu'avant l'arrivée de Léo, je jouais beaucoup de batterie et j'adorais ça. J'ai malheureusement tout laissé de côté. Si j'en trouve une, je m'installe et je joue. Voilà l'objectif numéro trois de ma journée !

Deux rues plus tard, et mon objectif peut se concrétiser ! J'entre dans un magasin qui vend toutes sortes d'appareils, du gadget en tout genre à l'électroménager, en passant par des objets high-tech. J'y découvre, à l'étage, un pan entier dédié aux instruments de musique avec, entre autres, des batteries acoustiques et électroniques. L'endroit étant presque désert, je mets un casque sur ma tête et commence à me déchaîner sur la batterie jusqu'à ce qu'un vendeur s'approche de moi : c'est la batterie, et non le casque comme je le pensais, qui est branchée sur des enceintes, et tout le monde entend. Après m'être excusé, il branche le casque en souriant. Je sors fièrement un *Aligato*[1], tout en ayant des doutes sur ma prononciation.

Je continue à jouer et m'éclate comme un gamin. Il faudrait vraiment que j'aie une batterie à la maison pour reprendre la musique. Je négocierai ce projet avec Tania en rentrant. Peut-être même que je pourrais mettre Léo dessus dès qu'il sera en âge de jouer avec les baguettes.

Une horloge murale me rappelle à l'ordre : ça fait

---

1. *Aligato* : « merci » en japonais (NdÉ).

près d'une heure que je joue ! On ne voit pas le temps passer quand une activité nous plaît, voire nous passionne !

Dans mon ancien boulot, j'en étais arrivé, certains jours, à compter les heures… Plus je regardais ma montre, moins le temps passait vite, et plus je m'ennuyais. Pendant que j'y pense, il va bien falloir que je me penche sur mon avenir professionnel en rentrant. Pas de panique, je suis en voyage au Japon. Il faut que je me laisse respirer pour voir où le vent me mène.

Je continue ma visite et monte au dernier étage d'un autre immense magasin, entièrement dédié au sexe. Quel paradoxe ! D'un côté, les Japonais sont assez pudiques et réservés, de l'autre, on trouve des sex-shops et des *love hotels* à tous les coins de rue.

Après l'effort, le réconfort : je vais tester quelque chose de nouveau pour mon déjeuner. Mon expérience culinaire s'étant pour le moment pas trop mal passée, j'espère bien que ça va continuer.

Au détour d'une rue, que vois-je ? Non, mais je rêve ! Je m'approche de la vitrine d'un restaurant pour être sûr que mes yeux ne me trompent pas : Liu est en pleine discussion avec la personne même qui est venue chez lui la veille et qui s'était énervée ! Je ne comprends plus rien. Il a décidé d'inviter ses ravisseurs au restaurant ou quoi ?

J'hésite à aller le saluer, mais je reste prostré sans trop savoir quoi faire.

Je décide tout de même de rentrer. Liu me voit au loin, j'ai comme l'impression qu'il est gêné.

— Salut, Éric, qu'est-ce que tu fais là ?

— Je suis venu visiter le quartier, plusieurs personnes me l'ont recommandé.

— Ah, très bien. Je travaille juste à côté d'ici. Je te présente Yukia.

— Oui, je me rappelle très bien. Ce ne serait pas avec lui que tu as eu des problèmes ?

— C'est le cas, mais maintenant tout va bien. J'avais encore quelques affaires à régler avec lui. Merci encore pour ce que tu as fait.

Son collègue reste assis, la tête droite, et ne se lève même pas.

— Tu es sûr que ça va ? Je te sens bizarre. Ils t'ont fait du mal ?

— Non, non, tout va bien, je t'assure. C'est juste que je suis surpris de te voir ici. Je t'appelle cet après-midi, la matinée a été chargée pour moi.

Je m'éloigne de la table. Quelle est la probabilité que je croise Liu dans cette ville en train de déjeuner avec l'un de ses ravisseurs ? Quelque chose m'échappe clairement.

Il me cache quelque chose, ce n'est pas la même personne qu'hier. Je commence à me poser beaucoup de questions… Et si tout ça avait été manigancé par eux deux ? Si tout avait été prévu dans le seul but de me soutirer de l'argent ? Non, il n'aurait pas pu me faire ça. On a travaillé ensemble pendant longtemps et il m'a accueilli à bras ouverts, il a toujours été très sympa quand on bossait ensemble à distance, ce n'est vraiment pas son genre.

Pas question qu'il me gâche ma journée, mais la joie qui m'accompagnait ce matin a laissé place à beaucoup de doutes et de questionnements.

CHAPITRE 7

Une surprise de taille

Voir Liu en compagnie du type à qui il devait de l'argent m'a coupé l'appétit, mais je m'arrête quand même dans un restaurant de sushis. Je passe mon repas à ruminer et à me poser des questions. Plus ça va et plus j'en arrive à me dire qu'il m'a arnaqué. Quand j'y repense, sa femme a réussi à obtenir 800 000 yens en à peine dix minutes ! J'avais déjà trouvé ça étrange à ce moment-là, mais sans trop me poser de questions. Je leur faisais confiance tout simplement, car ils avaient l'air sincères et honnêtes. Mais là ! Ça me paraît évident maintenant que je me suis fait avoir. N'ai-je pas déjà suffisamment souffert avec mes dernières galères ? Même en vacances, la malchance me poursuit !

Si Roger m'entendait, il m'arrêterait tout de suite, mais je n'arrive pas à positiver.

Je rentre peu après pour réfléchir et faire une sieste : je ressens toujours les effets du décalage horaire.

J'en profiterai pour avertir Tania que j'ai dû dépanner financièrement un ami et que je remettrai rapidement la somme sur notre compte. Je tâcherai de ne pas trop entrer dans les détails, en espérant que les 1 500 euros soient, comme promis, restitués prochainement. Bien que je commence sérieusement à en douter.

Comme je l'avais imaginé, Tania n'approuve pas du tout le retrait. Je tente de la calmer, mais rien n'y fait. Heureusement, et c'est le principal, Léo va bien. Il n'arrête pas de faire des grimaces et des bruits en tout genre que j'arrive à entendre. Tania et moi raccrochons à moitié fâchés, malgré ma promesse d'arranger la situation au plus vite et de la rappeler rapidement. À moi, maintenant, de démêler le vrai du faux.

Après ma sieste, je fonce chez Liu. Je veux savoir la vérité, car je le soupçonne de me cacher quelque chose.

Si je fais attention, je devrais me rappeler comment y retourner. Je prends le métro le plus proche de mon logement puis compte le nombre d'arrêts. Nous nous étions arrêtés au septième, et le trajet avait duré environ dix minutes. En sortant, je reconnais tout de suite les lieux : on avait pris un grand axe sur la droite, puis on s'était faufilés dans une petite rue. Au bout de deux minutes, j'arrive devant son logement.

J'ai souvent dit à Tania que j'avais mauvaise mémoire, car j'ai toujours eu du mal à apprendre les langues.

Finalement, elle n'est pas si mauvaise que ça. Je suppose que, comme tout dans la vie, ça se travaille.

Je sonne et le stress monte, car je ne sais pas encore ce que je vais lui dire. J'entends la clé tourner et vois la porte s'ouvrir sur Sakutia, la femme de Liu. Elle est surprise de me voir et me salue. J'aperçois à l'intérieur la silhouette d'un homme ainsi qu'un des enfants que j'avais vus courir partout. Je lui explique que je veux voir Liu, mais elle me fait comprendre qu'il n'est pas là.

— Qui est l'homme à l'intérieur alors ?

— Il n'y a personne !

— Vous mentez !

Je la pousse délicatement sur le côté et entre dans le salon. Elle élève le ton, mais je lui fais ravaler ses paroles avec une telle autorité qu'elle en devient toute rouge. Sur le canapé est assis Yukia.

Qui est ce type ? Comment fait-il pour passer du statut de ravisseur à celui d'ami ?

Lui aussi est tout rouge et n'a pas l'air serein du tout. Il fait comme s'il ne comprenait rien, mais je ne suis pas dupe. Quant à la femme de Liu, elle prend les enfants et quitte la pièce.

Tout ceci est un coup monté de leur part. Je veux des explications et exige que Liu vienne ici immédiatement afin qu'on s'explique, entre hommes. Yukia continue de faire comme s'il ne me comprenait pas. Sakutia revient dans le salon et me supplie de ne rien faire : l'homme sur le canapé est son mari, et Liu est très dangereux.

Elle me demande de m'asseoir et de me calmer : elle va tout m'expliquer. Je sens que la suite ne va vraiment pas me plaire...

Il y a deux ans, elle a commencé à travailler pour Liu dans une usine de fabrication de jouets.

Il faisait subir un enfer aux employés : intimidations, menaces... Il leur a proposé d'investir dans sa société en leur promettant des gains importants, quitte à les licencier s'ils refusaient. Son mari et elle ont dû investir une partie de leurs économies l'année dernière et, jusqu'à aujourd'hui, ils n'ont pas touché un yen. Le couple est totalement dépassé par la situation.

Liu est venu les voir récemment pour leur parler de moi : il avait monté un scénario pour m'arnaquer. Et ça a fonctionné.

— Au départ, nous avons tous les deux refusé d'entrer dans son jeu, mais il nous a menacés de garder notre investissement et de me renvoyer. Ce travail est important pour notre famille, et je ne peux me permettre de le perdre.

À ce moment-là, les larmes lui montent aux yeux et elle s'effondre devant moi. Son mari tente de la consoler. Je suis dépassé et abasourdi par toute cette histoire, et triste de voir que les coupables ne sont pas ceux que je pensais. Elle ajoute qu'elle a confié à son mari mon retrait de 200 000 yens, qui les a immédiatement donnés à Liu. Moralité, ils n'ont plus rien en leur possession. Il est maintenant évident que je ne reverrai jamais la couleur de mon argent.

Je reste assis à leur table sans savoir quoi dire. J'espère que Sakutia ne me mène pas une nouvelle fois en bateau.

À la question : pourquoi ne sont-ils pas allés voir la police, elle me répond qu'elle et son mari ont des problèmes de régularisation de papiers. Je n'ai pas tout compris, mais ils n'ont pas l'air très nets non plus…

Je n'arrive pas à croire que Liu ait pu me faire ça : j'ai toujours eu de bons contacts avec lui, il était très sympa quand on travaillait ensemble pour le labo. Selon elle, il est toujours très agréable et affable avec les personnes qu'il veut arnaquer. Et le labo était une couverture pour ses bidouilles.

Ils s'excusent à mille reprises, gênés pour moi, mais aussi gênés pour eux. J'incite vivement Sakutia à trouver un autre travail, en lui faisant comprendre qu'elle ne peut vivre esclave toute sa vie, mais je constate que je suis bien mal placé pour la conseiller. Elle me répond «oui» d'un signe de tête, mais je doute qu'elle fasse quoi que ce soit.

J'ai très envie de retrouver cet escroc et de lui montrer de quel bois je me chauffe. Mais si je le retrouve, que va-t-il se passer ? Je ne suis pas un superhéros et je n'ai pas envie de m'attirer encore plus d'ennuis. Et si j'allais moi-même voir la police en expliquant ce qu'il a fait ? Ils voudront sûrement parler à Sakutia et à Yukia, ce que ces derniers refusent catégoriquement.

Il faut que je prenne le temps de réfléchir et que j'appelle Roger.

Je sors de chez eux en leur promettant de revenir avant mon départ pour la France, afin de voir ce que je peux faire. Je rentre à mon appartement le moral dans les chaussettes, n'ayant plus goût à rien. Je suis dépité de m'être fait rouler par une personne en qui j'avais confiance. C'est un nouveau coup de massue après l'histoire de Marc et de Tania.

Sur Airbnb, je réserve, pour le lendemain, un logement de l'autre côté de la ville : quoique plus petit que l'autre, il fera l'affaire. De plus, il y a une salle de sport dans l'immeuble, ce qui me permettra de me dépenser un peu. Bouger me changera les idées. Je pourrai m'organiser de nouvelles visites, bien que je ne sois pas certain d'avoir la tête à ça. À moi de faire en sorte d'en profiter. Malgré tout.

Si Roger dit vrai, la vie de Liu doit être bien misérable. Comment peut-on se sentir bien et en phase avec soi-même en agissant ainsi ? J'ai bien retenu sa leçon numéro trois : « Tout ce que tu fais aux autres en bien ou en mal te revient. »

Cependant, si c'est le cas, pourquoi est-ce que j'attire autant de mauvaises choses ? Je n'ai pourtant pas l'impression de m'être mal comporté.

En attendant, je n'ai qu'une seule préoccupation en tête : régler la tuile qui m'est tombée dessus. Comment faire ? Je décide d'appliquer une nouvelle fois les conseils de Roger : je prends un papier et un stylo, et écris les possibilités qui s'offrent à moi :

- Je ne fais rien, je profite de mon voyage et accepte le fait d'avoir perdu mon argent.
- Je retrouve Liu et lui mets la pression pour qu'il me rembourse.

La seconde solution va certainement m'attirer encore plus de problèmes, mais il est hors de question que je me laisse arnaquer comme ça !

Finalement, je n'appellerai pas Roger, car j'ai l'impression de faire appel à lui dès que j'ai un problème. À moi de me débrouiller seul cette fois-ci.

Je décide, pour ce soir, d'arrêter de penser à ce qui vient de m'arriver. Je pars me chercher un plat à emporter et le mange devant une série policière.

Je m'endors difficilement, la tête encombrée par toutes ces questions.

Je me lève tard, après avoir décalé mon réveil à plusieurs reprises, et récupère toutes les affaires que j'ai éparpillées un peu partout. C'est fou comme on peut s'étaler en trois jours ! C'est d'ailleurs l'un des reproches les plus fréquents de Tania : je ne suis pas très ordonné. On ne peut pas être parfait ! Après tout, j'accepte aussi ses défauts. La question, en fait, est de savoir si on peut accepter les défauts de la personne avec qui on partage la vie.

Je dois libérer l'appartement à 11 heures, puis déposer les clés là où je les avais récupérées en arrivant. J'ai ensuite rendez-vous en début d'après-midi pour ma nouvelle location.

Contrairement à ce que je pensais, il faut que je demande mon chemin pour trouver le bon arrêt de métro et la bonne sortie. Autant, hier, j'avais réussi à m'y retrouver sur le plan de mon ordinateur, autant, aujourd'hui, dans les souterrains, je suis un peu perdu.

J'arrive enfin dans mon nouveau quartier, qui ressemble un peu à celui de ce matin, avec plus de couleurs, ce qui rend les rues encore plus dynamiques et vivantes.

J'ai rendez-vous cette fois-ci avec la propriétaire à l'entrée d'un jardin public ; j'ai dix minutes d'avance. Je m'assois sur un banc en attendant, car mon sac n'est pas léger. J'en profite pour visiter du regard le parc. Il est immense, avec des fontaines et plein de bonsaïs. De nombreuses familles s'y promènent et des enfants jouent partout. Cet endroit plairait certainement à Roger.

Une femme s'approche et m'appelle par mon prénom. Elle me fait signe de la suivre et me souhaite la bienvenue en anglais. Elle m'explique que le quartier est très animé et que si j'ai besoin de quoi que ce soit, elle est là pour m'aider, car elle habite à deux pas.

Après avoir marché un peu, nous entrons dans un immeuble et montons au premier étage. L'appartement est petit mais conforme à l'annonce. La propriétaire est très gentille et m'offre les gâteaux présents sur la table, ainsi que quelques sucreries. Tout est équipé. Je vais être bien ici et pouvoir, je l'espère, vivre enfin de bonnes expériences. Elle sort en me laissant les clés.

L'histoire de Liu est encore bien présente à mon esprit ; pourtant, j'essaye d'arrêter de ruminer, cela ne changera pas les choses. Ce qu'il faut, c'est se creuser la tête pour trouver des solutions. Dans tous les cas, ça m'a donné une bonne leçon. Je pensais connaître un peu Liu, et il se trouve que ce n'est absolument pas le cas. Il est très loin de l'image que j'avais de lui.

Je sors de l'appartement pour aller m'allonger dans le parc et profiter de cette journée ensoleillée. Je m'endors presque aussitôt. Je suis réveillé en sursaut par un violent choc sur la tête : le fautif est le ballon d'un enfant de quatre ou cinq ans. Je le redonne au petit garçon, qui me regarde en souriant. Sa mère, à l'arrière, s'excuse.

Je commence à faire le tour du parc, me demandant où aller. Soudain, qui vois-je sur un banc ? Comment est-ce possible ? Je rêve, c'est certain. Le décalage horaire provoque chez moi des hallucinations ! Pourtant, pas de doute, c'est bien lui.

— Roger ? Mais que faites-vous là ?

— Comment ça, qu'est-ce que je fais là ? Comme toi, je voyage, je n'ai pas le droit ?

— Mais comment saviez-vous que j'allais être ici, dans ce parc ? Je vous ai eu hier au téléphone, pourquoi ne pas m'avoir prévenu de votre arrivée ?

— J'aime les surprises, je suis un voyageur du monde, tu te souviens ?

— Oui, mais j'ai l'impression que c'est irréel. Ce n'est pas comme si j'étais à Angers. J'en suis à des milliers de kilomètres, et vous, vous arrivez comme par magie, là, sur un banc en plein cœur du Japon ! Sans compter qu'il s'agit du même parc que celui où je me trouve. Avouez tout de même que ça peut paraître bizarre, non ?

— Je te l'accorde, Éric, mais tu sais, bien des choses t'arriveront dans la vie que, pourtant, tu ne pourras pas expliquer.

— Mais les médecins vous ont autorisé à venir ? Pour un si long voyage ?

Roger se met à rire.

— Je suis une grande personne, responsable de mes actes. Ici aussi des médecins peuvent me soigner.

— Oui, c'est vrai, mais c'est tellement bizarre de vous voir ici !

— Tu sais, la plupart des gens ne franchissent pas de cap, comme je viens de le faire, car ils sont effrayés par tout ce qui est relié à l'inconnu. Quand tu as peur de te lancer, et que tu surmontes cette peur en passant à l'action, ton cerveau l'enregistre. Si tu la surmontes à plusieurs reprises, ton cerveau intègre que tu ne crains aucun danger, et la peur se fait alors de moins en moins sentir. Pour que cet enregistrement se fasse, tu dois accepter de passer par la case difficile. Ensuite, ce n'est qu'une histoire d'habitude ! J'ai passé ma vie à me mettre au défi, Éric. J'ai passé ma vie à voyager. Pour moi, il est normal de prendre un billet d'avion et de venir au Japon, alors que pour toi cela te semble improbable, car c'est la première fois que tu es réellement passé à l'action.

— Je suis vraiment heureux de vous voir en tout cas. Combien de temps allez-vous rester ?

— Je n'ai pas de plan défini… un jour, une semaine, un an. Je verrai où le vent me portera.

— En effet, je ne sais pas si j'arriverai à vivre comme vous un jour…

— Ne t'inquiète pas pour ça, chaque chose en son temps. Il faut que je te présente à plusieurs personnes ici, pour parfaire ton apprentissage.

— Vous avez des amis ici ?

— Un petit peu, oui. Je connais du monde un peu partout sur cette planète.

— Mais vous êtes venu seul ? Où logez-vous ?

— Hélène est avec moi. Elle m'accompagne presque partout, je ressens une véritable gratitude pour elle et pour le fait qu'elle fasse partie de ma vie.

— Pourquoi tous ces secrets, Roger ? J'ai du mal à comprendre pourquoi vous me cachez tant de choses. Si vous voulez vraiment m'aider, où est le problème ?

— Il n'y a pas de problème, Éric, juste des opportunités. Ne te pose pas trop de questions. Nous avons tous nos petits secrets, n'est-ce pas ? Toi aussi tu en as. Nous continuerons, si tu le veux bien, ton apprentissage dès demain matin, 9 heures. Autant profiter de ton séjour au Japon. Si tu n'as pas de plan pour la suite, je te propose de me suivre et de découvrir avec moi les plus beaux endroits qu'il m'ait été donné de voir dans ce splendide pays. Nous allons entamer ensemble un long voyage, alors j'espère que tu es solide, car je galope comme un jeune de vingt ans à présent. Il me faudra juste un peu d'aide de temps en temps.

— Génial ! Je n'avais aucun plan. Vous savez que je vous adore ? Je peux vous serrer dans mes bras ?

— Bien sûr ! Un simple câlin fait vivre des émotions de joie et de bonheur. Nous serions bêtes de nous en priver.

Il m'attrape et me serre très fort. Je crois que c'est la première fois qu'on m'étreint avec une telle intensité.

Intérieurement, je suis excité comme une puce. Je vais voyager avec Roger !

— À partir de maintenant, ne te fais plus de souci pour les locations, nous allons être hébergés par différentes personnes et nous dormirons ici et là… Fais-moi confiance et essaie de vivre ce voyage dans le présent, simplement ici et maintenant. Hier n'existe plus et demain appartient au futur. Ce qui compte, c'est ce qui se passe maintenant.

— Je comprends, mais je dois quand même vous raconter quelque chose. Il m'est déjà arrivé une sale histoire avec un soi-disant « ami » qui devait m'accueillir ici.

Roger lève la main immédiatement.

— Stop ! Je connais toute l'histoire. Ne t'inquiète pas non plus pour ça, tu auras bien assez tôt la réponse à tes questions.

— Quoi ? Comment pouvez-vous savoir ? Vous saviez pour Liu et son arnaque ?

— Oui, et je te demande de ne plus t'en préoccuper,

car tu ne peux rien y faire pour le moment. Il est donc inutile d'encombrer ton esprit avec cette histoire. Le seul résultat immédiat que tu obtiendras sera de transmettre à ton corps des émotions que tu n'as pas envie de ressentir.

— Et, bien sûr, je dois juste l'accepter sans poser de questions ?

— Tu n'es pas obligé, Éric. Personne ne peut dans ce monde te forcer à faire quelque chose. Je te demande juste, encore une fois, de me faire confiance. Si tu dois récupérer cet argent, tu le récupéreras, s'il est perdu, il sera perdu ; mais, à ce moment-là, tu seras capable de l'accepter.

— Perdu ! C'est facile pour vous, Roger, ce n'est pas votre argent. Il m'a quand même arnaqué de 1 500 euros !

— Je comprends ta colère, Éric, mais tu es en partie responsable de tout ça.

— Roger, je vous aime beaucoup et je n'ai pas envie de me fâcher avec vous, mais comment puis-je être responsable d'une arnaque dont je suis la victime ?

— Qui a envoyé un e-mail pour prendre contact avec cet ami ?

— C'est moi, mais jamais je n'aurais pensé qu'il aurait monté un coup pareil !

— Je comprends parfaitement, mais tu dois accepter maintenant de détenir forcément une part de responsabilité dans tout ce qui se produit dans ta vie, que ce soit positif ou négatif. Tu t'apercevras que ce sont généralement tes choix qui t'y ont amené et que tu es responsable de ce qui se produit. Une fois que tu penses de cette manière, tu commences à voir les choses autrement et à agir différemment. Tu agis comme une personne raisonnable, qui prend ses responsabilités et qui ne rejette pas la faute sur les autres au moindre problème.

— Je comprends, mais c'est dur à entendre. Toute cette histoire est allée très loin, trop loin…

— En effet, mais nous aurons l'occasion d'y revenir.

— Est-ce une leçon également ?

— Absolument. Je ne pensais te la donner que la semaine prochaine, comme la leçon numéro huit, mais tu l'auras finalement aujourd'hui. Leçon numéro neuf : «Tu es responsable de ce qui se produit dans ta vie. Agis en conséquence.»

— Je vais la rajouter à la liste. Et sinon, que fait-on demain ?

— Rejoins-moi ici même, demain, à 9 heures. Nous irons voir un ami de longue date au nord de la ville. Et, après-demain, nous partirons au sud du pays.

— J'espère ne pas me tromper en vous faisant confiance.

— Suis seulement ton intuition. Le simple fait de prononcer cette phrase permet d'en connaître davantage sur ce que te disent ton âme, ton intuition et tes émotions. Si tout est en accord avec cette décision, alors cela signifie que tu fais le bon choix.

— Je ne sais pas quoi dire, Roger. Il y a encore une

heure, j'étais perdu et je ne savais pas quoi faire de ma journée, et quelques instants plus tard, vous êtes là et vous me proposez un plan. Je suis vraiment content de vous savoir ici avec moi.

— Attends la fin avant de me remercier…

Il me file un petit coup de coude au passage.

— Il me reste quelques affaires à régler ici, avant de partir. Je te laisse, profites-en pour te balader, car demain sera un autre jour.

— Comptez sur moi ! Cette fois-ci, je ne serai pas en retard !

CHAPITRE 8

Une incroyable histoire

Je suis tout excité à l'idée de poursuivre ce périple avec Roger. Mon expérience du voyage va être totalement différente avec lui.

Je profite du peu de temps qu'il me reste cet après-midi pour appeler Tania, car je ne pourrai peut-être pas l'appeler ces prochains jours. Nous discutons longuement et paisiblement, mais quand elle évoque l'histoire des 1500 euros, je ne sais vraiment pas quoi dire. Finalement, je me décide à lui avouer toute la vérité. C'est mieux comme ça, sans compter que cela me soulage : je n'aime pas lui mentir.

Je lui raconte tout dans les moindres détails. Elle me croit, mais elle est furieuse. Cependant, je pense qu'une part d'elle comprend également pourquoi j'ai agi de la sorte car, au fond, elle est comme moi : nous essayons toujours, tous les deux, d'aider les autres quand on le peut. Et il est vrai que l'histoire de Liu m'a touché. Il le savait d'ailleurs parfaitement puisqu'il a su où appuyer pour que mes émotions entrent en jeu. Nous raccrochons après nous être réconciliés, au moins sur ce point-là.

Je passe la fin de ma journée à marcher sans réel objectif, à découvrir des rues, des places, des magasins, à parler avec quelques personnes dans des commerces. Ça me fait vraiment du bien : je réussis à lâcher prise et à me laisser aller, à vivre le moment présent, même si je dois bien avouer qu'une partie de moi se projette déjà et que de nombreuses questions me trottent dans la tête : les endroits que nous allons visiter, les personnes que l'on va rencontrer et encore ce mystère qui plane autour de Roger. Je sais qu'il faut que je laisse faire le temps, les réponses viendront.

Partant plus tôt que prévu, je préviens par e-mail la propriétaire que je quitterai l'appartement dès le lendemain. Elle me demande immédiatement si quelque chose ne me convient pas, ou si l'appartement ne me plaît pas. Je la rassure en lui disant que tout est parfait, que j'ai juste changé mes plans. Je refais une nouvelle fois ma valise, mais bien plus rapidement que ce matin, car j'ai à peine eu le temps de sortir quelques affaires.

Je m'endors paisiblement.

La lumière du jour me réveille à 7 h 30. J'ai une heure et demie pour me préparer, prendre mon petit-déjeuner et rendre les clés avant de retrouver Roger.

À 8 h 55, je suis fin prêt, assis sur le banc du parc, mon sac à mes pieds. J'aperçois Roger au loin, avec une canne, accompagné d'Hélène. C'est la première fois que je le vois ainsi.

— Comment allez-vous ? Je n'en reviens toujours pas de vous voir ici tous les deux. Mais… vous avez une canne maintenant ?

— Oui, ça va m'aider. Nous avons de la route !

Hélène soupire à côté. Elle n'a pas l'air très enchantée de la situation.

— J'ai tenté de le dissuader de venir ici, mais il est têtu comme une mule et a eu le dernier mot. La seule condition pour que je le laisse partir était que je l'accompagne.

— Maintenant que nous sommes tous les trois ici, autant en profiter, non ?

— Tu as parfaitement raison, Éric, voilà une bonne parole.

Hélène m'informe qu'un chauffeur nous attend à deux rues d'ici.

— Nous allons commencer par une petite banlieue industrielle au sud d'Osaka, à la rencontre d'un vieil ami.

— Vous le connaissez depuis longtemps ?

— Oui, on peut dire ça. Je l'ai rencontré lors de mon premier voyage ici, il y a plus de quarante ans.

— En effet, ça commence à faire.

On retrouve le chauffeur au volant d'une BMW dernier cri, dans la rue indiquée par Hélène. Je ne sais pas si Roger a gagné à la loterie, mais il est clair qu'il doit avoir de l'argent.

— On a environ trente minutes de route devant nous. Vous ne m'en voulez pas si je fais une petite sieste ?

— Bien sûr que non, faites comme vous voulez.

J'en profite pour discuter avec Hélène, qui me parle de l'état de santé de Roger. S'il m'avait rassuré, Hélène me donne quant à elle des nouvelles plutôt alarmantes : son cœur est très faible, et elle est vraiment inquiète. En même temps, elle ne peut pas l'empêcher d'être ce qu'il est : ce qu'il fait avec moi aujourd'hui, il l'a fait avec elle il y a quelques années, et avec tout un tas d'autres personnes dans plein de pays différents. Sans lui, ne serait plus de ce monde pour m'en parler. C'est pour ça que, depuis quelques années, elle passe beaucoup de temps avec lui pour le soutenir et le remercier.

Impossible d'en savoir plus, nous arrivons au point de rendez-vous. La voiture se gare le long d'une maison en bois, entourée d'énormes caissons chargés par des ouvriers.

Un Français d'une soixantaine d'années s'approche.

— Roger ! Comme c'est bon de te voir !

— Nicolas, comment vas-tu fiston ?

— Je ne suis plus tout jeune, tu sais. « Fiston », c'était bon lors de notre première rencontre.

— Voici Éric, je t'en ai parlé au téléphone.

— Alors, le Japon, tu t'y plais ?

— Pour le moment, oui, j'aime beaucoup.

Je vais éviter de lui parler des 1 500 euros.

— Venez, entrez !

On entre dans la maison en bois, lumineuse, très bien conçue, décorée avec des meubles design, élaborée avec de grands volumes. Je me verrais bien y vivre.

— Comment vous êtes-vous rencontrés ?

— Ah ! C'est une vieille histoire. J'ai rencontré Roger l'un des jours les plus sombres de ma vie. Mon père avait pris la décision de déménager ici, au Japon, à la suite d'une opportunité professionnelle. Pour moi, c'était la catastrophe : quitter tous mes potes du lycée, toute la vie que je m'étais construite en France. Et je n'ai pas réussi à faire mon trou ici. J'en suis arrivé à vouloir sauter d'un pont. Ce jour-là, il pleuvait à verse, et je m'étais penché sur la rambarde, déterminé à sauter. Puis j'ai entendu une voix derrière moi, qui m'a répété trois fois : « Que fais-tu ? » Je m'en souviendrai toujours. Je me suis retourné, et c'est là que j'ai croisé son regard pour la première fois.

En finissant sa phrase, ses yeux sont brouillés, remplis de reconnaissance.

— Que faisiez-vous là, Roger ? Sous la pluie en plus ?

— C'est ce que j'appelle le karma. Tu es là où il faut que tu sois, sans vraiment savoir parfois pourquoi.

— C'est incroyable. Si Roger n'avait pas été là, vous auriez vraiment sauté ?

— Tu peux me tutoyer, Éric. Je ne le saurai jamais, mais, ce jour-là, j'étais déterminé. Depuis, ma vie a bien changé, et tout ce que tu vois autour de toi, je l'ai

131

construit. Roger m'a tellement donné que je ne pourrai jamais le remercier à la hauteur de ce qu'il m'a apporté. Même s'il me cache toujours des choses.

— Avec toi aussi, il est secret ?

— Du calme les garçons, du calme ! Vous n'allez tout de même pas vous en prendre à un vieux monsieur ? Nicolas, j'aimerais que tu expliques à notre ami Éric comment tu as fait pour construire tout ce que tu possèdes aujourd'hui et qui fait rêver bon nombre de personnes.

— Très bien. As-tu des questions précises, Éric ?

Je suis pris de court. Tout ce qui me passe par l'esprit est :

— Tu gagnes beaucoup d'argent aujourd'hui ?

Ils se mettent tous les trois à rire.

— J'en touche même énormément. Pourquoi, tu veux te faire de l'argent ?

— Ç'a toujours été un de mes souhaits, surtout depuis que je suis sans emploi et que je suis perdu dans ma vie professionnelle.

— Je vois. Roger a dû t'expliquer que toi seul as la réponse à tes questions, je ne pourrai donc pas répondre à ta place. Ce que je te propose, c'est de te raconter mon histoire, tu pourras peut-être en tirer quelque chose. Après sa promotion, mon père est devenu responsable des opérations dans une usine japonaise de reconditionnement de matériaux. Ma mère, quant à elle, l'a suivi et quitté un poste qui ne lui plaisait pas. C'était sans doute plus simple pour elle, je pense, même si l'idée de venir habiter au Japon ne l'enchantait pas non plus. On est donc partis tous les trois de notre banlieue parisienne quand j'avais dix-sept ans. J'étais en colère et frustré. On a commencé par vivre dans un quartier assez huppé en plein cœur de Tokyo. C'était hallucinant. Ça nous changeait totalement de ce qu'on avait connu. Au début, j'ai été pris d'euphorie, ça allait plutôt bien, mais au bout de deux semaines, c'était tout le contraire. Je ne voulais plus qu'une seule chose, rentrer, et c'était la guerre tous les jours avec mes parents. Moins d'un mois après mon arrivée, je suis allé sur ce fameux pont, où j'ai rencontré Roger. Ensuite, à son contact, les choses ont commencé à s'arranger. Il m'a proposé de le voir très régulièrement et on a passé beaucoup de temps ensemble pendant quatre ou cinq mois. J'ai finalement compris par la suite, toujours grâce à lui, qu'on a tendance à se focaliser sur les aspects négatifs d'une situation, même s'ils sont souvent temporaires, alors qu'on peut généralement en tirer des bénéfices sur le long terme. Cette période m'a totalement transformé. Grâce aux conseils de Roger, j'ai commencé à agir différemment et, en premier, à devenir responsable de ma vie. J'ai arrêté de me plaindre et je me suis posé les bonnes questions. Le Japon était une opportunité, et il n'y avait aucune limite à ce que je pouvais faire. J'ai suivi les cours de japonais auxquels mon père m'avait inscrit et où je n'avais jamais fichu les pieds depuis mon arrivée. Moins d'un an après, je pouvais tenir une discussion. J'ai quitté, dans la foulée, la filière dans laquelle je me trouvais, une décision pas évidente, car mes parents s'y étaient opposés. Je leur ai fait comprendre que je voulais intégrer le monde du travail pour devenir entrepreneur. Il fallait donc que j'accumule le plus rapidement possible de l'expérience.

— Tu aurais pu le faire en plus des cours, non ?

— C'est sûr, mais avec l'aide de Roger, j'ai beaucoup travaillé sur moi et développé mon intuition. C'est là que j'ai senti que l'entrepreneuriat était la voie vers laquelle me diriger. Au bout de deux mois de négociation avec mes parents, j'ai arrêté mes études alors que j'avais à peine dix-huit ans. Le deal était le suivant : si en un an je n'avais rien de concret, je retournerais à l'université l'année suivante. J'ai commencé par accepter un job dans une entreprise de stockage à l'est de Tokyo. Je devais entreposer de grosses palettes dans des caissons, un peu comme ceux que tu as vus dehors. En parallèle, avec Frédéric, un ami français que j'avais rencontré, on s'est associés dans une première affaire : vendre des pâtisseries françaises aux étudiants à la sortie des universités. Très vite, notre petite entreprise a fait du bruit, et on est passés de deux à huit vendeurs. En moins de six mois, j'avais accumulé et gagné plus d'argent que je ne l'aurais pu en cinq ans avec mon simple travail. À ce moment-là, j'ai pleinement pris conscience que tout ce que Roger m'avait enseigné avait énormément joué dans ma vie. J'ai recopié et mis en application chaque leçon qu'il m'avait dispensée en faisant attention de ne jamais m'en écarter. J'ai quitté mon emploi dans l'usine de stockage assez rapidement pour me consacrer pleinement à mon business. Notre chiffre d'affaires continuait sa croissance, mais peu de temps après, on s'est fait épingler par le fisc : on nous a interdit de vente, car nous n'avions aucune autorisation, et l'argent gagné n'était pas déclaré.

— Qu'est-ce qui vous est arrivé ? Comment vous en êtes-vous sortis ?

— Ça nous a valu pas mal d'ennuis : mes parents et moi avons failli nous faire expulser du pays. J'ai passé des mois compliqués à cette période. Tout a fini par s'arranger, mais j'avais presque perdu tout le fruit de mon travail. L'amende à payer dépassait largement les bénéfices que nous avions réalisés. Bien que cette expérience se soit soldée par un échec financier, elle m'a apporté quelque chose de bien plus important : la confiance. J'ai su que je pouvais faire quelque chose de mes dix doigts : c'était ancré au plus profond de moi. Je savais que je pouvais rencontrer de nouveau le succès si je le désirais vraiment. Avec Frédéric, on est repartis sur de la vente de pâtisseries, légalement cette fois. On proposait nos produits directement à la sortie des usines. Malheureusement, ça a beaucoup moins bien fonctionné – sans doute que les pâtisseries attiraient beaucoup moins les ouvriers que les étudiants – et, avec les charges, on n'arrivait pas vraiment à s'y retrouver. On a pris la décision d'arrêter quelques mois après. J'avais dix-neuf ans et je n'avais plus rien, mais des rêves plein la tête… Comme j'avais prouvé à mes parents que j'étais capable de me débrouiller, ils ont accepté de me faire confiance pour la suite. Je suis devenu serveur dans un restaurant. Ça n'avait clairement rien à voir avec mes expériences précédentes, mais ça me permettait de vaincre ma timidité et de perfectionner mon niveau de japonais. J'y suis resté près de trois ans, tout en sachant que ce boulot était juste une transition. En seulement six mois, je suis passé responsable de salle avec une équipe de cinq serveurs, et j'ai fait de ce restaurant le plus branché du quartier.

— Comment as-tu fait ?

— Toujours de la même manière ! En appliquant les leçons de Roger et en faisant preuve de leadership. Il s'agit d'une qualité qui doit faire partie de ta vie, Éric, c'est ce qui peut t'amener au sommet. J'ai rapidement compris que j'avais besoin des autres pour concrétiser mes objectifs. Seul, ça allait être compliqué. Roger m'en avait un peu parlé, et j'avais une véritable soif d'apprendre. À cette époque, on n'avait pas encore Internet. Il a fallu que je rencontre un maximum de personnes, que je cherche la moindre information à exploiter. Dès qu'il y avait des séminaires ou autres sur des sujets qui m'intéressaient, j'essayais de faire le déplacement.

— Et après ce job de responsable ?

— J'y arrive, j'y arrive. Au bout de trois ans, j'ai recroisé Frédéric, le Français avec qui j'avais monté ma première affaire. Je lui ai fait part de certains projets que j'avais mûris et on a décidé de remettre le couvert. Avec mon emploi de responsable, j'avais pas mal d'argent de côté. Mes patrons m'avaient très bien récompensé pour ma participation à la montée en puissance de leur restaurant. J'ai eu de la chance, car c'est loin d'être le cas partout. Encore une fois, je pense que l'attitude que j'avais m'avait orienté vers de belles personnes. Bref. Nous nous sommes lancés dans notre projet : les Japonais, qui vivent souvent en famille, manquent de place chez eux, surtout lorsqu'ils habitent en ville. On voulait donc proposer des espaces de stockage pour particuliers, ce qui n'existait pas encore. Là encore, il a été compliqué d'obtenir les autorisations : c'était nouveau et on était tous les deux français, ce qui n'arrangeait pas nos affaires. Par chance, un contact de mon père qui maîtrisait le système a accepté de nous rencontrer. Après lui avoir exposé en détail notre projet, il a été très emballé par notre idée. Trois mois plus tard, non seulement nous avions toutes les autorisations nécessaires, mais il nous contactait pour nous demander si nous recherchions des fonds, car il était prêt à investir. En seulement quelques mois, nous avons trouvé un local et commencé l'aménagement. Mais, au démarrage, on a vite déchanté. On n'avait aucun client… Six mois après, on avait réussi à convaincre seulement quatre personnes. On avait des centaines d'espaces de stockage, mais ils étaient tous vides. Nous avions un prêt sur le dos et il fallait payer tout le matériel qu'on avait acheté pour aménager l'entrepôt. Là encore, ç'a été une période très dure de ma vie. J'avais appelé Roger pour lui faire part de mes problèmes, et tu te souviens de ce que tu m'as dit, Roger ?

— Pas tout à fait. Ma mémoire n'est plus aussi claire qu'autrefois, tu sais.

— « Si les gens ne comprennent pas ce que tu fais alors que tu leur répètes constamment les mêmes choses depuis six mois, tu auras les mêmes résultats les prochains mois si tu t'entêtes dans la même direction. » Tu as ajouté que la persévérance était indispensable et que cette qualité pouvait m'emmener très haut, mais que persévérer dans une voie ne signifiait pas faire toujours la même chose. Je devais modifier ma façon de voir mon activité et changer d'angle d'attaque. C'est ce jour-là que j'ai eu le déclic et compris qu'on faisait fausse route depuis le début. Cette fois, on a intégralement repris notre communication avec un expert. Nous nous sommes enfermés tous les trois dans un bureau pendant une semaine pour réfléchir, pour élaborer un plan stratégique à mettre en place immédiatement et pour modifier totalement notre communication.

Le problème avec la nouveauté, c'est que les gens ont du mal à se projeter. Il fallait donc qu'on les aide en leur donnant des exemples significatifs. Les Japonais stockent là où ils peuvent – et sans jamais les utiliser – leurs vieux meubles et leurs bibelots de famille. Mais pour rien au monde ils ne s'en seraient séparés, car ça fait partie de leur histoire. On a donc pris cet exemple puis on a ciblé trois autres créneaux porteurs… On a fait imprimer de grands panneaux publicitaires et on s'est lancés dans une campagne massive. On n'avait plus le droit à l'erreur, notre trésorerie était presque à sec.

Dans les semaines qui ont suivi, nous avons été submergés d'appels, de visites et de locations. Cinq mois après ce changement de stratégie, notre entrepôt était complet. Ça a été l'une des périodes les plus stressantes de ma vie. Ni Frédéric ni moi n'étions préparés à ça. On a dû embaucher du personnel, s'occuper de la gestion, qui était devenue un vrai casse-tête… J'avais vingt-trois ans et je touchais un salaire bien plus élevé que celui de mon père qui travaillait depuis des dizaines d'années.

— Et alors ? Vous avez loué d'autres entrepôts ?

— Et comment ! On a continué et répété l'opération jusqu'à en ouvrir cinquante-six à travers tout le pays ! On est passés sur les ondes, tout le monde voulait une interview de nous. J'ai continué à me former autant que je le pouvais, à aller à tous les séminaires qui m'intéressaient et, bien sûr, j'embarquais systématiquement Frédéric avec moi. Au fil des années, nous nous sommes transformés : nos décisions étaient beaucoup plus éclairées, et notre business est ainsi devenu un véritable empire.

— Tu as toujours cette entreprise ?

— Non. On a eu une très alléchante proposition de rachat d'un géant industriel, qu'on a acceptée. Il était temps pour Fred et moi de passer la main. On avait tellement donné qu'il fallait qu'on prenne un peu de repos.

— Je vous interromps pour te donner la leçon numéro dix, Éric : « Persévère toujours, mais affine ta stratégie si tu vois que les résultats ne sont pas là. »

— Vous me faites prendre conscience de tellement de choses…

— Et ce n'est que le début ! Plus tu vivras en cohérence avec ce que Roger t'enseigne, plus tu seras épaté par ce que la vie a à t'offrir. Et, crois-moi, elle a beaucoup à t'offrir !

— Je n'en doute pas et je sais que tout va s'éclaircir pour moi bientôt. Que s'est-il passé depuis cette revente jusqu'à aujourd'hui ?

— Je te le raconterai avec plaisir ! Mais, avant ça, puis-je vous proposer quelque chose à boire ?

Alors qu'il nous prépare une grande tasse de thé, Roger commence à s'assoupir. Hélène le couve du regard, on sent qu'elle tient vraiment à lui.

Je n'arrive toujours pas à croire que je suis avec eux deux. Je les connais depuis seulement quelques semaines, mais c'est comme si on se connaissait depuis des années, comme si quelque chose nous rattachait.

Nicolas revient avec un plateau. Roger rouvre les yeux au même moment.

— Je me suis assoupi, je crois. Où en était-on ? Tu poursuis ton histoire ou je te botte les fesses !

Nous nous mettons à rire tous les quatre.

— Avec le partage et les frais engendrés par la

revente, laquelle nous a rapporté dix millions d'euros, il m'est resté environ trois millions d'euros en poche. Je n'avais pas trente ans. J'ai bien sûr commencé par en faire profiter ma famille, en offrant à mes parents un grand chalet en bois à quelques kilomètres de Tokyo, dont ils avaient toujours rêvé. Je m'en souviens comme si c'était hier. Ma mère m'a demandé ce que nous faisions là, devant cette belle maison, elle pensait que nous allions au restaurant. Je l'ai prise dans mes bras et je leur ai dit : «Maman, papa, je ne pourrai jamais vous remercier assez pour tout ce que vous avez fait pour moi. Ce chalet est le vôtre.» Ma mère s'est mise à pleurer et mon père m'a pris dans ses bras. Je sentais que, pour la première fois, je les avais vraiment rendus fiers de qui j'étais devenu. Ce fut un moment magique.

— Est-ce qu'ils y sont toujours ?

— Non, malheureusement. Mon père est décédé il y a huit ans et ma mère il y a deux ans.

— Désolé !

— Ne t'en fais pas, c'est le cycle de la vie. Je sais que là où ils sont, ils sont heureux et en paix. Quand on a revendu l'entreprise avec Frédéric, on a fait la une de tous les journaux. Deux Français devenus très riches, ça ne passait pas inaperçu. Après ça, j'ai pris un an pour moi. J'ai appris à cuisiner à la japonaise, les arts martiaux… J'ai rencontré beaucoup de monde, participé à de nombreux événements, flâné dans les parcs, visité de nouveaux lieux, de nouvelles villes. J'ai même fait un périple de trois mois en Asie en solitaire.

Comme toi quand tu es venu ici, Éric. Pendant cette période, j'ai tout de même continué à réfléchir sur des projets. Rencontrer du monde m'a permis d'avoir une conscience plus accrue des besoins des Japonais. J'ai passé mon temps à observer, à questionner. Dès qu'il y avait un problème ou une difficulté dans un secteur, j'étais curieux d'en savoir plus et j'avais tout de suite des idées pour y remédier. Je me suis investi, en tant que consultant, dans différents projets et dans une dizaine de boîtes : chez des grossistes, dans des usines de fabrication de matériaux, dans les nouvelles technologies… Je sautais sur tout ce qui bougeait. Au bout d'un moment, j'ai compris que c'était une erreur, car il m'était difficile d'apporter l'aide adéquate à chaque entreprise. En moins de deux ans, j'étais passé d'une vie tranquille où je prenais le temps, à quatre ou cinq réunions par jour m'obligeant à traverser la ville dans tous les sens. En plus, pendant cette période, j'ai fait de nombreuses erreurs qui m'ont coûté beaucoup d'argent… Malgré tout, je ne regrette pas cette étape, car je savais que j'accumulais une précieuse expérience. Après deux ans à investir à droite à gauche, mon portefeuille s'était allégé de deux millions d'euros. Il s'est avéré qu'avec le temps, seules deux entreprises ont eu des résultats plus qu'intéressants, avec un retour sur investissement très avantageux. C'est à cette époque que j'ai compris qu'un engagement financier était à prévoir sur le long terme et présentait souvent des risques. J'ai eu de la chance de miser sur deux boîtes rentables parmi toutes celles que je conseillais. Sans elles, j'aurais quasiment tout perdu. J'ai appelé Roger et on a fait le point ensemble. Me retirer de tout me semblait le choix le plus judicieux. J'ai décidé de tout lâcher et d'engager une personne qui gérerait tout pour moi : les réunions, les décisions… Kinolou est devenu mon bras droit. C'était un prodigieux homme d'affaires, qui pouvait être très dur mais toujours très juste. Il a tout géré pour moi, et cela m'a permis de souffler. J'en avais marre et je voulais me recentrer sur ma vie. Soyons clairs. Là encore, je ne reproche rien à personne, c'est moi qui avais fait ces choix. Roger, tu lui as déjà parlé de la responsabilité ?

— Leçon numéro neuf. Éric, tu t'en souviens, j'espère ?

— Absolument : «Je suis responsable de ce qui se passe dans ma vie.»

— Cette simple leçon a changé mon existence. Tu agis différemment, tu cherches des solutions et non des excuses pour te plaindre. C'est ce que j'ai fait à ce moment-là, je ne me suis pas lamenté sur mon sort. Maintenant, c'est le moment où tu vas certainement sourire, Éric.

— Pourquoi ça ?

— J'ai commencé à m'intéresser à l'amour, au couple, et plus particulièrement au sexe.

— En effet, c'est très différent de l'usine de stockage.

— La plupart des gens de mon entourage m'ont traité de fou encore une fois, mais pas toi, Roger. Tu m'as dit : « Si ton cœur te dirige vers ce chemin, alors commence à mettre un pied dedans, observe, et si ton ressenti confirme les impressions que tu viens de me décrire, avance dans cette direction. » Et c'est exactement ce que j'ai fait…

— Quelle était ton idée ?

— À l'époque, avec Frédéric, on aimait bien sortir. Les Japonais aussi, entre amis ou en couple. Sauf que lorsque deux personnes voulaient un peu d'intimité, ça devenait compliqué, la plupart des Japonais vivant en famille dans des espaces réduits. Je les voyais traîner pour ne pas être chez eux et j'étais persuadé qu'à ce moment-là ils auraient vraiment aimé se retrouver seuls. J'avais entendu parler d'hôtels dans le nord du pays qui pouvaient se louer à l'heure, mais on m'avait dit que ce n'était pas très rentable. Cependant, l'idée m'est restée en tête.

— J'en ai vu partout à Osaka. Ce sont les *love hotels*, non ?

— Exact. C'est comme ça qu'on les nomme aujourd'hui.

— C'est toi qui en es à l'origine ?

— Non. Le concept était déjà apparu dans le nord du pays, mais sans réellement fonctionner. J'ai pris le train pour Akita, une ville à 450 kilomètres de Tokyo, en ayant pris soin de contacter auparavant le propriétaire de l'établissement. Il m'a fait visiter l'endroit, ajoutant qu'il cherchait des investisseurs. Il pensait que son idée avait énormément de potentiel, même si les chiffres n'étaient pas bons. J'ai tout de suite accroché avec cet homme, car j'ai vu qu'il était déterminé. J'aime sentir ça. Quand j'investis dans une entreprise, le plus important, ce n'est pas l'idée, mais celui qui dirige la boîte et l'équipe en place. En visitant les lieux, on a croisé un couple : la femme était vraiment gênée, et je pouvais la comprendre. Ça m'a donné une idée, et on a ensuite fait reposer dessus tout le concept des *love hotels*.

— À quoi ça t'a fait penser ?

— Les Japonais sont très réservés et ont une culture très différente de la nôtre. En fait, ils n'osaient tout simplement pas entrer pour demander une chambre.

— Comment as-tu résolu le problème ?

— Je n'avais pas encore de solution, mais je savais qu'il fallait absolument y remédier, sans quoi le chiffre d'affaires ne décollerait jamais.

— Tu as donc appliqué la bonne vieille méthode du papier-crayon ?

— Exactement ! J'ai réuni des entrepreneurs qualifiés que j'avais pu rencontrer ces dernières années, des gens motivés par mon projet, en qui j'avais confiance, avec qui j'avais déjà travaillé, à qui j'avais rendu service et qui me renvoyaient l'ascenseur… Je leur ai exposé le problème et on a tous rassemblé nos idées. En moins de deux heures, ce qui allait tout changer était écrit noir sur blanc. J'utilise constamment le brainstorming, toutes les idées que j'implante aujourd'hui dans mes activités ne sont pas seulement les miennes, mais aussi celles qui sortent d'un puissant cercle de réflexion composé de femmes et d'hommes aux expériences différentes.

— Comment accéder à un cercle de ce type ?

— Tu peux tout simplement le créer avec les gens de ton entourage. Rien que le fait de t'asseoir à une table avec quatre personnes et de poser un sujet sur la table va te donner des idées incroyables. En seulement une heure, tu peux en remplir des pages. Tout ne sera pas bon à prendre, mais il se cachera à l'intérieur des idées extrêmement intéressantes. Rien ne t'empêche ensuite d'adapter ce cercle avec des personnes qualifiées dans un domaine bien précis.

— Ça nous mène à la leçon numéro onze, si mes souvenirs sont bons : « Décuple ta puissance de réflexion en associant la tienne à celle d'autres personnes. »

— Merci, merci beaucoup. Je vais noter ça immédiatement.

— Ne fais pas que le noter, Éric, applique-le dès que tu en auras l'occasion.

— Comptez sur moi ! Je veux la suite de ton histoire ! Quelle a été l'issue de cette réflexion ?

— Je sais ! s'exclame soudain Hélène. Toutes les portes des chambres de l'hôtel fonctionneraient comme un guichet. Sur la porte, un système permettrait au client d'insérer sa carte bancaire avec un voyant qui nous indiquerait si la chambre serait libre ou pas. Avouez que je vous surprends, ce n'est pas l'idée du siècle ?

Je me mets à rire avec Roger et Nicolas.

— C'est une bonne idée, Hélène. Et il est même possible que cette idée ait été soulevée lors de notre réunion à l'époque, mais ce n'est pas celle que nous avons retenue… Pas trop déçue ?

— Je m'en remettrai…

— On s'est dit que les clients qui entraient devaient être assurés de n'avoir aucun contact avec des personnes à l'intérieur. Ainsi, ils n'auraient aucune difficulté à franchir le pas. Deux solutions ont retenu mon attention, mais la première demandait des moyens vraiment trop importants et aurait dû être conçue dans la construction même du bâtiment. Ma deuxième idée est restée dans un coin de ma tête longtemps avant que je ne puisse entamer la construction d'un établissement qui allait la rendre possible. Le principe était de faire en sorte que le couple arrive en voiture à l'hôtel sans jamais avoir besoin de sortir du véhicule pour réserver.

— Comment est-ce possible ?

— Le principe est simple, tu arrives devant l'établissement, tu es guidé par des flèches jusqu'à un énorme sas où tu peux entrer directement avec ta voiture. Une fois à l'intérieur et à l'abri de tout regard, tu baisses ta vitre, tu choisis sur l'automate la chambre souhaitée et tu règles la transaction. Une fois que tu as payé, l'automate t'indique le numéro de chambre et ta place de parking. Tu te gares, puis tu montes dans un ascenseur qui t'emmène au bon étage. Nous avons également travaillé sur une idée similaire, mais sans voiture, pour les établissements en plein cœur de la ville, proches des quartiers branchés et des boîtes de nuit. Le principe reste le même : le couple entre dans l'établissement, réserve sa chambre sur une machine qui lui donne les clés... Le gros avantage que j'avais pour monter ce projet qui me tenait à cœur, c'était qu'il me restait un capital de départ important, ce qui m'a permis d'obtenir plus facilement des prêts de la part des banques. Puis, comme j'avais gagné une certaine notoriété dans l'entrepreneuriat, grâce, entre autres, à la vente de ma précédente entreprise, je n'ai eu aucune difficulté à trouver des équipes compétentes pour concevoir et construire les hôtels, puis pour recruter les différents prestataires.

— C'est impressionnant ! Et alors, tu en es où aujourd'hui ?

— On a fait pousser les *love hotels* comme des champignons dans tout le pays ; pendant des années, on avait au moins cinq constructions en cours par an. Plus de mille personnes travaillaient pour nous. C'était devenu une machine tellement énorme que je me suis retrouvé complètement dépassé. Il a fallu que je m'entoure de personnes plus compétentes et en qui j'avais confiance. J'avais besoin d'être entouré des meilleurs. J'en ai même fait venir de France, d'Angleterre, des États-Unis, mais aussi du Brésil et d'Espagne. Aujourd'hui, il existe 370 établissements à travers le monde et on est présents dans sept pays.

— Ça t'appartient toujours ?

— Oui et non. J'ai cédé la plupart de mes parts. Je continue à participer aux grosses prises de décision, mais aujourd'hui je me concentre sur autre chose. Je suis plus tranquille, j'ai une femme magnifique, trois enfants adorables, on voyage beaucoup et on profite de tout ce que la vie nous offre.

— Pourtant, là, tu es au travail, non ?

— J'ai encore plusieurs activités qui tournent et, aujourd'hui, je suis venu ici m'assurer que tout se passe bien. Mais je ne vois pas ça comme un travail, je le fais par choix et j'aime ça.

— Je vois, c'est vraiment impressionnant, ton parcours est hallucinant !

— Tu peux avoir le même parcours, Éric, si c'est ce que tu souhaites ! dit Roger d'un ton ferme.

— Je suppose que oui ; en revanche, je ne suis pas sûr de vouloir monter des *love hotels*. Je te piquerais trop rapidement ton marché, dis-je en riant.

— Le monde t'appartient, fais ce que tu as envie de faire, entreprends ce que tu as envie d'entreprendre. Retiens juste que rien ne s'acquiert sans effort, et si tu veux des résultats remarquables, tes efforts doivent être cohérents avec ce que tu attends de la vie.

Nicolas s'excuse :

— Je vous laisse cinq minutes, j'ai une affaire à régler. Faites comme chez vous. On vous a préparé des chambres à l'étage pour cette nuit.

Je me retrouve seul dans le salon avec Roger et

Hélène. Ça fait près de trois heures qu'on est ensemble, mais je n'ai vraiment pas vu le temps passer. Nicolas m'inspire vraiment. C'est impressionnant de voir tout ce que l'on peut créer avec de la motivation et de la confiance en soi. J'aimerais tellement construire de grandes choses comme lui, me sentir vraiment utile, créer des emplois, avoir mon équipe, mais où ? Comment ? Dans quel domaine ? Tout ça reste encore tellement flou… L'objectif est qu'avant la fin du séjour j'aie défini un projet professionnel. Comme me l'a déjà dit Roger, à moi d'y croire et de faire en sorte que la magie opère dans ma vie.

CHAPITRE 9

Nouvelle destination

Nicolas revient un quart d'heure plus tard pour nous parler de ce qu'il fait maintenant, de ses projets, de ses ambitions. J'ai rarement participé à une conversation aussi inspirante. Il me motive à changer, à trouver ce que je vais entreprendre une fois revenu en France, à me construire la vie que je souhaite. Grâce à Roger et à lui, je suis prêt pour une nouvelle vie.

On passe la soirée à rire, et Roger et Nicolas se rappellent des vieux souvenirs avec des anecdotes plutôt croustillantes. Notamment la fois où Nicolas avait demandé conseil à Roger pour sortir avec une fille. C'est une superbe soirée, vraiment. Ça fait longtemps que je ne me suis pas senti aussi bien. Je ne pense à rien d'autre ce soir, je savoure juste le présent. Comme me le répète souvent Roger, le présent, c'est ce qui compte. Je n'oublie pas quand même que j'ai un fils et une femme, que j'appellerai juste après, car je n'ai pas envie qu'elle s'inquiète.

On sort de table vers 23 heures. Il est temps pour tous d'aller se coucher, surtout Roger qui pique du nez. Il paraît vraiment fatigué, le voyage et le décalage horaire n'ont rien dû arranger.

— Nicolas, merci pour ce festin ! J'ai mangé pour trois jours, je pense. Et je te remercie vraiment pour tous tes conseils, j'ai passé une superbe journée en ta compagnie.

— Je t'en prie, Éric, n'hésite pas à me solliciter si besoin. Où partez-vous demain, Roger ?

— C'est une surprise.

— Je lui ai posé la même question et j'ai eu droit à la même réponse.

— Que l'inconnu t'apporte ce que tu recherches, Éric. J'ai plusieurs rendez-vous demain de bonne heure, mais je passerai vous saluer dans la matinée.

— Très bien, alors bonne nuit tout le monde, je vais au lit, sinon vous allez devoir me porter.

Hélène accompagne Roger jusqu'à sa chambre, pendant que je prends mes affaires et monte dans la mienne. J'appelle Tania avant de m'endormir pour lui donner quelques nouvelles rapides : elle est encore à son travail et je suis fatigué. Elle termine la conversation par des paroles encourageantes et aimantes, qui me permettent de dormir comme un bébé.

Quand j'arrive dans le salon, vers 8 heures, Hélène et Roger sont déjà en train de prendre leur petit-déjeuner.

— Vous êtes matinaux !

— Bonjour, Éric ! Tu sais, pendant une période de ma vie, je me levais à 5 heures tous les jours et me fixais un programme régulier auquel je m'astreignais tous les matins.

— J'en serais incapable.

— Le simple fait de te le dire ne te permettra jamais de faire en sorte que tu en sois capable, je te le confirme.

— Je vois où vous voulez en venir. Hélène, il a toujours réponse à tout ?

— Oui, presque tout le temps. C'est aussi pour ça qu'on l'aime.

— Tu as certainement raison. Un jour, c'est moi qui vous apprendrai des choses, Roger.

— Tu m'as déjà appris beaucoup, tu sais. On a tous des choses à partager et une expérience de vie différente.

— Racontez-nous. Que faisiez-vous si tôt le matin ?

— Je méditais, je faisais du sport ; il m'arrivait d'écrire, de lire, de noter mes nouveaux objectifs, de me concentrer sur la journée à venir et sur mes activités. Ce que tu fais en te levant a un impact important sur le reste de ta journée.

— Comment ça ?

— Prenons un exemple. Si tu te lèves à la dernière minute pour partir travailler, que tu ressens du stress et que tu ne prends pas de temps pour toi, ce sera l'un des pires moyens de vivre ta journée. Si, au contraire, dès le réveil, tu te concentres sur ce que tu souhaites, tu multiplies automatiquement tes chances de la vivre à fond. C'est mon grand-père qui me l'a enseigné quand j'avais neuf ans. Chaque matin, lui et moi nous retrouvions près de la cheminée du salon et pratiquions ensemble des exercices, pendant que ma grand-mère nous préparait notre petit-déjeuner. Ça a duré des années. Me lever à 5 heures n'était plus du tout une difficulté pour moi, car j'avais habitué mon corps et mon esprit. Tout est une question d'habitude et de discipline. Aujourd'hui encore, des programmes de méditation créés autour du réveil viennent en aide à des gens déprimés ou en détresse dans différents domaines de leur vie.

— Je m'en souviendrai. Ça a l'air intéressant en effet. Une question tout de même : entre la discipline, les règles de vie à respecter et tout le reste, n'est-ce pas s'imposer trop de choses ?

— S'imposer des obligations n'est pas un acte négatif en soi. Tu le fais pour toi, pour ta vie et pour ton entourage. Si tu regardes autour de toi, tu verras que les gens veulent obtenir tout ce que la vie a de meilleur à offrir, mais la majorité des personnes ne sont pas prêtes à faire le quart des choses que je t'enseigne. Si tu prends l'exemple de Nicolas, la vie incroyable qu'il a menée n'est pas due au hasard, et c'est précisément pour cela que je voulais aussi que tu le rencontres. Il a dû faire face à beaucoup d'épreuves et a dû s'imposer une discipline de fer, mais c'est ce qui lui permet de profiter pleinement de la vie aujourd'hui. Nicolas est libre depuis très longtemps, libre de ses propres choix, libre de voyager là où il en a envie. Libre de choisir les personnes qui partagent sa vie, libre sur tous les plans. Cette liberté lui a demandé des efforts très importants, mais c'est grâce à tous ses efforts et à l'effet cumulé de tout ce qu'il a pu entreprendre qu'il connaît aujourd'hui l'une des réussites les plus importantes dans son pays. La réussite en soi n'est pas si importante que ça. Ce qui compte ici, c'est que Nicolas a non seulement réussi, mais qu'il est aussi un homme rayonnant de bonheur, de joie de vivre, d'ambition. Il a trouvé et suivi sa destinée, il ne peut que se sentir parfaitement en phase avec lui-même et à un niveau d'épanouissement important. Au moment de rendre son dernier soupir, comme moi d'ailleurs, je peux t'assurer qu'il n'aura aucun regret, mais des souvenirs incroyables de toutes les expériences et de tous les moments vécus, de toutes les personnes aimées et rencontrées. Je suis certain que tu ne veux pas t'éteindre avec des regrets, mais bien avec un sentiment de totale satisfaction de ce que tu as fait de ta vie.

— Je comprends mieux maintenant. Merci pour cette réponse. La journée commence à peine, et je suis déjà motivé comme jamais.

— C'est parfait ! Tu viens de décupler tes chances de vivre une superbe journée, parce que les émotions que tu ressens en ce moment sont de bonnes émotions.

— Vous devriez donner des conférences, Roger.

— Il m'est arrivé d'en donner certaines à plusieurs périodes de ma vie.

— Ah oui ? J'aurais voulu voir ça. J'ai l'impression que vous avez tout fait !

— C'est loin d'être le cas. J'ai juste fait le maximum de ce que mon cœur m'encourageait à faire et j'ai essayé de m'écarter au maximum de ce qui n'était pas en cohérence avec moi-même et avec la personne que je voulais devenir. J'ai eu la chance d'avoir un grand-père extraordinaire, qui m'a inculqué suffisamment de connaissance pour devenir la personne que je suis aujourd'hui.

— Vous n'avez pas été élevé par vos parents ?

— Ils sont morts dans un accident de voiture quand j'avais deux ans, je n'ai donc quasiment aucun souvenir d'eux. Ce sont mes grands-parents qui m'ont élevé.

— Je suis désolé de l'apprendre, j'arrive quand même à en savoir un peu plus sur vous. Tu étais au courant de tout ça, Hélène ?

— Non, je l'apprends tout comme toi !

— Et toi, Hélène, quelle est ton histoire ?

— Je te la raconterai peut-être un jour, mais ce jour n'est pas encore arrivé.

— Tu vois, Éric, je ne suis pas le seul à avoir mes petits secrets.

— C'est vrai, mais les vôtres ont l'air tirés tout droit d'un film de science-fiction.

Roger se met à rire. On reste à parler de choses et d'autres jusqu'à l'arrivée de Nicolas.

— Bonjour à tous ! Comment allez-vous aujourd'hui ?

— Super ! Roger a déjà commencé à m'enseigner des choses, il m'a parlé de l'importance de mes activités matinales.

— Crois-le ou non, Éric, mais le simple fait de changer mes habitudes du matin a généré des résultats significatifs dans ma vie.

— Toi aussi, tu t'appliques des règles et tu te lèves très tôt ?

— Très tôt ? Non, je me lève à 6 heures, mais en effet je prête une attention particulière à ce qui peut susciter des émotions positives dès mon réveil. Je me concentre également sur ce que je souhaite vivre dans cette nouvelle journée qui démarre. Comme a dû te l'enseigner Roger, la première heure après ton réveil est essentielle si tu souhaites vivre une belle journée.

— Oui, il m'en a parlé juste avant que tu n'arrives.

— Êtes-vous prêts à passer une magnifique journée ?

— Oh que oui !

Roger a un grand sourire, je ne sais pas ce qu'il me prépare, mais ça a l'air de le rendre particulièrement heureux. Encore plus qu'auparavant.

— Je voulais encore te remercier, Nicolas, de

m'avoir fait partager ton histoire hier, elle m'a vraiment inspiré.

— Avec plaisir, Éric, je te laisse mes coordonnées. N'hésite pas à m'appeler si tu as besoin de moi. Roger, Hélène, ça va de soi, appelez-moi et revenez quand vous voulez. Ma porte vous sera toujours ouverte.

— C'était bon de te revoir, je compte sur toi pour me tenir informé de tes projets.

— Compte sur moi. Comme d'habitude, tu seras l'une des premières personnes au courant. D'ailleurs, il y a deux semaines, j'ai eu droit à un petit sermon de ma femme. Elle a entendu notre conversation concernant un de mes projets, sauf qu'elle n'était pas au courant. J'aurais peut-être dû me marier avec toi en fait, Roger.

Nous rions tous les quatre, comme si nous nous connaissions tous depuis des dizaines d'années.

— Allez, il est temps de nous préparer, nous avons de la route aujourd'hui.

Une demi-heure plus tard, nous sommes prêts pour de nouvelles aventures, et Nicolas nous dépose à la station de métro la plus proche.

Dans le train qui nous emmène vers une destination encore tenue secrète, je réfléchis à tout ce que nous a raconté Nicolas, quand Roger me coupe dans mes pensées :

— Qu'as-tu appris de cet échange, Éric ?

— Beaucoup de choses ! La première, c'est son

parcours et les résultats qu'il a obtenus alors qu'il est parti de rien. Ça remet en cause bon nombre de mes préjugés.

— C'est une excellente chose ! L'un des meilleurs moyens de changer est d'avoir des exemples de personnes qui vont à l'encontre de nos croyances. Plus tu as d'exemples sous les yeux, plus ton cerveau est obligé de constater que ce qu'il pensait être vrai ne l'est peut-être pas, et il commence surtout à accepter l'idée qu'on peut faire autrement.

— D'où viennent mes croyances ?

— Bonne question. La majorité provient de l'environnement dans lequel tu as grandi. Il faut toujours garder en tête, et il me semble que je te l'ai déjà dit d'ailleurs, que la vérité n'est pas générale, qu'elle s'applique uniquement à son auteur. Nicolas en est un bel exemple. Pour obtenir les résultats qu'il a eus, il a dû s'exercer, changer ses croyances et sa vérité. Quand tu les changes, le monde autour de toi change. Tu vis dans le même monde que toutes les personnes assises en ce moment dans ce train, mais nous obtiendrons des résultats complètement différents dans nos vies. Les résultats que l'on obtient découlent de nos actions et nos actions découlent en partie de ce que l'on pense être vrai.

— Donc, si je me sens capable de construire une grande entreprise et d'être libre comme Nicolas, je peux l'être ?

— En effet. Attention, cependant ! Il faut que ce

soit en cohérence avec ce que tu es, que ce soit vraiment ce que tu veux. Si le but n'est pas conforme à ce que tu ressens profondément, tu lutteras toute ta vie à atteindre un objectif qui n'est pas le tien, et tu passeras toute ta vie à vivre une existence qui n'est pas la tienne. Quand tu es convaincu d'une chose et que tu mets tout en œuvre pour y arriver, cette chose se réalise et tu feras des expériences cohérentes avec ce que tu penses être juste. Voici donc le moment de t'enseigner une nouvelle leçon à ajouter à ta liste : « Si tu penses que c'est possible, alors la vie te donnera toujours raison. »

— Je prends note. Vous savez, je suis toujours un peu perdu avec ce qui m'arrive avec Tania, Marc, Léo… puis cette mésaventure que je viens de vivre au Japon. C'est compliqué parfois d'ajuster nos réactions aux événements qui nous arrivent.

— En effet, ce n'est pas toujours évident, mais tu es sur le bon chemin, car quand tu agiras et feras des choix, tu auras le recul nécessaire. Prendre une décision à chaud est le meilleur moyen de regretter ensuite. Et c'est ce que font la plupart des gens. Quand tu prends du recul, tu as le temps de réfléchir, d'analyser la situation, de peser le pour et le contre, puis d'agir en conséquence.

— Je vois. Cependant, il y a parfois des situations urgentes, au travail notamment, où je dois agir très rapidement.

— Je comprends parfaitement. Mais, là encore,

prendre ne serait-ce que quelques minutes de recul, en parler autour de soi, puis agir en toute conscience, permettra de prendre des décisions beaucoup plus éclairées sans regretter ses choix.

— Comment puis-je contrôler mes émotions ?

— En apprenant à te connaître, à t'écouter, en te remettant en question, en prenant du recul, en ouvrant et en élevant ta conscience. C'est précisément ce que tu fais actuellement. Tu voyages dans l'inconnu, tu apprends, tu te remets en question. Tu es dans une phase d'évolution très importante : il se peut que tu constates que tu as plus évolué ces deux derniers mois que ces dix dernières années. Si tu continues dans cette voie, imagine ce que tu peux devenir dans quelques années. La gestion de tes émotions évoluera elle aussi au fur et à mesure.

— C'est déjà ce que je ressens, sans doute parce que je suis passé par des hauts et des bas. J'ai l'impression de m'être beaucoup reposé sur mes acquis depuis que je suis adulte et d'avoir énormément grandi depuis l'arrivée de Léo. Avoir un enfant nous pousse dans nos retranchements. J'avais eu une conversation à ce propos avec Tania, il y a six mois, où elle m'expliquait qu'elle avait réussi à être beaucoup plus patiente depuis sa naissance et qu'elle avait compris beaucoup de choses.

— Tu sais, ça se ressent dans ton vocabulaire. Ta manière de t'exprimer a beaucoup changé depuis la première fois qu'on s'est rencontrés.

Il s'arrête quelques minutes puis reprend :

— Il doit nous rester une heure de train. Je vais tâcher de dormir un peu.

Une heure plus tard, nous descendons à Ube. Roger a l'air de connaître l'endroit. Heureusement d'ailleurs, car seul, ce serait un peu plus compliqué.

— Tu connais cet endroit, Hélène ?

— Non, tout comme toi, je suis dans le flou le plus total.

Nous prenons ensuite un taxi, et Roger donne la destination en japonais.

— Quoi ? Mais tu parles aussi japonais ?

— Oh non, j'ai juste appris les bases et je connais le nom de l'endroit où l'on va puisque j'ai participé à sa construction il y a dix-sept ans…

— C'est vrai ?

— Patience, Éric, patience…

Hélène a l'air aussi surprise que moi.

Nous pénétrons dans l'immensité de Tokiwa Park : des animaux, des fleurs, des bonsaïs à perte de vue, de grands espaces verts et une sorte d'immense étang, c'est splendide. Et beaucoup de familles s'y promènent.

Le taxi nous laisse devant une grande entrée barrée d'un panneau rouge.

— Qu'est-ce qui est marqué sur cette pancarte ?

— Interdiction d'entrer pour les non-membres de l'association Emma.

— Je n'en ai jamais entendu parler, s'exclame Hélène.

— Elle est méconnue en Europe, contrairement à ici. C'est une association de lutte contre les violences faites aux femmes dans le monde. Je vais vous présenter Myriam, une Française, la fondatrice du centre.

Nous nous engageons dans l'allée principale, bordée de petites maisons en bois et de grandes salles ouvertes. Il y règne une atmosphère de calme et de sérénité. Nous ne voyons que des femmes. L'une d'elles s'approche et nous demande en anglais comment elle peut nous aider. Roger lui répond qu'il a rendez-vous avec Myriam. Elle sourit et nous dit d'attendre ici.

Elle ressort d'un bâtiment, accompagnée d'une autre femme, laquelle se met à courir dans notre direction. En arrivant près de Roger, elle le prend dans ses bras sans prononcer un mot et se met à pleurer. La situation est bizarre, presque gênante.

— Ma belle, je ne suis pas venu ici pour te voir pleurer, mais pour ton joli sourire !

— Ça me fait tellement plaisir de te voir, ça fait tellement longtemps ! Je suis excitée comme une puce depuis que tu m'as informée de ta visite !

— Myriam, j'aimerais te présenter Hélène, qui m'accompagne dans mes déplacements, c'est ma petite protégée, et voici Éric, dont je t'ai parlé au téléphone. Dis-moi, il y a eu des travaux depuis la dernière fois que je suis venu. Ça a encore bien changé.

— Oui, nous avons agrandi la partie sud du centre. On a une capacité d'accueil de soixante-dix membres et nous sommes complets.

— Tu peux être fière de toi.

— Ce qui se passe ici est extraordinaire, et c'est en partie grâce à toi, alors une nouvelle fois merci. Éric, Hélène, vous a-t-il expliqué ce que nous faisons ici ?

— Non. Je ne sais pas s'il est aussi mystérieux avec vous qu'avec nous, mais les informations filtrent difficilement avec Roger.

— Tu peux me tutoyer, Éric. Je vois très bien ce que tu veux dire. Il a toujours été comme ça avec moi aussi.

Roger reprend en main le fil de la conversation.

— Nous ne sommes pas là pour parler de moi, mais de toi. Peux-tu expliquer à mes amis ce que tu fais ici et ce que tu as construit ?

— Avec plaisir ! Gabrielle, qui est là, va vous conduire au chaud, je vous rejoins dans deux minutes.

Une femme nous demande de la suivre et nous emmène dans une petite maison en bois isolée du reste du centre. Il y a un grand tapis en plein milieu de la pièce principale avec des visages de jeunes femmes imprimés dessus. Il est magnifique.

On s'assoit tous les trois, et Myriam nous rejoint rapidement.

— Alors, par quoi je commence ?

J'ai tellement de questions à lui poser… Hélène est plus rapide que moi :

— Comment vous êtes-vous rencontrés tous les deux ?

— La fameuse rencontre qui allait marquer un tournant dans ma vie… J'ai rencontré Roger quand j'avais presque vingt ans, et j'en ai aujourd'hui trente-neuf. À l'époque, je vivais à Berlin, où je passais un diplôme dans l'ingénierie automobile. Ce domaine me passionnait, ce qui n'était pas très courant pour une femme, je vous l'accorde. Le marché explosait en Allemagne. Tout se passait pour le mieux pour moi, j'avais tout pour être heureuse, jusqu'au jour où j'ai vécu un grand bouleversement dans ma vie. À la fin d'un cours, un de mes profs m'a violemment agressée. Sexuellement. Je me suis retrouvée à l'hôpital pendant trois jours. J'avais été frappée plusieurs fois au visage, et les photos de moi étaient particulièrement choquantes. J'ai tout de suite dénoncé mon agresseur, et les médias se sont emparés de l'histoire. Je l'ai très mal vécu : j'étais sollicitée de tous côtés pour donner des interviews, et le procès contre mon agresseur a été long et pénible. Je ne vais pas entrer dans les détails, mais le procès a connu quelques rebondissements. Finalement, mon agresseur a écopé d'une peine d'emprisonnement de sept ans et est sorti au bout de quatre.

À l'école, j'étais connue comme «la fille qui s'était fait violer», et je n'arrivais plus à le supporter. Ma vie a complètement basculé : je n'arrivais plus à me faire approcher par des hommes, j'avais peur de tout, je n'osais plus rien faire et je le vivais vraiment mal. Mes parents ont voulu que je rentre chez eux, à Aix-en-Provence, mais pour moi il en était hors de question. Un jour, parce que j'avais décidé d'arrêter de vivre recluse et d'avoir peur, je me suis mise à sortir de nouveau et à prendre des cafés en terrasse. J'ai alors entendu une voix derrière moi qui me demandait, en français, si j'avais du sucre. Cette voix, c'était celle de Roger. J'ai été très surprise et je me suis tout de suite demandé comment il savait que j'étais française. Je lui ai tendu le sucre et il a pris ma main dans la sienne, ce qui m'a fait sursauter. Il m'a regardée droit dans les yeux et m'a dit : « Tu n'as rien à craindre, Myriam. » Deuxième gros choc : un inconnu qui connaît mon prénom et qui me prend la main. J'ai failli partir en courant, mais il m'a dit de rester assise, qu'il voulait simplement avoir une conversation avec moi, qu'on était dans un lieu public, qu'il y avait du monde autour de nous et qu'il ne pouvait rien m'arriver. Contre toute attente, je n'étais pas effrayée. Comme si j'avais eu immédiatement confiance en lui. Je m'en souviens comme si c'était hier. Tu n'imagines pas à quel point cela m'a marquée.

— Je suppose que tu lui as demandé comment il savait ton prénom et qu'il n'a pas voulu te répondre ?

— C'est exact ! On est restés à la terrasse de ce café à discuter pendant près de deux heures… et je pense que ce que Roger m'a dit doit être très semblable à ce que vous avez entendu, Éric et Hélène, lors de votre première rencontre.

On regarde tous Roger d'un air intrigué.

— On se calme, les amis, j'ai l'impression de passer un interrogatoire.

— De toute manière, je ne le lâche pas depuis dix-neuf ans pour qu'il réponde à mes questions. Mais plus têtu que lui, tu meurs !

— Moi qui pensais qu'il allait tout me dire avant la fin de mon voyage…

— Bref, nous nous sommes revus à plusieurs reprises. J'ai repris progressivement confiance en moi, puis j'ai quitté l'Allemagne pour prendre une année sabbatique. L'idée était de voyager pendant un an et de reprendre mes études en revenant. Je savais que je devais partir. Je n'en pouvais plus de me rendre tous les jours dans le même établissement où je m'étais fait agresser. Malgré la réticence de mes parents, je suis partie, et j'ai entamé un voyage qui a totalement transformé ma vie. J'ai continué à téléphoner à Roger très régulièrement, et il a continué à m'enseigner tout un tas de choses. J'avais soif de connaissances : plus il m'enseignait, plus j'en voulais. En appliquant tous ses conseils, le monde autour de moi et mes émotions ont commencé à changer, et je me suis remise à vivre en tant que femme. J'ai décidé de partir en Asie toute seule, ce qui a été un très gros challenge, car j'en aurais été incapable quelques mois auparavant. C'est là que j'ai découvert une nouvelle école : l'école de la vie. J'ai commencé mon périple en Thaïlande : j'ai croisé beaucoup de voyageurs, je suis restée parfois plusieurs jours avec le même groupe de personnes, j'ai dormi dans des auberges de jeunesse… Après la Thaïlande, ce fut le Laos, le Viêt Nam et le Cambodge, tout en continuant à lier connaissance avec des personnes que je ne connaissais pas. Un jour, j'ai fait une rencontre un peu différente, en plein cœur de Phnom Penh, sur le bord du Mékong. J'ai rencontré Emma !

CHAPITRE 10

Un havre de paix

Myriam part quelques instants et revient avec un plateau chargé de thé et de biscuits. Elle reprend le fil de la conversation :

— Ma rencontre avec Emma a marqué ma vie à jamais ! Vous n'aurez pas la chance de la voir, car elle est en Europe actuellement, où elle réalise une campagne de promotion pour notre centre. Je disais donc que j'étais au Cambodge, à Phnom Penh, en train de me balader sur le bord du Mékong. Je l'ai aperçue, assise toute seule sur un banc, en train de pleurer. Je lui ai demandé si elle avait besoin d'aide, mais face à son refus, j'ai insisté, me suis assise à côté d'elle et l'ai naturellement prise dans mes bras. Emma est une femme incroyable, j'aurais aimé que tu la rencontres, Éric.

— Je le confirme, c'est une personne rayonnante de

bonheur et de bonté. On a passé de sacrés moments tous les trois, ajoute Roger.

— Je m'en souviens comme si c'était hier. Tu devrais revenir vivre un peu ici, Roger. J'aimerais tant t'avoir à mes côtés, tu pourrais apporter tellement de choses à notre centre !

— Je t'ai enseigné tout ce que je savais, ma chère. À toi de prendre le relais.

— Tu as vécu ici ? demande Hélène.

— Pendant un moment, le temps de mettre en place l'endroit dans lequel vous vous trouvez actuellement. J'avais des jambes un peu plus solides à l'époque et je bricolais un peu. Continue, Myriam.

— Nous avons échangé nos coordonnées, malgré son refus de m'en dire davantage. Je sentais bien qu'elle avait besoin de parler et qu'elle était venue ici toute seule, tout comme moi. Nous nous sommes revues le lendemain. Quelques jours après notre rencontre, elle a fini par se livrer : elle avait été élevée dans une secte qu'on appelle « Les Enfants de la terre ». Dès l'âge de six ans, les enfants sont soumis à des actes horribles. On leur fait croire que la communion avec Dieu s'établit grâce au sexe et à des pratiques répugnantes. Toutes les petites filles sont abusées sexuellement. Emma a grandi avec sa famille dans cette communauté et avec une idée totalement erronée de ce que sont l'amour et le réel bonheur. Sa mère, sa tante et l'un de ses frères se sont donné la mort une fois la secte dissoute, car ils n'ont pas réussi à s'intégrer dans le monde. Quand vous vous faites bourrer le crâne pendant des dizaines d'années, il est très dur de croire à autre chose. Le reste de sa famille a encore aujourd'hui beaucoup de mal à se reconstruire, alors que cette communauté n'existe plus depuis vingt ans. Je ne pourrai pas vous expliquer tout ce qu'Emma a pu vivre, car les mots me manquent. C'est d'une violence inouïe. Quand je l'ai rencontrée, elle venait tout juste de s'enfuir. Elle était toute seule, perdue et désespérée, et ne savait absolument pas où aller. Je lui ai aussi partagé mon histoire et, bien qu'elle ait été totalement différente de la sienne, cela nous a permis de nous rapprocher et de tisser un lien de confiance. Très rapidement, Emma a fait partie de ma vie et j'ai fait partie de la sienne. Nous avons développé une relation très intime, jusqu'à nous installer ensemble quelques semaines plus tard. Aujourd'hui, nous sommes en couple depuis près de dix-huit ans… Dix-huit ans de bonheur à ses côtés, et tout ceci grâce à une simple rencontre au bord du Mékong. Je devais me trouver là et elle aussi.

— Quand il y a une personne que l'on doit rencontrer, on la rencontre, peu importe le lieu et les circonstances.

— Tout à fait, Éric. C'est Roger qui te l'a enseigné, n'est-ce pas ? À partir de ce jour, nous avons voyagé ensemble au lieu de voyager seules. Nous nous sommes arrêtées à Singapour, où nous avons toutes les deux travaillé en tant que guides touristiques. On a longtemps hésité avant d'accepter ces postes, mais

on savait que reprendre contact avec des gens et communiquer avec des personnes inconnues tous les jours
allait nous faire beaucoup de bien à toutes les deux.
Et ce fut le cas. On a repris progressivement goût à la
vie, en restant toujours en contact avec Roger, qui me
faisait beaucoup évoluer. Au bout de deux ou trois
mois, j'ai proposé à Emma de parler directement avec
lui, pour qu'elle aille encore plus de l'avant. Pendant
ce temps, mes parents ont voulu que je rentre, car j'arrivais au bout de mon année sabbatique, mais je savais
que ce n'était pas la bonne solution. Alors, je suis
restée. On est ensuite parties à Taipei puis au Japon.
On a atterri à Tokyo, et nous avons eu toutes les deux
un coup de foudre pour cette ville. On s'était senties
en sécurité. Quelques mois après notre installation,
alors que nous étions en train de visiter un temple de
Kyoto, Emma a reconnu, par je ne sais quel miracle,
un de ses oncles, Thomas. Ils se sont jetés dans les
bras l'un de l'autre. Ils ne s'étaient pas revus depuis
une éternité : Thomas avait eu le droit de quitter la
communauté quand Emma avait quinze ans, mais il lui
avait été interdit d'y revenir et de reprendre contact
avec ceux qui y étaient toujours. Il avait réussi à se
reconstruire grâce à de nombreux psychologues, et
avait une femme et des enfants. Il nous a expliqué qu'il
avait cherché par de nombreux moyens à lui venir en
aide, ainsi qu'à sa mère et à ses frères, mais qu'il avait
reçu de nombreuses menaces, jusqu'à des menaces de
mort.

— Il n'a pas tenté d'aller voir la police ?

— Si, bien sûr, mais il n'avait pas assez de preuves concrètes, et les membres étaient tous pétrifiés à l'idée de parler de ce qu'ils subissaient. Le mot d'ordre était « silence ». Après des années de bataille, il a fini par abandonner, trop fatigué de se battre pour rien. Pendant plusieurs semaines, Emma et lui ont passé beaucoup de temps ensemble. Thomas s'est rendu compte à quel point elle était forte et il lui a suggéré qu'elle vienne en aide à toutes les personnes qui se trouvaient dans la même situation qu'eux. Il n'hésiterait pas à la seconder, car il regrettait de ne pas avoir fait davantage. Pendant plusieurs mois, nous avons entamé toutes les démarches possibles pour dévoiler au grand jour les actes de cruauté qu'elle et son oncle avaient subis. On a commencé par contacter tous les médias, mais très peu ont voulu nous écouter. Un autre problème de taille : on ne savait pas où la communauté se trouvait à ce moment-là : elle se déplaçait constamment pour éviter les problèmes : Canada, États-Unis, Amérique latine, et j'en passe. Quand Emma a réussi à s'enfuir, elle était au Brésil. Aux dernières nouvelles – qui dataient de deux ans – la secte résidait au Japon, mais il y avait des chances pour qu'elle n'y soit plus. Un jour, on a été contactés par un magazine du nom de *Jaidros*, basé en Argentine. Un de leurs journalistes voulait entendre l'histoire d'Emma. Trois mois après, il titrait en première page : « La cruauté d'une secte qui sévit à travers le monde ».

— Et quel a été l'impact ? Qu'est-ce qui s'est passé ? l'interroge Hélène.

— Ça a eu un impact monumental. L'article a fait le tour de la planète, et tous les médias ont voulu interviewer Emma. C'est ce qu'on voulait. Les politiques s'en sont mêlés et ont tous milité contre Les Enfants de la terre. Le scandale a été tel que toutes les communautés ouvertes en Espagne et dans d'autres pays d'Europe ont été dissoutes. Six mois plus tard, la famille fondatrice fut retrouvée dans le sud de l'Espagne et incarcérée. Le jour où nous avons appris la nouvelle, on a sauté dans le premier avion pour l'Espagne, car on a su que sa famille y était.

Myriam s'arrête quelques instants, comme si elle revivait ces moments.

— Emma et moi avons souhaité aider les personnes qui sortaient des communautés. Il y avait des petites filles et des petits garçons entre cinq et dix ans, des adolescents, et de nombreux adultes. Ils ont tous débarqué dans un monde totalement inconnu pour eux.

— Cette histoire est incroyable, moi qui pleure sur mes petits problèmes… Quand j'entends ça, je me rends compte que je n'ai pas le droit de me plaindre.

— Tu as le droit, Éric, mais comme tu dis, il y a des gens dans ce monde qui vivent des choses inimaginables. À nous de voir la lumière, la joie et le bonheur dans nos vies.

L'histoire que nous raconte Myriam est vraiment

bouleversante, je n'ai jamais entendu quoi que ce soit de semblable.

— Pendant plusieurs mois, on a aidé du mieux qu'on a pu ces personnes et on a découvert qu'on aimait ça, on se sentait encore plus vivantes, plus enthousiastes, plus généreuses… Nous nous sentions toutes les deux à notre place. Emma a été invitée à rencontrer plusieurs ligues de défense des femmes ainsi que des mouvements contre la maltraitance. Un membre d'une très grosse association lui a proposé d'ouvrir un centre dans lequel elle pourrait accueillir les femmes maltraitées du monde entier. Emma m'en a aussitôt parlé et on a été vraiment enthousiastes, restait à choisir le lieu. Au cours d'une soirée, nous nous sommes décidées pour le Japon, pays qui respire la sécurité, le respect, le calme et la sérénité. On a partagé cette idée avec la personne qui financerait la création de ce centre, mais elle n'a pas affiché un enthousiasme débordant : elle trouvait que cela faisait trop loin pour des Européennes. Au bout de quelques semaines de discussion, nous sommes parvenues à la convaincre.

— Comment s'est passée la construction ? Vous saviez déjà où vous installer ?

— Non, mais Thomas était avec nous la plupart du temps et nous a apporté son soutien. C'est lui qui nous a parlé de Tokiwa Park. Il nous l'a décrit comme un havre de paix, entouré de faune et de flore, de calme. Pour lui, c'était l'endroit idéal, bien qu'à plus d'une heure et demie de l'aéroport le plus proche. L'idée nous a séduites, et nous sommes donc parties visiter les lieux. On n'a pas réfléchi très longtemps, c'était le cadre idéal ! On a entrepris les démarches administratives, et cela n'a pas été une partie de plaisir : on a voulu entrer en contact avec le gouvernement japonais pour qu'il nous apporte différentes ressources dont on avait besoin, notamment les accords pour bâtir le centre ici. Pendant de longs mois, silence radio, on n'avait aucune réponse, malgré nos relances... À force de persévérance et grâce à une petite phrase de Roger : « tu ne peux pas gagner contre une personne qui a décidé de ne jamais abandonner », nous avons obtenu un rendez-vous. J'étais tellement obstinée que j'envoyais un nouveau courrier chaque semaine. Les efforts ont payé, puisque je suis fière aujourd'hui de vous annoncer que nous avons accueilli et aidé environ 1 200 femmes venues du monde entier pour nous rencontrer et guérir de leurs blessures.

— Et Roger, quand êtes-vous venu ici ?

— Je te laisse leur expliquer, Myriam.

— Quand on a eu l'accord du gouvernement, j'ai tout de suite annoncé la nouvelle à Roger. Comme il nous fallait des bénévoles pour la construction, il m'a proposé ses services. Finalement, au lieu de deux semaines, il est resté plusieurs mois. Non seulement il nous a aidées à la construction, mais il a aidé et accompagné toutes les personnes reçues ici. On a établi une liste des expériences, des activités et des cours que l'on souhaitait dispenser toutes les semaines, et construit ensemble tout ce qui se cache derrière le centre et que l'on ne voit pas quand on arrive. C'est un peu comme dans un couple. Au départ, on ne voit que l'aspect extérieur de la personne, puis on apprend à la connaître, on entre dans son intimité, etc. Ici, le but est de se sentir en confiance, en sécurité, vraiment bien dans cet environnement. Viennent ensuite l'accompagnement, les activités, les cours, les rencontres, l'interaction sociale… C'est ce qui fait la différence, l'extérieur seul ne suffit pas. Comme dans un couple, si on mise tout sur l'emballage, l'amour finit par s'éteindre. Depuis, nous avons reçu des distinctions de plusieurs associations, les médias du monde entier sont venus nous voir, nous avons plus de mille témoignages de femmes qui revivent enfin, et rien que pour ça, j'ai une énergie et une force incroyables tous les matins. Allez, assez parlé, on continuera cette discussion plus tard. Je vous fais visiter.

Je reste sans voix. Il se dégage de Myriam une réelle intensité et une réelle volonté de transformer le monde.

— Avant toute chose, Éric, j'aimerais t'apprendre une nouvelle leçon, sans doute la plus importante de toutes. Elle est la raison pour laquelle Myriam et moi nous trouvons actuellement ici. Elle te permettra d'accéder à une véritable richesse intérieure positive et très puissante. Elle te fera sentir vivant, utile et heureux. Tous ceux qui l'appliquent peuvent changer leur vie en seulement quelques semaines, les émotions qu'ils ressentent, leur énergie, et donc les personnes qu'ils vont attirer dans leur vie. Absolument tout peut être modifié de manière positive grâce à cet enseignement. Si tu n'es pas épanoui, tu le deviendras, si tu n'as pas de chance, tu en auras, si tu n'es pas riche, tu le deviendras.

— Tout ça avec une seule leçon ?

— Oui, mon ami, tout ça avec une seule leçon : «Le meilleur moyen d'atteindre la véritable richesse intérieure est d'apporter au monde ta contribution.» Plus tu irradies d'une attitude positive, plus les résultats qui découleront de cette attitude seront en cohérence avec les actions que tu entreprendras dans ta vie. Qu'importe la manière dont tu t'y prends, qu'importe ce que tu fais, si tu fais le bien, ta vie tout entière en sera transformée. Cette leçon est à mettre en relation directe avec la troisième que je t'ai apprise : «Tout ce que tu fais aux autres en bien ou en mal te revient.»

— Vous avez raison. Je ne me suis jamais senti aussi bien qu'après avoir agi pour les autres, comme quand j'ai participé bénévolement à des soirées de charité dans ma ville, ou encore quand j'ai aidé un ami dans le besoin…

— Tu ne ressentiras pas toujours les effets bénéfiques de ton action immédiatement, mais sache qu'il y a toujours un juste retour des choses. La mémoire du monde emmagasine tout ce qui se passe en bien ou en mal. Elle n'a aucune faille et elle est inépuisable. Chaque émotion positive, chaque action, chaque parole que tu envoies aux autres est emmagasinée dans cette mémoire qui t'apportera des résultats coïncidant avec l'accumulation de tout ce qu'elle aura enregistré.

— Tu ne peux pas imaginer ce qu'Emma et moi ressentons chaque jour. Je n'ai pas de mots assez forts pour le qualifier.

— Cela s'applique également pour une activité professionnelle, je suppose ?

— Absolument ! Quand tu rentreras chez toi, je t'invite à examiner les entreprises qui mettent sur le marché des produits ou des services avec des valeurs de contribution, d'aide et de partage, et examine leurs résultats. Tu verras qu'ils sont très bons, et que ces entreprises reçoivent de l'aide que ni toi, ni moi, ni aucun être humain ne peut voir, car cette aide se trouve dans l'invisible, dans quelque chose qui nous dépasse tous.

— Je suis encore plus motivé qu'hier ! Vous devriez devenir « professeur Roger » et intervenir dans les écoles.

Roger se met à rire et à tousser en même temps.

— Tout est possible, pourquoi pas ! Peut-être dans une autre vie.

Myriam se lève et nous fait signe de la suivre. Hélène, restée silencieuse pendant tout l'entretien, a l'air toute retournée. Elle m'assure que tout va bien, mais je sens bien qu'elle est troublée…

Nous sortons visiter les lieux. Il y a de nombreuses petites cabanes en bois très cosy, où il a l'air de faire bon vivre. Myriam nous fait rentrer dans l'une d'elles.

— Venez, un cours de yoga se passe actuellement ici. Point fort de notre centre, essentiel au bien-être de chaque femme : activités sportives tous les jours, matin et après-midi. Bien sûr, si elles ne le souhaitent pas, elles n'ont pas à y participer.

La professeure est une Indienne, avec le bindi[1] sur le front. Elle porte un long foulard rouge et enchaîne les mouvements avec beaucoup de simplicité.

— Éric, as-tu déjà pratiqué ?

Alors que je suis sur le point de répondre « non », Roger en profite pour me mettre un petit coup sur l'épaule.

— Demain sera ta première fois alors. À quelle heure est le premier cours de la journée, Myriam ?

— À 8 heures.

— C'est parfait ! Je compte sur toi pour être ponctuel. Tu me raconteras.

— Je ne peux pas dire non maintenant que je sais que l'inconnu est source d'évolution.

— Je t'accompagnerai, me prévient Hélène, qui sort pour la première fois depuis longtemps de son mutisme.

Elle me rassure un peu, car je ne suis pas sûr d'être à mon aise au milieu de toutes ces femmes, qui plus est dans une activité que je ne connais pas.

On sort de la salle et on arrive sur une grande promenade dégagée bordant un lac. C'est ici que les gens

---

1. Point rouge sur le front des Indiennes, symbolisant le troisième œil mystique.

viennent faire du sport, courir et se défouler. C'est magnifique et vraiment bien entretenu, des plantes et des fleurs s'épanouissent partout autour de petits étangs. Sur notre gauche, on peut apercevoir un chemin menant à de nombreuses cabanes un peu plus petites, alignées les unes à côté des autres. C'est ici que les femmes accueillies sont logées : elles ont leur propre chambre et partagent les espaces communs. C'est petit, mais suffisant, avec tout le confort nécessaire. Elle s'arrête devant l'une des cabanes.

— Éric et Roger, vous ne logerez pas ici, mais plus loin, à l'écart, pour éviter le contact avec les résidentes. Hélène et moi dormirons dans l'une de ces cabanes. Il est préférable que cette partie du centre reste exclusivement féminine. Ne vous inquiétez pas si on ne vient pas trop vers vous au début, surtout pour vous deux : on n'est pas trop habituées à avoir des hommes ici, pour certaines le contact avec la gent masculine est encore difficile.

— Merci !

Je ne sais pas quoi répondre d'autre. Je me demande combien de temps on va rester dans ce centre. Je pense que j'ai beaucoup de choses à y apprendre.

— À l'entrée, toutes les constructions que vous avez vues sont des espaces communs : salles de yoga, de cinéma, de jeux, cuisines, salles d'entretien ou de réunion… tout ce que vous voyez dans cette partie, ce sont des logements, entourés de verdure et de grands étangs. Généralement, les filles passent très peu de temps dans les cabanes. On vit beaucoup en communauté, en contact les unes avec les autres toute la journée. C'est aussi ce qui fait notre force. Quand une nouvelle arrive, elle se sent tout de suite soutenue et accompagnée. Les interactions sociales qu'elle vivra tout au long de sa journée lui permettront de penser à autre chose qu'à ce qu'elle a pu subir. Chacune a ensuite toutes les semaines un entretien avec un psychiatre de notre centre, et toutes les deux semaines avec Emma et moi. Il y a également des ateliers, certains obligatoires, d'autres facultatifs, où l'on enseigne tous les programmes qu'on a mis sur pied avec Roger. Je vais prévenir les filles qu'elles verront des têtes inconnues ces jours-ci. Combien de temps voulez-vous rester ?

Tout le monde se tourne vers Roger. Il me fait un petit sourire, puis répond :

— On va passer sept jours ici. J'ai beaucoup de choses à te montrer, et tu vas participer à de nombreux cours, comme si tu étais un membre de ce centre.

— Sept jours, sept semaines, sept mois, il y aura toujours un endroit pour vous !

À quelle sauce vais-je être mangé ? Malgré tout, je suis surexcité à l'idée de vivre cette nouvelle aventure, en plus avec Roger. Ça nous permettra de nous rapprocher encore plus. J'ai hâte d'apprendre la suite des leçons qu'il va m'enseigner.

— Myriam, ce que tu fais ici est vraiment impressionnant, félicitations pour tout et merci de ton accueil, souligne Hélène, qui tient à lui témoigner sa sympathie.

Nous déposons nos affaires dans les cabanes où nous allons habiter ces prochains jours : dans chacune, on y trouve une petite cuisine avec une table en bois et des chaises, une salle de bains avec tout le confort nécessaire et deux petites chambres. Tout est pensé pour apporter le divertissement et le confort en dehors des logements, comme la télévision, les lieux de rencontre, etc. afin, très certainement, d'encourager les femmes à sortir et à ne pas rester cloîtrées de leur côté.

— Je vais me reposer un peu, Éric, je te confie notre nouvelle maison, me prévient Roger en me faisant un clin d'œil.

— Comptez sur moi, je monte la garde. Reposez-vous bien.

— À mon réveil, nous irons dîner tous ensemble.

— Parfait... Roger ?

— Oui ?

— Je vous l'ai déjà dit, mais merci du fond du cœur !

— Tu me remercieras après.

— Après quoi ?

— On se voit tout à l'heure.

Il entre dans sa chambre et moi de même. J'en profite pour faire un point sur tout ce que j'ai pu vivre ces derniers jours : mon arrivée au Japon, mon histoire hallucinante avec Liu, l'arrivée de Roger, la rencontre incroyable avec Nicolas, tous ces kilomètres déjà parcourus et, aujourd'hui, la rencontre de Myriam dans ce centre. La gratitude m'envahit. Je pense à mon petit

Léo, qui doit se demander ce que fait son papa, à ma Tania qui a toujours été là pour moi malgré les récents événements. Une phrase me vient alors en tête : la vie est belle, à moi d'en faire quelque chose de magnifique.

CHAPITRE 11

Satisfaction personnelle

Je passe une soirée magique. Nous sommes une trentaine autour d'une table. Heureusement que Roger est là, sinon j'aurais été le seul homme au milieu de toutes ces femmes. On partage notre repas tous ensemble. Même si la communication n'est pas toujours évidente avec douze nationalités différentes, Myriam organise tout cela d'une main de maître. Elle en profite pour nous présenter à de nombreux membres du centre : ça me rassure, je connaîtrai un peu de monde avant ma séance de yoga.

Je me rends compte du pouvoir de la sociabilité. Les femmes qui arrivent au centre ne peuvent que se sentir mieux : elles côtoient tous les jours des personnes extraordinaires qui sont là pour les aider, ont des interactions avec d'autres personnes, dans un environnement incroyable. Par ailleurs, elles apprennent comment profiter pleinement de la vie et participent à des activités dynamisantes. Je me souviens d'un article qui disait que la solitude était à l'origine de nombreuses dépressions dans le monde : tout change lorsqu'on est entouré des bonnes personnes. À ce moment-là, une pensée me traverse l'esprit : et pourquoi ne pas créer un service pour éviter la solitude et faciliter les interactions sociales ? Je garde ça dans un coin de ma tête et observe Roger : il est tellement à l'aise où qu'il aille ! Il passe d'une conversation à une autre avec facilité et parle au moins quatre langues. Tout le monde l'adore déjà. Il dégage en effet quelque chose de bon rien qu'en le regardant. Heureusement que des gens comme lui existent. Hélène a l'air un peu moins à l'aise, un peu comme moi je suppose.

Avec la fatigue du voyage, Roger part se coucher de bonne heure en me faisant un petit clin d'œil. Je suis donc désormais le seul homme à table… Je reste un peu à écouter les conversations, du moins ce que j'en comprends, puis la fatigue se faisant ressentir, je rejoins également mon lit.

Au moment de me coucher, je sors une feuille de sous mon oreiller : « Ce soir, je t'ai observé et je t'ai vu heureux. Ce soir, tu as vécu dans le moment présent. » Je m'endors apaisé, sur ces paroles que Roger a dû écrire avant d'aller dormir.

Le lendemain matin, je me lève rapidement et pars pour ma première séance de yoga, où attendent déjà une vingtaine de filles. Hélène me rejoint. La séance démarre, encadrée par une Allemande, une ravissante blonde qui me perturbe un peu. Elle passe la moitié de la séance à me repositionner correctement alors que les autres ont l'air de très bien s'en sortir. Au bout d'une heure, je redécouvre certains muscles que j'avais oubliés : mes jambes en tremblent encore… Malgré tout, je me sens dans une forme olympique, j'aimerais me sentir comme ça tous les matins. Puis je pars courir une demi-heure avec un petit groupe autour du lac. Ça fait au moins un an que je n'ai pas fait de footing. Pourtant, avec Tania, on se motivait mutuellement, mais sa grossesse et l'arrivée de Léo ont bouleversé nos habitudes. Une chose en entraînant une autre, j'ai progressivement arrêté la plupart de mes activités physiques. Là encore, c'est une question d'organisation : j'aurais pu me discipliner et on aurait pu continuer. Lorsqu'une habitude est perdue, elle est plus compliquée à remettre en place.

Je ne sais pas à quelle sauce je vais être mangé aujourd'hui, ni ce qu'on a prévu de faire. Une chose est sûre : je veux dévorer la journée à pleines dents. Pas question de rester allongé à paresser, j'ai de l'énergie à revendre. Après une séance de yoga, un footing et bientôt une bonne douche, je me sens beaucoup plus dynamique que si je n'avais rien fait. Pourtant, je me suis beaucoup dépensé pendant ces activités. Roger avait l'air de dire vrai : la première heure après le lever est déterminante. Dommage que l'on ne m'ait pas enseigné cela plus tôt, j'aurais sans doute vécu complètement différemment aujourd'hui.

En chemin, je le croise, un livre et une tasse de thé à la main.

— Bonjour, Roger, la forme ce matin ?

— Super et toi ? Tu as de l'énergie à revendre, à ce que je vois.

— En effet, ça m'a vraiment fait du bien. Vous avez bien fait de me proposer cette activité.

— Rectification ! Je ne te l'ai pas proposée, je te l'ai imposée.

— Vous avez raison, vous ne m'avez pas laissé le choix...

— Si je t'avais demandé si tu voulais y participer, y serais-tu allé ?

— Bonne question. J'aurais longuement hésité, je suppose.

— De temps en temps, Éric, il faut s'imposer des choses, quand on sait qu'elles seront bénéfiques pour nous. On en a déjà parlé, mais on en reparlera. Allez, file sous la douche, car tu sens fort.

— C'est bien la première fois qu'on me sort ça, je crois !

Il se met à rire, toujours sa tasse de thé à la main, si bien qu'il en renverse un peu sur le sol.

— Au fait, quelles sont tes intentions de la journée ?

— J'avoue que je n'y ai pas encore réfléchi.

— Prends le temps d'y penser sous la douche.

Question intéressante. Je dirais vivre une belle

journée, ça a parfaitement commencé en tout cas. Et puis allez, prenons un risque, avoir l'occasion de parler à ma prof de yoga ou au moins connaître son prénom.

Alors que ça m'était jusqu'à maintenant complètement sorti de la tête, je repense aux 1 500 euros que j'ai perdus à cause de Liu. Il faut vraiment que je les récupère d'une manière ou d'une autre. Tania n'a pas à subir mes bêtises, d'autant plus qu'il s'agit de notre argent commun. Nouvelle intention de la journée : trouver une solution pour réparer mes torts.

Me voilà à peine sorti de la douche que Roger me questionne immédiatement sur mes intentions.

— Vivre une belle journée, parler à une personne – mais je ne vous donnerai pas plus de détails là-dessus, j'ai moi aussi mes petits secrets –, et trouver un moyen de récupérer mes 1 500 euros.

— Très bien. Et comment comptes-tu t'y prendre ?

— Bonne question…

— Viens, on va marcher un peu.

Le temps est idéal, ni trop chaud ni trop froid, avec un vent léger. On s'assoit sur un banc, en face de deux étangs.

— Tu souhaites vivre une journée heureuse, il s'agit bien ici en effet d'une intention. Pour la suite, ce ne sont pas des intentions, mais plutôt des objectifs, qu'il est très bon de se fixer, surtout dans le domaine professionnel. Une journée non planifiée est une perte de temps, car tu vas occuper ton esprit à des tâches non prioritaires ou peu importantes. On a tendance à faire ce que l'on a envie de faire en premier, alors qu'il est préférable de s'attaquer dès le début aux tâches les plus urgentes. Je te conseille des objectifs mensuels, hebdomadaires, puis journaliers. Une fois que tu seras rodé, tu auras une vision globale de ce que tu souhaites sur plusieurs années… Je te sens perdu.

— Non, ça va, j'essaie juste de m'en fixer un.

— Prenons un exemple, imaginons que tu décides d'écrire un livre. Il s'agit d'un objectif que tu peux te fixer sur les douze prochains mois.

— Sérieusement, j'en ai déjà eu envie il y a dix ans. Mais comme beaucoup d'envies, je ne suis malheureusement pas allé jusqu'au bout.

— Ne t'en fais pas, tu n'avais juste pas les bonnes stratégies en main. À ton avis, que faut-il faire pour écrire un livre ?

— Écrire !

— Exact, et c'est un exercice auquel tu devras t'astreindre pour que le livre prenne forme. Tu peux, dès maintenant, te fixer des objectifs de rédaction mensuels, hebdomadaires et journaliers.

— Je vois… Imaginons que j'ai prévu vingt-quatre chapitres, je pourrais les découper en douze mois pour obtenir mon objectif mensuel. Ça ferait deux chapitres par mois, soit la moitié d'un chapitre par semaine.

— Exactement ! Il faudrait ensuite que tu comptes

approximativement le nombre de mots d'un chapitre et que tu le divises par le nombre de jours où tu souhaites écrire. En écrivant mille mots cinq jours sur sept pendant un an, tu aurais alors un livre de 260 000 mots environ, ce qui représente, d'après ce que je sais, quatre fois plus qu'un roman traditionnel.

— Incroyable ! On voit les choses complètement différemment sous cet angle. Mille mots, ce n'est pas si terrible ! Quand j'étais encore à l'université, je rédigeais des mémoires de plus de cinq mille mots en une seule journée.

— Imagine alors, si tu t'y étais astreint depuis le début, le nombre de livres que tu aurais pu écrire… Quand tu découpes un objectif, il devient plus simple à accepter. L'autodiscipline vient ensuite le compléter. Revenons sur le premier que tu t'es fixé pour la journée : parler à une personne dont j'ignore le nom. Va plus loin. Tu aurais pu dire, par exemple, avoir un échange enrichissant avec telle personne.

— Je comprends.

— Si tu as un rendez-vous pour décrocher un contrat, demande-toi, avant l'entretien, quels résultats spécifiques tu souhaites obtenir et quelles sont les intentions que tu souhaites poser : « J'ai l'intention de m'exprimer clairement et de transmettre la passion que j'ai pour ce projet. » On en a déjà parlé à la leçon numéro sept, mais je tenais à ce petit rappel, car c'est très important.

— Merci, Roger.

— Voyons ensemble ton deuxième objectif. Rappelle-le-moi s'il te plaît.

— Trouver un moyen de récupérer l'argent que j'ai perdu à Osaka.

— Très bien, partons là-dessus. Quelle leçon t'ai-je enseignée qui pourrait t'aider à accomplir cet objectif ?

— La huit, se poser des questions pertinentes ?

— Oui, celle-ci en fait partie. Sauf qu'aujourd'hui, c'est moi ici qui vais te poser les questions. Si tu étais tout seul, tu devrais prendre un papier et un crayon pour lister tout ce qui se passe dans ta tête. Je pense que tu arriverais par toi-même à la réponse que tu devrais obtenir bientôt, mais pour l'exemple, on va le faire tous les deux. Quelle autre leçon ?

— La cinq : le mouvement crée le changement. Il faut que je me bouge.

— Effectivement, tu vas devoir passer à l'action pour récupérer cet argent, mais pour te mettre en mouvement, tu dois avoir une direction ou au moins une piste à exploiter.

— Ce qui n'est pas le cas actuellement…

— Si tu veux gagner de l'argent, que dois-tu faire ?

Je reste silencieux au moins deux minutes, pendant que Roger me fixe du regard. Mon problème, c'est que je ne sais pas.

— Je n'aurais pas dû le perdre dans un premier temps.

— Stop ! As-tu trouvé mon message hier soir avant de te coucher ?

— Oui, merci. Ça m'a fait sourire avant de m'endormir.

— Vis dans le présent, Éric. Hier n'est plus ici et demain sera construit avec ce que tu fais aujourd'hui. Quand tu te dis : « si seulement j'avais fait ceci ou cela », tu n'es pas en train de chercher des solutions, tu amplifies une action faite dans le passé, et si cette action t'a apporté des résultats négatifs, tu amplifies le négatif. Tu comprends ?

— C'est très clair. J'ai 1500 euros à récupérer. Je pourrais trouver un petit boulot ici au Japon, mais je n'ai pas prévu de passer mes vacances à travailler.

— Écarte donc cette option de ta tête. Quoi d'autre ? Je reste de nouveau silencieux.

— J'avoue que, sur ce coup, je suis perdu. Je ne sais pas du tout comment faire.

— Et c'est tout à fait normal !

— Pourquoi ?

— Car tu ne l'as jamais fait dans ta vie. As-tu déjà entrepris une action spécifique qui t'a fait gagner 1500 euros ?

— J'ai fait une opération immobilière il y a quelques années sur un appartement que je loue. Ça m'a fait gagner pas mal d'argent, car la valeur de l'appartement a beaucoup évolué.

— C'est bien, mais cela ne s'applique pas dans ton cas. Je suppose que tu souhaites récupérer rapidement cet argent sans devoir acheter un appartement ?

— Oui, en effet. Sinon, je n'ai jamais vraiment

entrepris quoi que ce soit me permettant de gagner des sommes aussi importantes.

— Tu dois donc chercher non pas une action, mais plutôt un modèle.

— Une personne, vous voulez dire ?

— Oui et non, j'appelle «modèle» un système duplicable qui permet d'acquérir un résultat déjà obtenu par une tierce personne, laquelle partage ses connaissances grâce à l'obtention de ces résultats.

— Vous auriez dû rencontrer Einstein, vous auriez créé des formules tous les deux.

Je suis toujours fasciné par l'intelligence de Roger. Ce qu'il raconte est toujours logique, mais c'est tellement logique qu'on n'y pense même pas.

— Il faut donc que je trouve des modèles qui fonctionnent et qui me permettraient de gagner cet argent.

— En effet. As-tu en tête des personnes que tu connais qui gagnent de l'argent en utilisant des modèles duplicables que tu pourrais mettre en place ?

— Non, je ne crois pas.

— Ah bon, j'en connais un, moi.

— Hein ? Dans mon entourage ?

— Oui, tu l'as même rencontré avant-hier.

— Nicolas !

— Eh oui ! On est tous les deux d'accord sur le fait que Nicolas applique différents modèles et engrange beaucoup d'argent.

— Je ne vais pas pouvoir construire un *love hotel*, Roger.

Il lève sa canne qu'il avait prise avant de partir et m'en met un coup sur l'épaule avec un petit sourire au coin des lèvres.

— C'est bon, j'ai compris ! Je pourrais le contacter, lui expliquer que j'ai 1 500 euros à récupérer et lui demander s'il aurait un modèle que je peux utiliser.

— Voilà une action spécifique ! Il y en a qui sont simples à trouver, comme l'exemple du livre, et d'autres où il faut se pencher un peu plus sur la question, comme on vient de le faire. Le but est de toujours mettre la main sur les actions à accomplir.

— Génial, je l'appelle ce matin. Si je comprends bien, vous vouliez donc que je vous parle de la leçon numéro onze : le brainstorming.

— Exactement. N'aie pas peur de demander, Éric, que risques-tu ?

— Rien, je suppose.

— En effet, et tu remarqueras que, dans la majorité des cas, le risque est minime, voire inexistant, par rapport aux bénéfices possibles. Nombreux sont ceux qui peuvent se cacher derrière ce que tu entreprends. Par exemple, si tu appelles Nicolas – on parle ici d'une action spécifique –, il peut en découler toute une série d'événements que tu n'aurais pas pu prévoir : te présenter à d'autres personnes, te proposer une activité dans laquelle tu pourrais t'investir pendant plusieurs années et qui pourrait t'amener à modifier ta vie. Il y a des tonnes de possibilités. Passe à l'action ! Fais-toi ce cadeau ! Cela te permettra, en outre, d'en connaître plus sur toi-même. Pars du principe que tu ne sais rien, et laisse la vie et tes expériences te guider. Ne tiens pas compte de ce qu'on peut te raconter, des jugements que tu pourrais avoir et qui découleraient directement de ta perception du monde et de tes croyances.

— Vous m'avez bourré le crâne ce matin, je crois, Roger.

— C'est plus que probable, je t'ai parlé de beaucoup de choses, un peu en vrac d'ailleurs. Ces sujets sont tellement importants ! N'hésite pas à me couper le sifflet, car une fois parti, on ne m'arrête plus ! Encore une chose et j'en aurai terminé pour ce matin : sans la satisfaction personnelle, il te manquera toujours quelque chose d'important. J'ai travaillé avec de nombreux dirigeants de grandes entreprises dont l'objectif principal était de trouver comment ressentir cette satisfaction personnelle. D'un point de vue extérieur, ces personnes avaient tout pour elles : succès, argent, gloire, notoriété, pouvoir… Mais sans la satisfaction, tout cela n'avait aucun sens.

Roger me fait alors comprendre que si je souhaite gagner beaucoup d'argent, il est important de trouver un domaine qui puisse m'apporter cette satisfaction intérieure. Il me cite alors une phrase de Jim Carrey, un acteur qu'il aime apparemment pour son parcours et son histoire : « J'aimerais que tous les gens puissent connaître la gloire et le succès, pour qu'ils se rendent compte que ce n'est pas la réponse. » Le plus gros danger est de faire quelque chose qui va à l'encontre de nos valeurs et de notre identité. Il se remémore de nombreux souvenirs qui datent de la construction du centre. Grâce à lui et aux bénévoles, des milliers de vies ont été bouleversées et, par ricochet, tout leur entourage et leur descendance.

Il a tellement l'air heureux de me parler de ça qu'à ce moment précis je comprends vraiment ce qu'est la satisfaction personnelle, il en est à lui seul l'incarnation parfaite. Depuis que je l'ai rencontré, je vois qu'il fait quelque chose qui a du sens pour lui, et qui lui apporte certainement plus.

Je me promets de toujours agir en cohérence avec moi et avec la personne que je veux devenir. Voilà qui rendra fiers mon fils, ma femme, mes amis et ma famille. J'ai envie d'apporter une plus-value autour de moi. Comment ai-je pu passer toutes ces années enfermé dans mon laboratoire, à élaborer de nombreux tests contraires à mes valeurs ? Si je ne m'étais pas écouté, je serais toujours là-bas et aurais participé au lancement du dernier produit. J'aurais perdu le peu de satisfaction intérieure qui me restait. Si j'avais rencontré Roger plus tôt, j'en suis intimement convaincu, la vie que j'ai aujourd'hui serait totalement différente. Mais le passé est le passé. À moi de construire l'avenir : l'important est d'avoir cette prise de conscience. J'ai encore de belles années devant moi, et il est temps de prendre ma vie en main. Au bout de deux heures de conversation, nous nous préparons à aller déjeuner, mais Roger m'empêche de me lever.

— Encore une chose, Éric. Voici la leçon numéro treize : « Entreprends des actions qui te feront ressentir une grande satisfaction personnelle intérieure. » Je te parlerai peut-être un peu plus tard de la différence entre la satisfaction personnelle intérieure et extérieure.

— Est-ce que je peux savoir combien de leçons il reste ?

— Je pourrais te le dire, mais je préfère les surprises. Allez, aide-moi à me lever, mon corps n'a plus autant de vitalité que le tien.

J'attrape son bras et le lève doucement. Je le sens particulièrement faible aujourd'hui, plus faible encore que les autres jours.

On rejoint Hélène, qui nous attend dehors.

— Je vous cherchais. Ça va, vous deux ?

— Super, on parlait sur le bord de l'étang. Bien remise du yoga ?

— J'y suis habituée, j'en fais toutes les semaines depuis cinq ans. Et toi ? Teresa m'a dit que tu t'étais bien débrouillé. J'ai jeté un œil sur toi pendant la séance, mais comme j'étais tout devant, je n'ai pas réussi à te voir à l'œuvre.

— Qui est Teresa ?

— La prof de yoga.

Si je veux parler avec elle aujourd'hui, je sais déjà son prénom, c'est une bonne chose.

— Je viendrai vous voir dans la semaine pour prendre quelques photos souvenirs, ricane Roger.

On se met tous à rigoler, puis Hélène nous rappelle à l'ordre :

— Vous venez déjeuner ? Avec Myriam et quelques filles, j'ai préparé du saumon fumé avec du quinoa et du gingembre. Ça vous tente ?

— Je ne sais pas pour vous, Roger, mais moi tout me tente, je meurs de faim ! Le sport, ça creuse.

On rejoint la grande table extérieure située devant l'entrée du centre. Il y a deux fois moins de monde qu'hier soir, mais c'est tout aussi sympathique. Je m'assois immédiatement à table et constate que tout le monde autour de moi reste debout.

— Lève-toi, me chuchote Roger, on va faire monter ton niveau de bonheur.

— Pardon ?

Alors que je me relève, chaque personne prend la main de son voisin. Je ne suis pas très à l'aise, car Teresa se trouve à côté de moi. Je me prête tout de même au jeu.

Myriam nous remercie tous d'être présents ici, remercie la vie de lui avoir donné la force chaque jour de continuer à apporter son soutien du mieux qu'elle pouvait le faire, remercie Hélène, Roger et moi pour notre présence. Elle nous invite ensuite à ressentir de la gratitude pour ce repas partagé ensemble. L'exercice est simple, il suffit de fermer les yeux et de se concentrer sur un mot magique : « merci ». Je me prête au jeu, ferme les yeux et récite intérieurement dix fois « merci ». Elle nous invite enfin à étreindre l'un de nos voisins.

Dans mon cas, il s'agit de Teresa. Je la serre maladroitement dans mes bras, ce qui est loin d'être son cas : elle me serre très fort, sans doute plus habituée que moi à ce genre d'exercice. Nous nous sommes regardés et souri. Apparemment, il est difficile pour de nombreuses femmes d'être touchées par des inconnus, même si ces inconnus sont des femmes. La répétition de cet exercice leur permet de reprendre possession de leur corps et d'être plus à l'aise avec le contact direct.

Roger me regarde et me fait son célèbre clin d'œil.

— Alors, me dit-il, comment tu te sens ?

— Je me sens bien, vraiment bien. J'ai l'impression d'avoir fait tellement de choses en une seule matinée ! La satisfaction personnelle dont vous me parliez justement tout à l'heure, je la ressens en ce moment, et c'est vraiment agréable.

Il me sourit et nous entamons le repas, toujours avec ce mot en tête : merci !

CHAPITRE 12

La cérémonie du pardon

La journée est superbe, une fois de plus. Je profite du calme de l'après-midi pour me balader dans le parc et réfléchir à tout ce qui s'est passé ces derniers jours. Ça n'a pas été de tout repos, mais je suis là pour vivre cette aventure au maximum.

Seul bémol, les deux objectifs de la journée ne sont pas remplis. Au déjeuner, je n'ai pas eu la conversation espérée avec Teresa, il s'agissait plus d'une conversation de groupe. Et ce soir, j'hésite à l'approcher quand je la vois passer toute seule. Il suffirait pourtant que je me lance. Je suis en colère contre moi-même, mais au moins cela m'apprend que je suis loin d'être parfait. Il faut que je l'accepte. Il faut également que je saisisse l'occasion si elle se représente à moi. Comme me l'a enseigné Roger, les erreurs font évoluer. Cela étant, quand j'y pense, je ne vois pas pourquoi j'ai envie de lui parler seul à seule. Je n'oublie pas que j'ai une femme, et faire la même erreur que Tania ne me rendrait vraiment pas fier de moi… D'ailleurs, en pensant à elle, il va falloir que je l'appelle.

Pas de nouvelles non plus de Nicolas, à qui j'ai laissé un message. En même temps, une journée pour trouver 1 500 euros et m'acquitter ainsi de mon objectif est sans doute bien court. Je le rappellerai demain si je n'ai pas de nouvelles.

Le lendemain matin, direction le yoga, encore dispensé par Teresa. Au bout d'une heure, détendu et en pleine forme, je retourne dans la cabane prendre une douche. Roger n'est ni dans la cuisine ni dans sa chambre… Il a dû aller se promener. Pourtant, il m'avait dit qu'il viendrait nous voir, Hélène et moi.

Je pars me balader en ville, en solitaire. Je prépare mon sac à dos, ma bouteille d'eau, un manteau si le temps se gâte, et c'est parti ! En sortant, je croise Myriam, que je préviens que je rentrerai en fin de journée. Elle en profite pour me conseiller quelques endroits qui méritent le détour. Je prends un taxi jusqu'au centre d'Ube. Là, je vadrouille sans trop savoir où je vais. Je longe le cours d'eau qui traverse la ville, puis m'engouffre dans des petites ruelles commerçantes. J'entre dans un magasin de gadgets, plus ou moins semblable à celui d'Osaka, sauf que, là, je remarque au dernier étage une salle très bruyante. J'hésite à entrer mais repense à ce que m'a dit Roger :

« Qu'as-tu à perdre ? » Des machines à jeux avec des Japonais dessus sont à perte de vue. La salle étant terriblement bruyante, je n'y reste pas longtemps. Pour me détendre après tout ce brouhaha, je m'installe confortablement dans un café typique boire un thé. J'en profite pour me connecter au Wi-Fi et lire des informations sur le centre. Je trouve un tas d'articles avec des photos d'Emma et de Myriam, puis tombe sur une vieille photo, qui date sans doute de la construction du centre, où l'on voit Roger. Il y a une dizaine de bénévoles, Roger tient une pelle, et son bras entoure le cou d'une dame, je me demande qui cela peut bien être. J'enregistre la photo, ça fera sûrement plaisir à Roger de la revoir. La sonnerie de mon téléphone me coupe dans mes recherches : c'est Nicolas.

— Comment vas-tu, Éric ? J'ai bien eu ton message. Que puis-je faire pour toi ?

— Voilà. Avec Roger, je me suis fixé différents objectifs à mener à terme. Je ne vais pas trop entrer dans les détails, mais, en arrivant au Japon la semaine dernière, une connaissance m'a arnaqué de 1 500 euros. Je dois trouver un moyen de les récupérer, et je me suis dit qu'avec tout ce que tu m'as raconté, tu aurais peut-être une idée pour que je me renfloue rapidement et que je ne me fasse pas étriper par ma femme à mon retour. Je ne veux surtout pas t'embêter avec ça, ne te sens pas obligé.

— Ne t'inquiète pas, tu ne m'embêtes pas. Tu as

bien fait de m'appeler. C'est un Japonais qui t'a fait ce mauvais coup ?

— Oui.

— Tu veux que je contacte quelques personnes pour avoir des infos sur lui ?

— Merci, mais non. Il faut que j'assume mes bêtises et que je rattrape mon erreur.

— Écoute, j'ai bien quelque chose qui me vient à l'esprit, mais rien n'est sûr pour le moment. Ça m'a déjà rapporté beaucoup, mais le risque est plus élevé que la moyenne. As-tu déjà entendu parler des cryptomonnaies ?

— Il s'agit du bitcoin, c'est ça ?

— Entre autres. C'est la plus populaire – le gouvernement japonais l'a récemment reconnue comme monnaie officielle – mais il en existe déjà plus de mille à l'heure actuelle. J'ai investi dans l'une d'elles, avec des partenaires, il y a un an, et on a multiplié notre investissement initial par 17. On a investi sur d'autres cryptomonnaies, et j'ai eu vent d'une opportunité qui pourrait être intéressante, mais il faut que tu comprennes que derrière des rendements de ce type, le risque est d'autant plus présent.

— Continue, tu m'intéresses…

— Note ce nom : Gary Brandor.

— Qui est-ce ?

— Il s'agit du fondateur de la monnaie virtuelle Ysalis. C'est un investisseur et un entrepreneur qui a favorisé l'essor de l'ère industrielle ici. Il a créé cette monnaie pour améliorer les transactions et les différents problèmes qu'il avait remarqués sur le bitcoin. Je ne vais pas entrer dans les détails, car ce serait trop complexe. Ce que je peux te dire, c'est qu'il y a six mois, on a acheté des Ysalis. Le cours était à 12 dollars, aujourd'hui il est à 25, et il va continuer à augmenter. Gary vient d'ouvrir un nouveau bureau à Londres et à Berlin pour le déploiement de sa monnaie et va lancer une mise à jour d'ici à deux semaines. J'ai aujourd'hui assez de données en ma possession pour dire qu'il y a beaucoup de chances que le cours grimpe très haut juste après, et dans les mois et les années à venir. Le risque réside dans les régulations que les États sont en train de préparer sur ces nouvelles monnaies et qui pourraient freiner leur évolution.

— C'est un peu du chinois pour moi, je te l'avoue. Mais vu ce que tu m'en dis, ça a l'air une belle opportunité. En revanche, il faudrait que je sorte encore une fois de l'argent, ce que Tania va assurément remarquer.

— Si tu veux investir, essaie de lui expliquer ton choix. Pesez le pour et le contre ensemble, vous serez de cette manière tous les deux impliqués. Transmets-moi ton adresse e-mail par texto, je vais t'envoyer de la documentation sur les projets de cette monnaie et sur son évolution possible. Ne te fie pas seulement à ce que je te dis. Recueille également de ton côté le maximum d'informations. D'ailleurs, tu devrais te renseigner au maximum dès que tu te lances dans n'importe quel projet.

— À combien penses-tu que le cours d'Ysalis peut monter ?

— Si le marché continue à s'emballer comme c'est le cas aujourd'hui, il pourrait valoir plusieurs centaines de dollars dans moins d'un an. Je trouve que le risque pris est minime par rapport au rendement possible, mais il est quand même présent et tu dois l'avoir en tête.

— Comment puis-je investir dessus si je me décide ?

— Je vais t'envoyer le lien d'une plate-forme d'échange sur laquelle tu pourras acheter la quantité souhaitée. Tu auras juste besoin de t'inscrire. Si tu investis un petit montant, tu pourras directement déposer l'argent avec ta carte bancaire, si le montant est plus important, il faudra que tu effectues un virement.

— C'est noté. Merci beaucoup, vraiment !

— Tu me remercieras si tu as des résultats ! Aujourd'hui, on émet simplement des hypothèses.

— En tout cas, merci beaucoup d'avoir pris le temps de me rappeler. J'attends ton e-mail.

— Tiens-moi au courant de ton choix, éclate-toi bien et embrasse tout le monde pour moi ! Et n'oublie pas la mise à jour qui sera effectuée dans deux semaines. Si tu veux investir, je te conseille de le faire avant, car les cours pourraient s'emballer si elle se déroule correctement.

— C'est noté, merci pour tout.

Me voici avec une information en ma possession. Ce coup de téléphone pourrait bien être ce qui me fera récupérer mes 1 500 euros, ou bien m'enfoncer un peu plus dans le rouge. Comme me l'a dit Roger, il y a toujours un risque derrière les grandes victoires. Si Nicolas m'en parle avec autant d'enthousiasme, c'est que, pour lui, il y a vraiment de grandes chances que le cours monte.

Toujours sur ses judicieux conseils, je profite encore du Wi-Fi pour me renseigner sur Google. Je trouve de nombreux graphiques montrant une constante progression d'Ysalis ainsi que des articles professionnels qui m'ont l'air rassurants. En même temps, je reçois la documentation promise. Je prends le soin de lire et de déchiffrer tout son contenu. J'appellerai Tania ce soir pour lui en parler. Si je veux investir, il ne faut pas perdre de temps. Il faut cependant que je réfléchisse à la manière de lui présenter la chose, car la conversation peut très vite dégénérer.

J'arpente les rues commerçantes du quartier tout en ressassant ce que Nicolas vient de me dire et entre là où mes pas me mènent : dans un temple. L'intérieur est vraiment particulier, on peut y admirer des sculptures, des peintures, de grands tapis et, au milieu, une statue de ce qui me semble un samouraï. L'extérieur est paisible, verdoyant. On sent que la nature a été au cœur de la création de ce temple et qu'elle y est respectée pour ce qu'elle est. Quel paradoxe quand on voit la manière dont elle est traitée à travers le monde ! J'avais regardé un reportage alarmant sur ce que nous faisons de nos océans, de nos forêts, de notre terre tout simplement. J'aimerais contribuer à la préservation de notre planète, avec la mise en place d'actions que je pourrais lancer à mon échelle. Tiens ! Voici une autre idée à garder dans un coin de ma tête.

Depuis ma rencontre avec Nicolas, j'ai une envie folle d'entreprendre ; plus ça va, plus cette envie s'amplifie. Si je dois me lancer un jour, je n'aurai pas le droit à l'erreur : il me faut un concept en béton ! Avant de partir, je ne pensais ni ne voyais dans quoi me lancer, mais depuis mon départ, les idées fusent. J'ai l'impression que mon cerveau réfléchit et interprète les choses de manière différente. Le changement d'environnement, la plongée dans l'inconnu ainsi que le travail effectué avec Roger y sont sans doute pour beaucoup. Même si ce n'est pas encore limpide dans ma tête, ça commence tout de même à prendre forme, et le voyage est loin d'être fini… Qu'est-ce que Roger me réserve pour la suite ? Va-t-il me faire rencontrer d'autres personnes qu'il a aidées ici ? Combien de contacts a-t-il autour du monde ? Quand je pense à tout ce qui s'est passé ces derniers mois et à ce que je vis maintenant, comment aurais-je fait sans son soutien ? La pente aurait été nettement plus difficile, voire impossible à remonter. Tellement de gens auraient besoin de lui ! Malheureusement, il ne peut venir en aide à tout le monde. Il faudrait peut-être qu'il pense un jour à divulguer ses connaissances sous forme de vidéos. Je filmerai Roger en rentrant. Il va certainement tirer une drôle de tête. J'imagine déjà la scène : « Roger, j'ai une idée : on va vous ouvrir une chaîne sur YouTube et faire des vidéos de vous ! » Encore une nouvelle idée ! Décidément, ça n'arrête pas.

Avant de partir, j'avais mis un petit carnet dans mon sac pour y noter mes idées. Il est encore vierge. Il est temps que je le remplisse de tout ce qui m'est déjà passé par la tête si je ne veux rien oublier. Je vais m'en occuper aujourd'hui, voilà un objectif précis. Je défile dans les rues sourire aux lèvres. Je me serais bien installé avec une pancarte *« Free Hugs[1] »*, mais pas sûr que cela remporte un franc succès au Japon. Pourtant, ça fait tellement de bien : quand Teresa m'a pris dans ses bras, c'était puissant et dynamisant.

Mes pas me ramènent finalement au centre en milieu d'après-midi. Quand j'arrive, les femmes sont en cercle, entourant une autre femme. À l'extérieur du groupe, j'aperçois Myriam et Roger qui parlent ensemble.

— Alors, mon ami, comment était ta journée ?

— Vraiment géniale ! J'ai un tas d'idées qui ont foisonné depuis ce matin. Et vous ?

---

1. Littéralement : « étreinte gratuite ». Mouvement qui vient d'Australie et qui consiste à étreindre gratuitement des inconnus dans la rue.

Ils me regardent tous les deux avec un grand sourire.

— Comment tu nous trouves ? On a bonne mine, non ?

— Vous êtes resplendissants ! Pendant que j'y pense, j'ai une surprise pour vous !

— Une surprise ? On adore !

Je sors mon portable de ma poche et leur montre la photo que j'ai trouvée.

— Regardez ce sur quoi je suis tombé en faisant quelques recherches.

Roger sort sa paire de lunettes et approche l'écran de son visage.

— Tu as vu ça, Myriam ? Ça fait longtemps que je n'avais vu cette photo, très longtemps…

— Là, il y a Marco… Je ne sais pas ce qu'il est devenu, je n'ai aucune nouvelle. Tu te souviens comme il nous faisait rire ?

— Le pire pitre que j'aie jamais vu. Un phénomène. On a sacrément bien rigolé avec lui, c'est vrai.

— Qui est Marco ?

— Un Mexicain qui, tous les soirs, prenait sa guitare et chantait des chansons complètement déjantées en se roulant par terre, on l'aurait pris pour un dingue. Il était génial, il racontait tous les jours des histoires plus drôles les unes que les autres, c'était un véritable chauffeur de salle. Et regarde ici, c'est Sassandra, as-tu des nouvelles d'elle ?

— Je l'ai vue il y a deux ans lors d'un voyage, nous nous étions recontactées.

Je suis intrigué par la femme à côté de Roger et décide de lui poser la question.

— Et qui est cette personne juste ici ?

Myriam me lance un regard bizarre et je sens que je n'ai pas été très délicat.

— Ah, voici Erina, ma femme.

— Votre femme ? Vous ne m'en avez jamais parlé, êtes-vous toujours ensemble ?

— Nous le sommes, oui, de là où elle se trouve. Un lien nous unit à tout jamais !

L'émotion se fait sentir chez Roger, et je comprends qu'elle n'est plus parmi nous. Je n'en rate pas une…

— Excusez-moi, Roger, je n'aurais pas dû vous en parler.

— Et pourquoi ça ? Erina nous a quittés il y a sept ans, emportée par la maladie. Je l'ai rencontrée en Hongrie, lors d'un congrès et, peu de temps après, nous savions que nous allions passer notre vie ensemble. Sur cette photo, notre rencontre datait de seulement quelques mois. Elle avait décidé de me suivre à l'autre bout du monde, pour nous aider à construire l'endroit qui se trouve devant tes yeux. J'ai passé dix ans de ma vie à ses côtés.

J'ai plein de questions à poser à Roger, mais je sens que ce n'est pas vraiment le bon moment.

— Erina nous a apporté un soutien incroyable à nous tous ici et à toute l'équipe, ajoute Myriam.

— Et elle a également été d'un soutien incroyable dans ma vie pendant ces dix années passées avec elle.

Je décide de changer de conversation, car Myriam et Roger ont l'air très peinés.

— Dites-moi, que font ces femmes en cercle ?

— Il s'agit de la cérémonie du pardon.

— Qu'est-ce que c'est ?

À ce moment-là, le cercle se fend et marche en direction de l'un des étangs.

— Suis-nous, Éric, je vais t'expliquer de quoi il s'agit.

Le groupe s'installe au bord de l'eau, et celle qui était au centre de l'attention écrit quelque chose sur une feuille, s'accroupit, lâche la feuille, laquelle se met à flotter et à s'écarter doucement de la rive. Elle se relève, baignée de larmes. Les femmes à côté d'elle la prennent dans les bras. C'est un moment très simple, mais qui a, apparemment, suscité une émotion particulière. Voilà vingt minutes que je suis rentré, et c'est la deuxième personne que je vois submergée par l'émotion, la première étant Roger, même s'il le laissait un peu moins paraître.

— D'après toi, Éric, que vient-il de se passer ?

— Bonne question. Je n'ai pas compris grand-chose à vrai dire…

— L'une des étapes cruciales pour aider celles qui sont accompagnées ici est de pouvoir pardonner à celui qui est responsable de leur souffrance.

— Comment est-ce possible au regard de ce qu'elles ont vécu ?

— Attention ! Pardonner ne veut pas dire faire

comme si de rien n'était ou reprendre contact avec la personne responsable. Ce n'est pas non plus cautionner ou approuver. Selon l'agression, toute forme d'interaction doit cesser. Le pardon est avant tout un exercice de libération intérieure qui te permet de passer à autre chose et d'aller de l'avant. C'est un outil d'une puissance absolue disponible à tous. Quand tu pardonnes, tu te libères. Tant que tu n'as pas franchi cette étape, la haine, le désir de vengeance ou tout autre sentiment toxique te rongent de l'intérieur et ne s'estompent pas.

— Ça doit être bien difficile.

— En effet. C'est pourquoi il y a tout un tas d'exercices et de prises de conscience à faire avant cette étape, et Myriam et son équipe sont là pour s'assurer de faire passer les bons messages.

— Qu'a-t-elle mis dans l'eau ?

— Une feuille sur laquelle elle a écrit le nom de son agresseur ou de celui ou celle qui lui a fait du mal. C'est comme si elle décidait de se séparer à tout jamais des sentiments toxiques reliés à cette personne. Cette cérémonie se fait à la demande d'une femme qui se sent prête, comme une sorte d'accomplissement pour elle. Aujourd'hui, il s'agit de Méléna, elle a vingt-deux ans. Elle est arrivée ici il y a deux mois dans un état critique. Nous l'avons beaucoup aidée à surmonter différentes épreuves. Je suis tellement heureuse de la voir sourire aujourd'hui, c'est vraiment magique !

— Je commence à comprendre l'importance du pardon, même si le travail doit être délicat et pénible.

— Cela s'applique pour toi aussi, mon ami.

— Que voulez-vous dire ?

— Ressens-tu de la colère, de la rage ou un désir de vengeance pour les récents événements qui se sont passés dans ta vie ?

— Vous voulez que je fasse ce qu'elles viennent de faire ?

— Je ne veux rien, Éric, je propose simplement. La décision t'appartient, nous ne forçons jamais quelqu'un.

— Je vais y réfléchir, ça me semble un peu trop récent pour pouvoir pardonner, mais il est clair que cela peut être bénéfique.

En y réfléchissant, je ressens effectivement de la colère, particulièrement envers Tania et Marc. Même si c'est certainement insignifiant par rapport à ce que certaines femmes du centre ont dû vivre, il me paraît tout de même difficile de pardonner aussi rapidement.

Myriam part rejoindre le groupe et prend Méléna, en pleurs, dans ses bras. C'est un moment très touchant.

Roger me chuchote :

— Regarde ce qui se passe et dis-moi ce que tu vois.

— Un beau moment.

— Oui, mais ce beau moment découle de l'amour, de l'amour véritable des autres et de soi. Là où réside l'amour, la peur et la colère disparaissent.

Là où réside l'amour, la beauté et la bonté apparaissent. Il n'y a rien de plus beau sur cette planète, rien de plus merveilleux, rien de plus profond et rien de plus simple. L'amour, Éric, l'amour.

Je contemple ce groupe de femmes se prendre dans les bras, et l'effet est intense et particulier.

— Quand tu remplis ton cœur d'amour, alors tout devient possible, tu peux vivre des émotions puissantes, envoûtantes, cohérentes avec l'essence même de ton âme et de la source qui t'a créé ici dans ce monde. Chaque fois que tu ressentiras des émotions négatives comme la colère, la tristesse, la haine, reconnecte-toi à l'amour et rappelle-toi ce moment.

Nous apercevons Myriam, qui nous fait signe de la rejoindre. Roger laisse tomber sa canne et enlace Méléna. Je ne distingue qu'un mot de ce qu'il lui murmure : « Félicitations ! »

Il finit par la lâcher, et je comprends que c'est à mon tour. Je suis gêné et deviens rouge de confusion. J'avance tout de même vers elle et la prends dans mes bras. Une vague d'émotions intenses jaillit en moi, et je sens des frissons dans tout mon corps. C'est tellement puissant ! Moi aussi je me mets à pleurer, sans savoir pourquoi. Je desserre mon étreinte de Méléna. Roger s'approche de moi et me prend à son tour dans les bras.

— Ce que tu viens de vivre s'appelle l'amour. C'est simple, mais d'une puissance incomparable à toute chose en ce monde. Leçon numéro quinze : « Là où l'amour réside, la peur disparaît. »

Même si cette cérémonie ne m'était pas destinée, je dis simplement à tout le groupe :

— Merci à tous de m'avoir fait vivre ce moment.

CHAPITRE 13

L'art de la négociation

Je suis assis sur le bord de mon lit, le téléphone entre les mains, en train de réfléchir à ce que je vais pouvoir dire à Tania. Je suis déterminé, mais en même temps j'appréhende sa réaction. Je repense alors aux paroles de Roger sur les intentions. J'émets donc l'intention que la conversation se déroulera bien et dans le calme, et je compose le numéro.

— Bonjour, ma chérie, comment allez-vous tous les deux ?

— Ça va, mais Léo s'ennuie de son papa, et il n'est pas le seul.

— Moi aussi, vous me manquez.

— Où es-tu ?

— À Ube, dans le Sud. Roger m'a emmené dans un institut qui s'appelle « le Centre d'Emma » et qui a été créé pour venir en aide aux femmes victimes d'agression.

C'est là que nous logeons et nous devons y rester une semaine. J'y fais des rencontres exceptionnelles et je vis des expériences encore plus exceptionnelles. J'ai l'impression que je suis en train d'opérer de profonds changements en moi. J'aimerais vous avoir à mes côtés pour vivre ces expériences, mais je suppose qu'il doit en être ainsi et que je dois passer par cette phase.

— Je suis contente que ça te plaise. Finalement, c'est bien que Roger t'ait rejoint. Et l'important, c'est que tu reviennes en bonne santé et avec le moral. N'oublie pas de prendre des photos !

— Ce sera le cas, je te le promets. Écoute, il y a un sujet dont j'aimerais te parler. Tu te souviens de Nicolas dont je t'ai parlé avant-hier ?

— Oui, rapidement.

— Pour te resituer, c'est un entrepreneur hors pair qui connaît un immense succès ici. Hier, avec Roger, j'ai émis différentes intentions pour ma journée. Je t'expliquerai ça plus en détail quand je serai rentré. Une de mes intentions était de trouver un moyen de récupérer l'argent que j'ai perdu à cause de Liu.

— Noble motivation.

— Après avoir réfléchi, on en est arrivés à la conclusion qu'il fallait que j'appelle Nicolas. Je l'ai eu ce matin au téléphone, et il m'a parlé d'un truc qui pourrait s'avérer une opportunité incroyable.

— Qu'est-ce que c'est ?

— As-tu déjà entendu parler de la cryptomonnaie ?

— Non, ça ne me dit rien.

— Le bitcoin, ça te parle ?

— Vaguement, oui. Un de mes collègues de travail a investi dessus il y a quatre mois et a apparemment déjà doublé son investissement.

Génial, quand elle me dit ça, je sens que mes arguments seront un peu plus pris au sérieux.

— En quatre mois ? C'est sûr que ce n'est pas avec notre livret A qu'on va obtenir ces résultats.

— C'est certain. Il nous disait que pour le moment ça monte très vite, mais que ça peut redescendre tout aussi rapidement. Mais il est confiant sur le fait que ça pourrait devenir une monnaie utilisée dans le monde entier.

— Il a raison, c'est déjà le cas ici au Japon. Le gouvernement a déclaré le bitcoin comme monnaie officielle. Beaucoup de magasins l'acceptent déjà. Savais-tu en revanche qu'il existait plus de mille autres crypto-monnaies ?

— Non, je ne savais pas.

— L'une d'elles s'appelle Ysalis et, d'après Nicolas, il y a de fortes chances qu'elle suive les traces du bitcoin.

Je prends mon temps pour tout lui expliquer : le passage de 12 à 25 dollars, Gary Brandor, les bureaux à Londres et à Berlin, les documents qu'il m'a envoyés par e-mail, les graphiques… mais aussi la part d'inconnu et de risque liés à cette industrie, qui n'est pas encore acceptée partout.

À ce moment-là, je décide de mettre en place une stratégie que Roger m'a enseignée : quand je veux suggérer quelque chose à mon interlocuteur, je dois toujours faire en sorte qu'il sente qu'il a le choix. Si je le mets devant le fait accompli, c'est le meilleur moyen de le braquer et qu'il parte dans le sens opposé. Si je lui suggère l'idée en lui laissant le choix, alors j'augmente mes chances qu'elle soit acceptée et adoptée.

— Je n'ai pas d'expertise dans ce domaine, mais j'ai confiance en celle de Nicolas. Penses-tu qu'on puisse investir dedans, du moins un peu ?

— Ça a l'air intéressant, un peu trop beau pour être vrai d'ailleurs. Le problème, Éric, c'est qu'on n'a pas énormément d'argent de côté. Si on perd cet investissement, ça pourrait nous mettre en difficulté pour la suite.

— J'en suis conscient, mais si l'on ne prend pas de risques, ce sera très dur de profiter un peu plus. Je n'ai pas envie de passer notre retraite à compter, à nous limiter. Je suis en train de changer sur différents plans, et ce que je veux pour toi et pour notre famille, c'est l'abondance à tous les niveaux.

— J'aime cette façon de penser, chéri, c'est la première fois que je te sens aussi ambitieux. Une preuve que ce voyage te fait le plus grand bien. Alors, vas-y !

— Quoi ?

— Vas-y, fonce ! Tu as raison, si l'on ne prend aucun risque, on ne peut pas s'attendre à grand-chose.

— Tu es sûre ?

— Oui, mais ne mets pas ta famille dans une situation compliquée.

Je suis sidéré par le tournant de la conversation et que l'idée soit acceptée en si peu de temps.

— Jamais ! Je trouverai toujours une solution quoi qu'il arrive. Merci, chérie, merci de comprendre et de me faire confiance. Comme c'est toi qui gères les comptes, sais-tu combien nous avons sur notre compte épargne ?

— Pas loin de 15 000 euros.

— Que dirais-tu si on investissait 50 % de cette somme ? De toute manière, qu'elle soit sur notre compte ou ailleurs, ça ne change pas grand-chose. On n'en a pas besoin tout de suite et il nous resterait 7 500 euros au cas où. Qu'en penses-tu ?

— C'est beaucoup d'argent ! On a mis des années à mettre ça de côté, tu en es bien conscient ?

— Je sais, oui, mais imagine qu'on mette 1 000 et que la valeur décuple, on se récupérerait 10 000. Alors que si on investit 7 500, on toucherait 75 000.

— Très bien, alors prends cet argent.

— Si je te transmets les coordonnées bancaires, tu pourras faire un virement ?

— Oui, je peux.

— Parfait, alors, allons-y. Je suis vraiment excité à l'idée de prendre part à cette aventure. Je te tiendrai au courant de l'évolution. Je t'envoie un e-mail avec toutes les informations dans l'heure.

— Je ne traîne pas, chéri. Quand tu m'as appelée, je sortais notre fils du bain et je n'ai même pas fini de le sécher correctement, il grelotte.

— Fais-lui un gros bisou pour moi. Je vous aime, je te rappelle bientôt.

— Bisous. Prends soin de toi et fais attention.

Je suis tellement content qu'elle m'ait fait confiance sans avoir à monter le ton ! C'est le genre de relation à laquelle j'aspire, simple et sans conflits. J'émettrai plus souvent des intentions. Je sors de ma chambre avec un large sourire, Roger est assis là, un livre ouvert sur ses genoux.

— Toujours un livre à la main à ce que je vois.

— Oui, ce serait dommage de passer à côté de toutes les connaissances qui sont partagées. Je n'aurai jamais assez de temps pour lire tout ce que j'ai envie de lire. Si je calcule bien, à raison de deux livres par mois depuis maintenant plus de quarante ans, ça fait ?...

— Alors... 40 × 24. Non, je vais d'abord multiplier 40 par 10, ce qui nous fait 400. Puis 400 × 2, qui nous donne 800. 40 × 4 égale 160. 800 + 160 = 960.

— Très bonne analyse, tu viens de décortiquer un calcul. Maintenant, fais de même avec les objectifs importants de ta vie.

— Vous avez lu presque mille livres, c'est impressionnant !

— C'est ce qui se passe avec la puissance d'une action cumulée sur des années. Deux livres par mois, ce n'est pas si énorme que ça, mais sur quarante ans, en effet, ça fait beaucoup. À ton avis, m'ont-ils apporté quelque chose ?

— Oui, j'en suis persuadé.

— Imagine tout ce que j'ai pu apprendre et tout ce que j'ai pu faire dans ma vie grâce à eux. Je lis sur le temps et sa gestion, les finances, la spiritualité, la méditation, l'estime de soi, la communication, la réussite, le bonheur, je lis des romans et des biographies de personnes qui m'inspirent, les dernières études faites sur le cerveau, sur l'univers et notre planète, sur l'Antiquité et l'histoire du monde, et j'en passe…

— Vous devez en savoir des choses !

— Tu sais, ça n'a pas beaucoup d'importance. Ce qui prévaut, c'est ce que tu en fais. Écoute bien ce que je vais te dire : ce que tu fais, tu le fais en fonction de ce que tu sais.

Il m'accorde une minute pour que cette phrase s'ancre dans mon esprit, puis reprend, sur un tout autre ton :

— Je n'ai pas pu m'empêcher d'entendre ta conversation. Alors, tout s'est bien passé ?

— Oui, je suis vraiment content. Tania est d'accord, je vais pouvoir suivre le conseil de Nicolas. Ce sera peut-être la clé pour récupérer la somme que j'ai perdue.

— Tu vois, en seulement deux jours, tu as eu la bonne personne pour te conseiller et tu es tout de suite passé à l'action pour sa mise en place.

— Merci encore, car je n'aurais sûrement pas eu l'idée d'appeler Nicolas, ou peut-être que j'aurais eu peur de le déranger.

— Et alors, était-ce le cas ?

— Non pas du tout, au contraire il était content de me parler.

— Alors, n'émets pas d'hypothèse sans avoir les bonnes informations.

Roger me fait son fameux clin d'œil et rouvre son livre.

« N'émets pas d'hypothèse sans avoir les bonnes informations. » Combien de fois ça m'est arrivé dans ma vie ? Des centaines de fois sûrement. J'ai toujours tendance à imaginer la réponse de mon interlocuteur avant même de lui avoir demandé quoi que ce soit. C'est inutile et ça freine la motivation. La véritable information vient de l'action, pas de l'hypothèse.

Je sors quelques instants et croise Hélène, à quelques pas de chez nous.

— Bonjour, Éric.

— Salut, Hélène.

— Je viens voir si Roger a besoin de quelque chose.

— Il est tranquillement assis pour le moment, il bouquine. Tu étais au courant pour Erina ? J'ai trouvé une vieille photo d'eux deux pendant la construction et je lui ai demandé qui c'était.

— Oui, bien sûr, nous étions très proches elle et moi.

— Pourquoi ne m'en avez-vous jamais parlé ?

— Roger est très discret sur le sujet, mais ça lui arrive de se remémorer de temps en temps à voix haute des souvenirs avec elle. Son deuil a été difficile. Tu sais, il n'est pas un surhomme, il est comme toi et moi, et la perte d'un être proche est une étape difficile pour tous, Roger y compris.

— Oui, je comprends. J'étais gêné de lui en avoir parlé.

— Tu n'as pas à l'être. Aujourd'hui, il a fait son deuil, il lui a dit au revoir et moi aussi.

— Tu ne veux pas me dire qui tu es par rapport à eux ? Il me manque encore pas mal de pièces du puzzle…

— Peut-être un jour, mais pas encore.

— Très bien, je ne te force pas. Je vais marcher un peu autour de l'étang. On se retrouve pour le dîner ?

— Parfait ! À tout à l'heure !

Hélène rentre dans notre cabane. Quelle femme mystérieuse. Tout comme Roger. Tel père telle fille ? Au niveau de l'âge, ça pourrait convenir. Pourtant, il me semble que Roger avait mentionné qu'ils s'étaient connus il y a une vingtaine d'années. En même temps, il m'a dit tellement de choses que je ne me souviens plus trop. Je vais creuser le sujet.

En avançant vers l'étang, j'aperçois Teresa assise au bord de l'eau, les yeux fermés. Elle est sans doute en train de méditer. Cette fois-ci, je vais la voir. Qu'ai-je à perdre ?

Je m'approche doucement et m'assois à deux mètres d'elle pour ne pas la déranger. Raté : elle ouvre les yeux et sursaute en me voyant. Je m'excuse, elle se met à rire. Je crois que nous allons enfin pouvoir parler tous les deux.

Elle m'explique qu'elle vit ici depuis trois ans et demi parce qu'elle s'y sent vraiment bien. Elle a l'impression d'être utile et de servir une cause qui lui tient à cœur. En revanche, elle botte en touche lorsque je lui demande ce qui l'a amenée ici. Son regard est dévastateur : un bleu clair comme jamais j'en ai vu, avec des petits points noirs à l'intérieur. Je me noie dans ses yeux et elle doit sûrement le sentir. « Pense à Tania, pense à Tania, pense à Tania ! » Rien à faire, je suis totalement déstabilisé.

Elle a la délicatesse de lancer la conversation sur la méditation. Roger m'a conseillé de pratiquer, mais je n'ai pas vraiment instauré cela comme une habitude. Elle me propose d'essayer ensemble. Elle lance une musique sur son portable et me dit que ça va m'aider à me concentrer. C'est du Trypnaural, une musique qui vibre à une certaine fréquence et qui agit sur mon niveau de concentration, mon attention, mon cerveau et d'autres facteurs. La mélodie est douce, calme et assez intense. Teresa me propose de fermer les yeux et de mettre les paumes de ma main sur mes genoux, face au ciel, et de me concentrer sur mon inspiration et mon expiration. Pendant dix minutes, grâce au son de sa voix et à la musique, je réussis presque à ne penser à rien d'autre qu'à ma respiration. Je suis totalement détendu et ça me fait vraiment du bien. Je comprends mieux maintenant les bienfaits que l'on peut en retirer. Elle me parle alors de tous les avantages de cette pratique sur le plan spirituel. Je ne comprends pas tout, mais on sent qu'elle est passionnée. Elle me suggère enfin de pratiquer tous les jours au moins dix minutes.

Nous sommes appelés pour le dîner et je réalise que je viens d'atteindre mon objectif. J'ai passé un très bref mais très bon moment en sa compagnie. Cependant, ça s'arrêtera là, je ne ferai rien que je pourrais regretter par la suite.

Je suis sur un nuage. Une fois de plus, ce soir, je me sens vraiment bien. À quoi pourrait ressembler ma vie si j'étais tous les jours dans cet état ? Très certainement différente. J'ai l'impression que ce qu'on ressent est le plus important. Tout se passe à l'intérieur de soi. Le reste ne sert pas à grand-chose.

La soirée est magique, le ciel rempli d'étoiles, il fait suffisamment bon et doux pour manger dehors. Après le repas, je vais m'asseoir, seul, au bord d'un étang, pour prolonger ma réflexion. J'ai déjà noté sur mon petit carnet les deux idées intéressantes à creuser :

- Inventer et mettre en place un service qui permettrait de combattre la solitude et de rapprocher les gens.
- Entreprendre des actions dans le but de protéger la planète.

Je ne sais pas encore ce que je vais faire en rentrant. J'aurai sûrement d'autres idées au fur et à mesure de mon évolution, mais pour le moment, je suis très attiré par le côté entrepreneur de Nicolas. Cette journée a été riche en émotions, le coup de fil de Nicolas, ma balade dans la ville, la conversation avec Roger, le coup de téléphone à Tania, la cérémonie du pardon, ma discussion avec Teresa et notre séance de méditation… j'ai fait plus de choses en un jour que je n'en ai fait en une semaine.

Il est temps de rentrer. Il est tard, et je suis fatigué.

Mon réveil me tire du lit à 7 h 30 pour ma séance de yoga. Je commence à prendre l'habitude. Trois séances en trois jours. Je vais finir par faire le grand écart à ce train-là ! En sortant de la salle de sport, je m'empresse de regarder le cours d'Ysalis, qui a un peu baissé. Je me connecte ensuite au compte que Nicolas m'a conseillé d'ouvrir et constate que mon compte a été approuvé. Je peux donc transmettre les coordonnées bancaires à Tania par e-mail pour qu'elle s'occupe du virement.

En rentrant à la cabane, je ne vois pas Roger lire, mais faire des étirements dehors. Cet homme est épatant.

— Étirements, ce matin ?

— Oui, j'ai encore besoin de mon corps, il faut l'entretenir. Comment s'est passé ton yoga ?

— Au top. Je commence vraiment à y prendre goût. En seulement trois jours, j'ai bien progressé. Pendant que j'y pense, j'ai appris qu'il y avait le pot de départ d'une certaine Solène à 11 heures ce matin.

— Ah, je ne savais pas. C'est toujours un moment très spécial, on va se joindre à elles. Content de ton voyage pour le moment ?

— Et comment ! Et c'est grâce à vous !

— Crois-moi, tu y es aussi pour quelque chose. Mais on a encore beaucoup de choses à faire ensemble toi et moi.

— Il va me falloir un deuxième cerveau, je crois, pour retenir tout ce que vous me dites tous les jours.

— Ne t'en fais pas pour ça. Le meilleur moyen d'apprendre est d'associer l'action aux informations : quand tu entends quelque chose, agis en cohérence avec l'information. Ton cerveau ne pourra pas tout retenir, c'est tout à fait normal, c'est aussi pour cette raison que je t'enseigne différentes leçons. Elles te permettront chaque fois de te remémorer nos conversations sur un point en particulier. Ne perds pas ton cahier de notes surtout !

— Oh que non !

À 11 heures, tout le monde se regroupe dans la salle principale. Myriam prend la parole pour exprimer toute sa gratitude envers Solène, pour la remercier d'avoir enrichi le Centre d'Emma de sa présence, d'avoir si bien pris en compte et intégré tout ce qui lui a été enseigné en seulement quarante-cinq jours.

Solène prend la suite et explique qu'elle ne pensait pas reprendre goût à la vie de cette manière et aussi rapidement, qu'elle considère maintenant les personnes d'ici comme une famille et qu'elle reviendra réguliè-rement leur rendre visite. Après avoir subi un mari violent pendant de nombreux mois et alors qu'elle n'avait plus goût à rien, elle repart forte et confiante en l'avenir, avec les connaissances nécessaires pour surmonter seule cette épreuve et y faire face, prête à affronter une nouvelle vie. Par-dessus tout, elle repart avec quelque chose d'inestimable : la confiance en elle.

Tout le monde la prend dans ses bras et chante pour lui dire adieu. Elle finit par monter dans un taxi qui l'attend à l'entrée.

Roger se tourne vers moi et me dit :

— Le vois-tu ce sentiment d'amour qui se dégage de ce groupe ?

— Je crois que oui !

— Il n'y a rien de plus beau dans ce monde et rien de plus puissant que l'amour au plus pur de son état. Si tu arrives à allier une activité quelconque avec ce sentiment, tu auras une vie incroyable, retiens bien ça !

Rattacher une activité à l'amour… Je ne vois pas très bien comment faire, mais si Roger me le dit, c'est que c'est sûrement faisable et bénéfique.

Hélène prend Roger en aparté et l'informe que tout est réglé pour demain. Je ne peux m'empêcher de demander ce qui va se passer.

— Demain à 14 heures, ce sera notre tour, Éric.

— Nous partons ?

— Oui. J'avais prévu de rester un peu plus long-temps, mais nous avons encore du chemin à parcourir.

J'aurai le temps de participer à une dernière séance de yoga.

J'avoue être un peu déçu de partir si vite, mais j'ai

déjà passé de merveilleux moments ici, qui m'ont fait grandir… Le Centre d'Emma et ce que j'y ai vécu resteront à jamais gravés dans ma mémoire. J'aimerais pouvoir, si Myriam et Emma me le permettent, revenir avec Tania et Léo quand il sera beaucoup plus grand. J'aimerais aussi lui apprendre, au fur et à mesure de son éducation, tout ce que Roger est en train de m'enseigner. S'il grandit avec ces règles en tête, il ne fera pas les mêmes erreurs que moi et pourra bénéficier d'une vie vraiment incroyable.

Bien évidemment, la première chose qui me vient à l'esprit à l'annonce du départ, c'est où et pourquoi. Et comme d'habitude, Roger reste muet. Je commence un peu à le cerner, mais pas toujours à le comprendre.

Dans le courant de l'après-midi, nous sommes conviés, Hélène et moi, à participer au cours de maître Hichado, professeur de tai-chi, art martial qui insiste sur le développement de la force paisible. Le lieu de rendez-vous est donné autour de l'étang. Si Roger décline la proposition, car l'exercice semble trop difficile pour lui, il insiste pour venir nous regarder. Sous son regard, nous n'osons pas refuser.

Les mouvements sont d'une fluidité incroyable et l'ancrage au sol est primordial, mais j'ai beaucoup de mal à tenir l'équilibre, car la plupart des mouvements portent sur une seule jambe. Roger m'encourage quand je flanche et en profite aussi pour bien rigoler, rire qu'il communique aux autres membres du groupe.

Je regrette qu'il ait fallu qu'il entre dans ma vie pour que je recommence à me lâcher. Bien évidemment, il m'arrive de sourire et de rire, mais je me rends compte qu'il manque beaucoup de légèreté dans ma vie depuis longtemps, et je compte bien y remédier.

Avant le dîner, Teresa vient me voir, car elle a appris notre départ. Elle me souhaite une bonne continuation et regrette de ne pas avoir fait plus ample connaissance. J'ai dû, moi aussi, lui faire un petit effet. Comme nous ne sommes pas l'un à côté de l'autre pendant le repas, nous échangeons quelques regards. La situation est particulière, mais pas question que je craque. Heureusement que je pars demain, comme ça, l'histoire est réglée. Je pense être assez solide pour résister à ce genre de tentation, mais autant éviter d'en avoir une sous les yeux tous les jours.

Le lendemain matin, nouvelle séance de yoga. Je me donne encore plus à fond que les premiers jours, soit pour en profiter au maximum, soit pour impressionner Teresa, je ne sais pas. Puis vient notre pot de départ, où Myriam me propose de prendre la parole. N'ayant pas du tout l'habitude de parler en public, je deviens rouge et bafouille quelques remerciements, et insiste sur le fait que, si j'en ai la possibilité, je reviendrai avec mon fils pour lui faire découvrir le magnifique travail effectué ici. Hélène, aussi peu à l'aise que moi, remercie également toutes les femmes qu'elle a pu rencontrer et assure qu'elle a grandi au contact de chacune, et qu'elle espère, elle aussi, pouvoir revenir plus longuement.

Toutes les filles applaudissent, même si je sais que beaucoup d'entre elles n'ont pas compris un traître mot de notre discours. Myriam, quant à elle, nous assure que nous serons toujours les bienvenus.

Roger prend ensuite la parole et explique à quel point il est fier de ce que cet endroit est devenu, et nous fait part de certains de ses souvenirs. Il termine en souhaitant à toutes les femmes du centre une vie remplie de bonheur et d'instants magiques comme ceux qu'elles vivent ici, car c'est la vie qu'elles méritent. Qu'elles ne laissent personne leur dire le contraire.

Toutes les femmes sont très émues, la majorité d'entre elles étant au courant que le programme qu'elles suivent vient en partie de Roger.

Nous montons dans le taxi qui nous attend devant l'entrée, prêts pour de nouvelles aventures…

CHAPITRE 14

Rituels matinaux

Nous revoici sur la route tous les trois. J'ai plein de questions en tête, mais inutile d'interroger Roger, je connais déjà sa réponse. En tout cas, il a l'air d'avoir passé du temps dans ce pays et de s'être fait bon nombre de connaissances. Comme il me l'a dit lors de notre première rencontre: «Je suis un voyageur.» Je le crois maintenant, et je pense aussi qu'il a de nombreux contacts un peu partout dans le monde et qu'il est venu en aide à beaucoup de personnes. Je me demande aussi combien de temps ça a duré et comment il a réussi à gagner sa vie, car il n'avait pas l'air d'être payé.

Nous arrivons à la gare, où tout, forcément, est écrit en japonais. Roger a parfaitement l'air de connaître le chemin. Aucune possibilité d'obtenir quelques indices, même si je sais que, pour la première fois de ma vie, je vais embarquer dans le Shinkansen[1].

Hélène s'endort et Roger également, un livre à la main, le même que celui qu'il lisait au centre. Je le récupère doucement pour mettre le nez dedans. Une chance qu'il soit en français. Il s'intitule… L'auteur, docteur en neurologie, y aborde les inconvénients et les avantages des différents niveaux de conscience auxquels on peut avoir accès ; ça a l'air passionnant. Selon ce dernier, plus nous élevons notre niveau de conscience, plus nous avons l'impression d'être isolés, car un déséquilibre se crée avec les personnes qui gravitent autour de nous, mais cela n'est en rien relié à l'intelligence ou encore à l'éducation. Les avantages sont nombreux : les décisions que nous prenons sont plus éclairées, nous nous connaissons mieux, nous avons une vision plus claire du monde dans lequel nous vivons et nous sommes plus aptes à traiter de nouvelles informations. Voilà un bon livre que je pourrais lire une fois rentré à la maison.

Rien que d'y penser, j'appréhende déjà le retour. Comment va-t-il se passer ? Que vais-je faire ? Si je devais rentrer maintenant, même si je sens que j'ai énormément évolué ces derniers temps, ce serait tout de même trop tôt.

Roger se réveille alors que je suis plongé dans mes pensées.

---

1. Train à grande vitesse japonais (NdÉ).

— Il est temps de partir à la conquête de ta conscience, mon ami. Tu vas vivre une expérience des plus intenses ! Le genre d'expérience que tu n'as encore jamais vécue !

Il se met à rire, et moi, à avoir peur. Qu'est-ce qu'il me prépare encore ?

— Comment ça ?

— Je t'expliquerai bientôt.

Nous nous arrêtons à Odawara, puis prenons un autre train, un bus et enfin un taxi. Ce n'est vraiment pas la porte à côté.

— Regarde, me dit Roger alors que nous sommes en train de rouler, tu vois cette montagne enneigée ?

— Oui, c'est magnifique.

— Il s'agit du mont Fuji, la plus célèbre montagne du Japon.

— On va grimper dessus ?

— Tu veux ma mort ou quoi ? Toi, tu vas faire de grosses randonnées, mais moi, je t'attendrai dans un hamac.

Il accompagne sa phrase de son fameux clin d'œil.

— Hélène, tu décideras si tu veux ou non participer à cette expérience.

Je ne suis pas sûr que m'attaquer au mont Fuji soit une bonne idée : je ne suis pas très endurant question randonnées. Mais comme me le répète souvent Roger, je dois ravaler mes a priori.

Nous arrivons après trois heures de trajet au pied du mont, devant une grande porte en bois avec des écritures japonaises. Il est évident que ce n'est pas un endroit pour touristes.

— Venez, je vais vous présenter un ami de longue date. Suivez-moi.

Après avoir donné quelques coups, un homme en kimono ouvre, s'approche de Roger et le salue, sourire aux lèvres. Ils ont l'air contents de se retrouver, car ils commencent à parler très vite, des étoiles plein les yeux. Le Japonais s'approche de moi, m'attrape par les épaules et prononce quelques mots que je ne comprends toujours pas.

— Voici maître Ryhiuho, il va s'occuper de nous ces prochains jours. Hélène, comme je te le disais tout à l'heure, tu décideras si tu veux participer aux activités proposées, et il en est de même pour toi, Éric. Pendant une semaine, tu vas vivre des choses intenses, et je te préviens tout de suite que cela ne sera ni toujours confortable ni toujours agréable. Ce que je peux te promettre en revanche, c'est que si tu joues le jeu jusqu'au bout avec lui, tu en sortiras grandi.

Dans quoi ai-je mis les pieds…

— Vous me faites peur, Roger, mais je suppose que je dois continuer à vous faire confiance.

— Sage décision.

Ryhiuho ouvre un peu plus la lourde porte, et des grincements retentissent. On aperçoit une grande cour pavée entourée de dépendances et, sur les murs, des plantes grimpantes. L'endroit a l'air immense. Il nous fait entrer dans un premier bâtiment, me regarde et me montre une pièce du doigt.

— C'est ici que tu vas dormir, Éric, me traduit Roger.

C'est loin d'être du luxe : il y a un tapis qui recouvre la quasi-totalité de la pièce, un matelas très fin posé par terre, des toilettes avec un lavabo et… c'est tout.

— Je sais que ce n'est certainement pas ce que tu t'imaginais, mais fais-moi confiance, tu vas être bien ici.

— Il n'y a même pas de douche ?

— Elles sont communes. Ne t'inquiète pas, tu auras tout le nécessaire. Tu n'es pas en prison et tu pourras mettre fin à l'expérience dès que tu le souhaiteras. Si tu veux partir, tu n'auras qu'à me le dire, d'accord ?

Il me rassure un peu en me disant ça. Au moins, j'ai le choix.

— Très bien… allons-y.

Nous entrons ensuite dans la chambre d'Hélène, qui ressemble à la mienne, puis dans celle de Roger qui, lui, a un vrai lit et une vraie salle de bains.

Hélène et moi nous regardons en nous demandant bien à quelle sauce nous allons être mangés.

Ryhiuho nous explique, grâce à Roger qui nous traduit, que cet endroit a été créé il y a plus de quatre-vingts ans pour tous les travailleurs qui souhaitaient faire une pause le temps d'un week-end ou d'une semaine. L'espace a été conçu avec le strict minimum, afin que le repos prime. Dès 5 heures du matin, ils faisaient tous ensemble trente minutes de relaxation et de méditation. Puis, au fur et à mesure, ils ont ajouté différentes activités pour répondre aux attentes des participants, comme des randonnées sur le mont Fuji. L'endroit est rapidement devenu célèbre, notamment pour son *onsen*. Hélène et moi sommes déjà un peu plus rassurés et, finalement, je me réjouis de participer à cette nouvelle expérience qui va beaucoup m'apporter dans un lieu que je n'aurais certainement jamais pu découvrir seul. Je peux donc bien faire abstraction de mon confort habituel pour une semaine, ce n'est pas la fin du monde.

— Nous allons nous rendre dans l'*onsen*. Il s'agit d'un bain thermal très chaud. Ici, il est en pleine nature avec une vue incroyable sur le mont Fuji, j'ai hâte de vous le montrer. Cela nous fera le plus grand bien après ce voyage. Hélène, tu ne seras pas avec nous, car ce n'est pas mixte. Prenez vos affaires et retrouvez-moi ici dans cinq minutes.

Roger nous conduit, après avoir emprunté un chemin de pierres recouvert de lianes et de plantes, jusqu'aux bains qui dégagent beaucoup de vapeur. Un mur se dresse en plein milieu, séparant la zone des femmes de celle des hommes.

— Hélène, le coin des femmes est par ici, et moi, je vais prendre cette direction avec Éric. On se revoit tout à l'heure.

Nous partons chacun de notre côté pour nous

changer. Roger se déshabille et se retrouve complètement nu, contrairement à moi qui enfile mon maillot
de bain.

— Que fais-tu ? Tu ne peux pas porter de maillot à
l'intérieur. C'est interdit ici et dans la plupart des *onsen*
du pays.

Bon. Me retrouver en costume d'Adam devant Roger
n'était pas vraiment dans mes plans, mais n'ayant pas
le choix, je me déshabille totalement. Après nous être
douchés, nous empruntons un deuxième chemin, semblable au premier. J'ai l'impression d'évoluer dans
Tomb Raider. De grosses marches en pierre descendent
dans le bain, qui est scindé en deux : la première partie
est couverte alors que la seconde est en plein air. Je suis
Roger qui entre dedans doucement mais sûrement. Je
pousse un hurlement : l'eau est bouillante !

Roger se met à rire, et moi à inspirer. J'ai l'impression
de bouillir. Au bout de quelques minutes d'adaptation,
je peux enfin avancer pour admirer le paysage et me
rendre dans la partie extérieure. C'est tout simplement
incroyable, nous sommes devant le mont Fuji, au pied
de la montagne. J'ai rarement vu quelque chose d'aussi
beau dans ma vie.

— Que penses-tu de cette vue ?

— C'est impressionnant !

Le mur sur notre gauche doit sans doute donner sur
le bain des femmes, où est sûrement Hélène.

— Hélène ?

— Oui, je vous entends, je suis là.

— Pas trop chaud ?

— Si, un peu quand même. Difficile d'y entrer, mais quelle vue !

Roger me fait signe de baisser le ton.

Le haut du mont est blanc comme neige et le bas tout vert. C'est spectaculaire, je n'en reviens pas !

— Tu pourras venir ici tous les jours pour te reposer, ça te détendra et te fera le plus grand bien.

— Ce ne sera pas trop dur ce que je vais devoir faire ?

— Ne t'inquiète pas. Comme je te l'ai dit, il n'y a rien d'obligatoire. Ils vont te proposer différentes activités, mais libre à toi d'essayer ou pas. On va se lever et se coucher très tôt. Si tu veux savoir ce que tu dois faire, Éric, tu dois apprendre à aller chercher à l'intérieur de toi et creuser au plus profond de ton être. Si je te demande qui tu es aujourd'hui, il est fort probable que tu ne saches toi-même pas trop quoi me répondre.

Encore une fois, il n'a pas tort.

— Tant que tu ne sais pas répondre à cette question, il te sera difficile de savoir dans quelle direction aller. Cette semaine, l'objectif est d'aller au-delà de tes limites, au-delà de ton confort, au-delà de tes barrières pour explorer ta conscience, l'élever et apprendre à la connaître. Ce programme te plaît-il ?

— Oui, je vais faire du mieux que je peux en tout cas.

Au bout d'une trentaine de minutes, nous sortons du bain. C'est vraiment relaxant, mais je ne souhaite qu'une seule chose : dormir.

Je file dans mon lit très rapidement, assommé par le voyage et la chaleur du bain. De toute manière, il va falloir que je m'habitue à me coucher tôt, ce sont les règles de la maison.

Des sons de cloche retentissent dans tout le bâtiment et me réveillent en sursaut. Je ferme de nouveau les yeux, mais je commence à sentir quelque chose sur mon épaule : deux Japonais en kimono sont en train de me secouer. C'est bon, message reçu, je me lève.

Il est 5 h 05. C'est la deuxième fois de ma vie que je me lève aussi tôt : la première, c'était pour prendre l'avion. Il va falloir que je me détende, car, si Roger dit vrai sur la première heure après le réveil, les premières minutes commencent plutôt mal.

Juste avant de sortir de ma chambre, je décide de regarder rapidement le cours d'Ysalis : il est possible que la plate-forme ait reçu le virement de Tania. Ce truc m'obsède depuis que Nicolas m'en a parlé. Sauf que j'ai oublié que je n'ai pas de Wi-Fi ici. Il faudra que je trouve du réseau dans la journée.

J'aperçois Roger, assis sur une grosse pierre, en pleine discussion avec un Japonais. Je m'approche d'eux.

— Comment a été ce premier réveil ?

— J'ai connu mieux. J'ai encore le son de cette cloche dans les oreilles, qui plus est avec deux Japonais au pied de mon lit en train de me secouer… Ce n'est pas ce que j'appelle un réveil idéal.

— Je comprends, mais ne t'arrête pas à ça. Tu verras que dans quelques jours, ce sera beaucoup plus facile.

— Et vous ?

— Comme je te l'avais expliqué, je me suis levé pendant une grosse partie de ma vie à cette heure, je peux donc m'adapter. Quand midi sonnera et que tu verras tout ce que tu as fait en une seule matinée, tu seras fier de toi.

— Si vous le dites… J'ai hâte de connaître le programme, d'ailleurs !

Hélène nous rejoint à cet instant, aussi bien réveillée que moi.

— Venez ! Nous allons commencer par le petit-déjeuner, puis nous aurons trente minutes de méditation. Vous n'êtes pas obligé d'y participer, mais je vous le conseille vivement. En ce qui me concerne, je serai présent tous les matins.

— Trente minutes ? Ça me paraît assez long, mais je veux bien essayer ; Hélène, partante aussi ?

— Partante. Quitte à être ici et à s'être levée à 5 heures, autant en profiter pour faire quelque chose.

Une cloche retentit, indiquant le début de la méditation. Roger nous conseille de choisir une position confortable : l'important est d'être à l'aise. Ayant du mal à rester assis les jambes croisées avec mon mal de dos, je cherche ma position. Une Japonaise assez âgée, voyant mon embarras, me tend un coussin que je mets sous mes fesses. Ça devrait aller mieux. Roger s'installe sur une chaise, entre Hélène et moi.

Maître Ryhiuho entre dans la pièce, nous salue et s'installe face à nous. Il ferme les yeux et lance une musique apaisante. Roger nous souffle à voix basse : « Concentrez-vous sur votre respiration, faites le vide et chassez de votre esprit tout ce qui pourrait venir vous perturber. Rappelez-vous, votre esprit ne peut se focaliser sur deux choses à la fois. Revenez à votre respiration dès que vous en avez l'occasion et faites une introspection. Bon voyage mes amis. »

La musique s'adoucit peu à peu. Inspiration, expiration, inspiration, expiration… Au bout de quelques instants, je me détache du monde. Je pense à Marc sans savoir pourquoi. J'en prends conscience et me focalise sur ma respiration. Idem avec Teresa, une petite pression très agréable sur la tempe droite s'intensifie dans toute ma tête. Plus je me concentre et plus je la ressens. Quelques minutes plus tard, une cloche retentit, annonçant la fin de la première partie de la séance. Mon esprit s'est évadé à plusieurs reprises, mais j'ai systématiquement réussi à le recadrer, même si ce n'est pas forcément évident. Roger m'a expliqué, avant que nous n'entrions dans la salle, que chaque pratique est comme une séance de musculation pour mon cerveau, et qu'il sera de plus en plus facile de faire le vide par la suite et d'entrer rapidement en connexion avec moi-même. Je ne savais pas de quoi il voulait parler, mais maintenant, je commence à comprendre.

Une deuxième cloche retentit, on doit en être à vingt minutes. J'ai de plus en plus de mal à me concentrer, même si la sonnerie me permet de me focaliser sur ma respiration. Les dix dernières minutes sont les plus dures. Je ne sens presque plus les agréables sensations qui se propageaient dans ma tête, j'ai mal au dos et je n'arrive plus à me concentrer. Tant pis. J'arrête l'expérience, rouvre les yeux et attends patiemment le dernier gong.

En sortant, Roger me rassure :

— C'est normal. Commencer par trente minutes de méditation, c'est beaucoup ! Tu verras que dans une semaine, ce sera plus simple. Comment te sens-tu ?

Malgré mon mal de dos persistant, je me sens bien, apaisé, détendu. Il m'explique que c'est l'un des nombreux bénéfices de cette pratique : moins de stress au quotidien, plus de recul sur les événements extérieurs et, surtout, possibilité d'être en connexion avec sa véritable nature. Plus on pratique, plus on est à l'écoute de soi ; pas de son mental, mais de son vrai soi : âme et cœur.

— Te rappelles-tu la leçon numéro deux ?

— « Toutes les réponses à tes questions se trouvent en toi », il me semble…

— Exact. Et comme je te l'ai dit, les réponses ne se trouvent pas dans le bruit extérieur, mais dans le silence intérieur. Allez, il est temps de se laver ! D'ailleurs, je crois que j'ai oublié de vous prévenir à propos de la douche…

— C'est-à-dire ? demande Hélène en fronçant légèrement les sourcils.

— Il n'y a pas d'eau chaude ! répond-il dans un
sourire.

— Quoi ? C'est pire que ce que je pensais, même la
douche va être un calvaire.

— Il y a pire dans la vie. Les Japonais reconnaissent
depuis des décennies les bénéfices de l'eau froide pour
le corps et l'esprit. Je te demande encore de jouer le
jeu. Crois-moi, tu te sentiras vraiment bien après.

— Ai-je le choix ? Je ne vais quand même pas ne pas
me laver pendant sept jours. Vous nous menez la vie
dure, Roger !

Hélène non plus n'a pas l'air très enthousiaste.

— C'est pour votre bien, et si vous vous écoutez
vraiment, vous le savez.

— Allons-y pour la douche froide, alors…

Hélène part de son côté, et nous du nôtre. Juste avant
de passer sous le jet, Roger me prévient :

— Concentre-toi, retrouve l'état méditatif dans
lequel tu étais tout à l'heure. La sensation de froid peut
être contrôlée par l'esprit ou du moins très largement
atténuée. Ferme les yeux et respire. Si tu le souhaites,
je peux appuyer sur le robinet pour toi.

— Très bien. Alors… maintenant !

Je pousse un cri terrible lorsque l'eau me tombe dessus. Elle n'est pas froide, elle est gelée ! Tellement gelée
qu'elle me brûle la peau. Je me savonne et me rince en
vitesse en tentant de me concentrer. C'est sans aucun

doute la douche la plus rapide que j'aie jamais prise. Je m'empresse de me sécher, il ne manquerait plus que je tombe malade. Roger, quant à lui, est beaucoup plus serein que moi.

— Tu sais, à se conformer à ce que tout le monde fait, on obtient des résultats similaires. Les personnes que je t'ai présentées jusqu'à maintenant ont entrepris ce que peu de personnes sont prêtes à faire. D'où leurs résultats exceptionnels. Accéder à ton esprit, modifier tes croyances, écouter et suivre ton cœur nécessite d'aller au-delà de tes habitudes. Le cadeau se trouve derrière : derrière la discipline que tu peux t'imposer, l'introspection, la remise en question, le travail, l'évolution de ta conscience, et de la compréhension de toi et du monde qui t'entoure.

— Vous avez certainement raison, mais excusez-moi si je ne vous saute pas dans les bras après ce que vous venez de me faire subir.

— Évite de me sauter dans les bras tout court si tu ne veux pas me briser un os. Ou quand tu es nu.

— Vous marquez un point.

— Bon, et maintenant, comment te sens-tu ?

— Paradoxalement, malgré ce que vous venez de me faire vivre, je me sens en pleine forme. J'ai l'impression que tout mon corps est éveillé. Je ne me souviens pas d'avoir ressenti ça auparavant.

— Après une douche froide, tu te sentiras quasiment toujours dans cet état. Je ne vais pas m'étendre sur le sujet, mais les bénéfices de cette pratique sont nombreux. Ce sera parfait pour ce qui t'attend. D'ailleurs, va t'habiller et retrouve-moi dans dix minutes près de la porte d'entrée.

Je me dépêche et retrouve Roger à l'heure dite. Il est entouré de Japonais équipés de bâtons et de chaussures de marche. Ils partent faire une randonnée sur le mont et je suis invité à y participer. J'émets quelques craintes : ça fait très longtemps que je n'ai pas marché et je n'ai pas le matériel nécessaire ; si personne ne parle anglais, ça va compliquer les choses. Il me rassure en me disant que le langage des signes est universel, et que je n'aurai pas besoin de communiquer, mais de marcher. Par ailleurs, la vue sur le mont est incroyable et les paysages absolument magnifiques. Au moment où il termine sa phrase, un Japonais me tend une paire de chaussures, un sac avec trois bouteilles d'eau et un bâton. Bon. Je crois que je n'ai plus trop le choix. J'envie Hélène, qui va rester ici avec Roger.

Je sais que l'expérience ne peut être que bénéfique, mais je ne peux m'empêcher de me demander si j'ai bien fait. Et est-ce que j'aurai le temps de trouver du réseau pour voir si le virement est arrivé ?

Trop tard. La grande porte en bois s'ouvre. Il n'est pas encore 7 heures et le soleil est déjà bien haut dans le ciel.

CHAPITRE 15

Zéro regret

Nous voilà partis. Cette balade me donnera certainement l'occasion de réfléchir. Enfin… balade, ce ne sera sûrement pas une partie de plaisir. Zut. Je suis déjà dans le négatif, alors que jusqu'à présent je ne prêtais pas autant d'attention à mes pensées.

Je sors mon calepin, que je prends soin d'emporter partout, et trouve ce que je cherchais. Leçon numéro douze : « Si tu penses que c'est possible, alors la vie te donnera toujours raison. »

Je change donc mon mode de pensée et me convaincs que je vais passer une superbe journée et un agréable moment.

Au bout d'une grosse heure, la montée se fait de plus en plus raide, et mes jambes se mettent déjà à trembler. Heureusement, on marque une pause pour se désaltérer à proximité d'un petit cours d'eau qui serpente, et un

Japonais me tend gentiment une barre de céréales. Je le remercie vivement, j'ai déjà faim. Ils ont tous l'air intrigués à cause de moi, mais, en même temps, ils n'osent pas vraiment me regarder. Je décide alors de briser la glace en essayant tant bien que mal de communiquer avec eux. Je demande en anglais, ponctué de langage des signes, combien de temps nous allons encore monter. L'un d'eux me montre sept doigts. Sept heures. Je vais mourir. Mais je n'ai pas le temps de me demander ni où ni quand, car nous devons remballer nos affaires et poursuivre notre chemin.

Voilà deux heures qu'on marche. Je suis essoufflé et j'ai de plus en plus mal aux jambes, même si la montée s'est un peu adoucie. Me revient alors en mémoire un conseil de Roger : « Concentre-toi au maximum sur le moment présent. » Je regarde alors le paysage qui m'entoure : grâce au dénivelé, la vue se dégage. Puis mes pensées divaguent vers mon avenir et ma famille. Je sens que je suis capable de pardonner à Tania, mais si je veux vraiment tourner la page, il faudrait aussi que je pardonne à Marc. Cela ne signifie pas qu'on redeviendra amis, mais ce que j'ai vu et vécu au Centre d'Emma m'a fait prendre conscience de la force du pardon, de ses bienfaits et de la possibilité d'avancer dans la vie beaucoup plus sereinement. Les femmes que nous avons côtoyées ont vécu des situations mille fois pires que les miennes, et elles vont de l'avant ! Bien sûr, elles sont aidées par des psychologues, Myriam, Emma, et toutes les autres femmes qui vivent avec elles dans le centre. Si je ne vis pas comme elles, je sais que je suis capable d'aller de l'avant, et les leçons de Roger m'y aideront, c'est certain.

Un poids vient de tomber de mes épaules, me donnant même l'impression que la marche est moins difficile. Je sais que c'est purement psychologique, mais ça fait du bien.

Je reprends la contemplation du paysage, soulagé par le grand pas en avant que je viens d'effectuer. Si seulement je pouvais avancer aussi vite dans tous les domaines de ma vie ! Par exemple, que faire de mon existence ? Il est hors de question que je reste à croupir à Angers ou ailleurs, à chercher un travail qui ne me plaira pas. Partir pour partir est inutile, c'est évident, mais j'ai l'impression d'avoir barricadé ma vie, alors que, grâce à ce voyage et aux personnes rencontrées, je réalise que le monde est immense et plein d'opportunités. Marié et père de famille, je ne peux envisager l'avenir de la même manière que si je suis seul, mais nous ne sommes tout de même pas obligés de rester là où nous sommes ! Nos familles et nos amis seraient de fausses excuses pour ne pas bouger. Et mes parents, qui sont heureux de nous visiter régulièrement et de profiter de Léo, n'hésiteront pas une seconde à venir nous voir, où qu'on soit. On pourrait très vite se reconstruire ailleurs. Tania et moi pouvons trouver un projet dans lequel nous investir tous les deux. Quand je regarde Myriam s'épanouir dans son centre, ou Nicolas dans ses différents business, c'est exceptionnel. Ils ont dû créer des liens extrêmement forts avec tous ceux qu'ils ont rencontrés. J'ai envie de vivre la même vie qu'eux, d'être au contact de plus de personnes positives, qui me ressemblent. J'ai envie d'apporter ma contribution au monde, de me sentir utile pour Tania, pour Léo, pour moi, mais aussi pour d'autres personnes. J'ai envie d'être un exemple pour mon fils, de quitter le rythme nauséabond du métro-boulot-dodo dans lequel je suis englué depuis trop longtemps et qui ne m'épanouit pas. Finalement, peut-être que ce n'est pas plus mal que je me sois fait virer. D'ailleurs, que fait Jimmy actuellement ? Est-il resté au laboratoire ? A-t-il trouvé une solution pour la lotion ? Ou alors s'est-il conformé à ce que demandait la direction du groupe ? Je le rappellerai une fois rentré. On s'entendait bien, ça me ferait plaisir d'avoir de ses nouvelles. Peut-être que si je n'avais rien dit, je serais encore en train de râler sur un boulot qui ne m'intéresse pas. À moi de construire et de faire vibrer ma vie. Je nous le dois à tous les trois : Tania, Léo et moi. On ne se rend pas compte de toute la richesse du monde quand on tombe dans le piège de la routine. Certaines personnes s'en contentent, mais ce n'est plus mon cas depuis mon départ. Je veux voyager, entreprendre, rire, construire, évoluer, contribuer. Voilà des mots qui résonnent en moi aujourd'hui. Merci, Roger, de m'avoir ouvert les yeux avant qu'il ne soit trop tard, avant que l'on ne m'enterre avec mes rêves. J'ai l'impression d'être complètement différent de celui que j'étais il y a encore quelques mois. Le changement vient peut-être de la conscience, comme expliqué dans le livre.

Pendant que je cogite, on continue à marcher. J'arrive toujours à suivre le rythme, malgré le froid qui se fait sentir et la fatigue. Soudain, un Japonais se retourne et nous demande à tous d'être silencieux. Il nous fait signe de nous approcher et nous montre un daim dans le bois juste à côté. Il broute, tranquillement, inconscient de notre présence. Je sors délicatement mon Smartphone pour prendre une photo. Le moment est magique, jusqu'à ce que l'un d'entre nous casse une branche ; le daim lève la tête et s'enfuit. Quelle parenthèse hors du temps ! En regardant le cliché, je m'aperçois que Marc a cherché à me joindre. Et dire que je pensais justement à lui quelques instants plus tôt... Ça va bientôt faire deux mois qu'on est sans contact alors qu'on se voyait toutes les semaines. Je dois bien l'avouer, nos échanges me manquent. Aurai-je le courage de l'appeler en rentrant ? Serai-je suffisamment serein ? N'aurai-je pas envie de le frapper comme la dernière fois au téléphone ?

Le guide profite de cette pause inopinée pour me montrer du doigt un chemin serpentant sur la montagne. C'est sûrement là-bas que nous allons nous rendre. Il doit y avoir une vue magnifique, car rien ne l'obstrue. Mais elle est aussi très haute et très loin. Je soupire puis me motive : maintenant que je suis parti, je ne vais certainement pas faire machine arrière. Je reprends courage, motivé par l'un des Japonais qui me sourit. Il a l'air content que je sois parmi eux ou, au moins, il m'aide à ne pas me sentir de trop dans cette exploration.

Plus le temps passe, et plus j'ai mal partout. Le temps béni où mes douleurs musculaires s'envolaient avec mes soucis est bien loin derrière moi. Mes jambes tremblent, je suis très essoufflé, et j'avance nettement moins vite que le reste du groupe. À croire que je suis le seul à n'avoir aucune endurance... Je finis par leur faire signe de ne pas m'attendre, mais Hiroko, celui qui m'a aidé tout à l'heure, tient à rester à mes côtés pour me motiver. Il est nettement plus âgé que moi et a, de toute évidence, une condition physique bien supérieure à la mienne. Il est grand temps que je recommence à pratiquer une activité régulièrement. Finalement, soutenu moralement par Hiroko et enchaînant difficilement un pas après l'autre, j'atteins le point d'arrivée. Quel soulagement ! Tout le groupe m'applaudit, je suis touché.

Comme me l'a dit Roger ce matin, le cadeau est bien derrière ce que j'ai enduré : on a une vue imprenable sur toute la vallée. Le mont Fuji est impressionnant, et il nous faudrait certainement de nombreuses heures pour en atteindre le sommet. Si certaines personnes ont le courage de s'attaquer à la totalité de l'ascension, ce n'est pas pour moi. En tout cas, pas pour l'instant. Je m'allonge sur le sol, regarde le ciel et profite de l'instant présent.

Le moment tant attendu par mon estomac arrive : la pause-déjeuner ! Le guide installe de grands draps blancs par terre sur lesquels nous nous asseyons tous.

Il sort des sacs des sandwichs qui ont l'air délicieux : saumon-légumes avec une petite sauce. J'en salive d'avance. Je me rue sur le mien et fais, dans la foulée, une grosse tache de sauce sur la nappe. Gêné, j'essaye de camoufler tant bien que mal ma maladresse, mais suis immédiatement vu par l'un des Japonais qui se met à rire, bientôt suivi par d'autres membres du groupe. L'erreur est humaine, et il est temps que j'apprenne à rire de moi. Ces quelques instants où nous retrouvons notre âme d'enfants auprès de personnes qui nous sont complètement inconnues nous font le plus grand bien et nous permettent de décompresser après la dure marche que nous avons effectuée.

Après cette pause réconfortante, tout le monde se lève non pour repartir, mais pour faire de l'exercice. À croire qu'ils n'en ont jamais assez ! Des bâtons sont sortis des derniers sacs et donnés à chacun, moi y compris. Nous sommes censés d'abord reproduire les mêmes mouvements que notre guide, qui sont très lents et très fluides, puis nous retrouver deux par deux pour pratiquer des exercices. Hiroko doit avoir pitié de moi, car il me demande si je veux bien être son binôme. Le jeu consiste à parer l'attaque de l'adversaire. Si les autres participants n'y vont pas de main morte, Hiroko va plus doucement, ce qui me laisse le temps de réagir, à défaut de faire les bons mouvements. Alors que je commençais à me débrouiller, notre professeur nous fait signe d'entamer le temps des combats. Nous nous installons en rond, autour des deux premiers

combattants. Cette fois-ci, c'est nettement plus mus-
clé et ça n'a plus l'air d'être de l'exercice. Les élèves
tapent vraiment fort, et l'un d'eux se prend un tel coup
dans les jambes qu'il se retrouve à terre. L'autre pointe
son bâton en direction de sa tête et termine ainsi la
partie. Le sortant se fait remplacer par un autre, qui
se prend rapidement deux coups sur l'épaule. Il lève la
main et le match s'arrête net. Le troisième détrône le
vainqueur, puis, au fur et à mesure, tous les membres
passent. Après avoir vainement tenté d'y échapper,
c'est mon tour. Je suis poussé en avant par Hiroko,
qui refuse que je me défile. Je me retrouve donc en
face du gagnant, qui n'a vraiment pas l'air commode.
J'espère qu'il va contenir sa force, je ne suis pas là
pour souffrir. Il pousse subitement un cri et se met
en garde. Je l'imite. Il commence par m'attaquer sur
le côté, mais je réussis à le contrer. L'impact n'est pas
trop fort, il s'est sûrement retenu. Ouf. Il essaye alors
de me donner un deuxième coup dans les jambes, que
j'esquive en tournant autour de lui. Il doit se demander
ce que je fais, car personne n'a jamais couru comme ça
auparavant. Quelques personnes commencent à rire. Je
profite de cette diversion pour l'attaquer par-derrière,
dans les jambes. Ça ne doit pas trop lui plaire, car il se
retourne rapidement et me rend la pareille dans mon
mollet qui fléchit. Je trébuche et me retrouve par terre,
son bâton à trois centimètres de mon front. Je n'ai rien
compris à ce qui s'est passé. Beau joueur malgré mon
coup bas, il me sourit et m'aide à me relever.

Je ne saisis pas encore le but de cet exercice. Sans doute Roger va-t-il m'expliquer une nouvelle leçon, du genre: «Dans la souffrance, tu trouveras ta voie.» Malgré tout, je suis heureux de vivre cette expérience unique en son genre, même si je n'en comprends pas encore tous les aboutissants.

Moi qui pensais que la descente serait une partie de plaisir, mon calvaire ne fait que commencer. Autant ce matin il avait fallu faire travailler les muscles, autant là, ce sont les articulations qui subissent. Je fais deux fois plus de pauses, mais ce qui me rassure, c'est que les autres aussi. Nous arrivons enfin, dans le courant de l'après-midi, exténués mais heureux, devant la grande porte en bois. Cette fois, je n'ai qu'une envie, allez me détendre dans l'*onsen*. Et ce soir, on ne tirera absolument rien de moi.

Roger et Hélène viennent m'accueillir.

— Alors, cette marche?

— Disons pour être honnête que je suis partagé. D'un côté, c'était une très bonne expérience, de l'autre c'était très difficile et je me suis souvent dit que j'aurais préféré ne pas le faire.

— L'important est ce que tu ressens maintenant.

— De la fierté, sans vouloir être prétentieux.

— Tu as le droit et tu peux être fier de toi! C'est ce que je voulais entendre de ta bouche. Si tu avais refusé, qu'aurais-tu ressenti en voyant le groupe revenir?

— Sans doute des regrets de ne pas y être allé.

— Ce serait dommage d'emporter ça avec toi dans la tombe, je me trompe ?

— Vous avez entièrement raison.

— Magnifique, tu es prêt pour la prochaine leçon.

En même temps, il me met une grande tape dans le dos, qui me fait avancer brutalement d'un pas.

— Du calme, Roger ! Je suis fragile aujourd'hui ! Regardez mon mollet, il est tout bleu ! On a combattu avec des bâtons une fois arrivés en haut !

— Tu survivras, crois-moi. Je suis fier de toi, fier que tu sois allé jusqu'au bout, il y en a beaucoup qui se seraient défilés à ta place.

Hélène et Ryhiuho me félicitent également, et nous nous dirigeons vers l'*onsen*. Je n'ai qu'une envie, reposer mes jambes et mon dos qui crient au secours.

Le paysage est toujours aussi impressionnant, d'une beauté à couper le souffle. On se croirait vraiment dans le jeu *Tomb Raider*, comme s'ils s'étaient inspirés de cet endroit pour créer le décor.

Roger interrompt le fil de mes pensées.

— Revenons-en à ce que je te disais tout à l'heure. Il y a une règle qui peut t'aider à prendre tes décisions. Elle ne fonctionnera pas forcément à tous les coups, mais elle t'aidera tout de même beaucoup. Demande-toi s'il y a un risque que tu regrettes ton choix par la suite : si la réponse est « oui », alors il vaut mieux que tu prennes la décision contraire. Cela s'applique dans ta vie personnelle, mais aussi de temps en temps dans ta vie professionnelle.

— Ça aurait certainement pu m'aider dans bien des cas.

— Et sinon, as-tu pris le temps de réfléchir pendant cette journée ?

— Oui, et c'est l'une des raisons pour laquelle je ne regrette pas d'être parti. J'ai décidé, et c'est irrévocable, qu'il était hors de question que je reprenne un travail dans lequel je ne m'épanouirais pas. J'ai également pris conscience que Tania et moi ne sommes pas obligés de rester là où on vit actuellement, et que je suis prêt à lui pardonner. Et peut-être même à Marc. D'ailleurs, il a cherché à me joindre aujourd'hui.

— Eh bien ! Tout cela en une journée ? C'est excellent, tu progresses vite. C'est d'avoir assisté à la cérémonie du pardon qui t'en a fait prendre conscience ?

— Oui, je pense. Ça m'a beaucoup fait réfléchir. Je veux rigoler et profiter au maximum de tout ce que la vie a à m'offrir, tout en offrant le meilleur à ma famille.

— Sage décision, tu as franchi la première étape : la prise de conscience. Tu peux être fier de toi, tout le monde n'arrive pas forcément jusque-là.

— Je vous en suis surtout reconnaissant.

— C'est toi qui as fait le chemin. Je t'ai seulement guidé.

Nous nous arrêtons quelques instants, bercés par le clapotis de l'eau, profitant de l'instant présent.

— Dites, Roger. Je suis vraiment surpris des prix des chambres. J'ai vu les tarifs pour deux semaines et ils sont de 300 000 yens[1]. C'est énorme ! J'espère que vous n'allez pas payer une somme pareille !

— Rassure-toi, nous sommes aimablement invités par mon ami Ryhiuho. Mais tu sais, les personnes qui viennent dans cet endroit recherchent autre chose qu'une chambre luxueuse et une belle salle de bains. Les prix, aujourd'hui, sont fixés en fonction du confort ressenti, ce qui n'est pas le cas ici. On pourrait presque dire que les Japonais qui viennent dans cette station thermale le fuient ! Ce qui devient de plus en plus difficile de nos jours est de s'émerveiller et de se satisfaire de choses que l'on possède et qui nous paraissent acquises. Si demain tu achètes une Ferrari, tu adoreras conduire ta nouvelle voiture et tu ressentiras de l'excitation, de l'émerveillement et de la joie. Maintenant, si tu la conduis tous les jours pendant dix ans, tu te lasseras et tu voudras en changer. La clé, Éric, est de s'émerveiller de toutes ces petites choses à première vue insignifiantes que nous avons sous les yeux : une balade dans la nature, le fait de parler à tes proches, la maison dans laquelle tu habites, etc.

— Je saisis la difficulté.

— Les personnes qui n'y arrivent pas cherchent à perdre ce qui est acquis pour ensuite être capables de le réapprécier à sa juste valeur. C'est pour ça que beaucoup de personnes viennent ici. Tu verras des chefs d'entreprise, des personnes fortunées, mais aussi

---

1. Environ 2 350 euros (NdÉ).

d'autres aux revenus plus modestes. Qu'importe, ils cherchent tous à vivre une expérience qu'ils ne trouvent plus dans leur quotidien. Quand tu vis dans un certain confort toute l'année, que tu n'arrives plus à l'apprécier et que tu viens ici pendant deux semaines, que se passe-t-il quand tu retournes chez toi ?

— Je suis de nouveau capable d'apprécier ce que j'ai.

— Exactement. Un adage dit : « Aime ce que tu as avant que la vie ne t'enseigne à aimer ce que tu as perdu. » C'est tout à fait juste ! Le prix payé n'est donc pas lié au confort, mais à l'expérience et aux bénéfices de cette expérience dans nos vies.

— Je comprends mieux. Comment, alors, continuer à apprécier ce que l'on a sans avoir besoin de le perdre ?

— Grâce à un seul mot : merci. La gratitude peut considérablement t'y aider. Elle te permet de rester conscient de la valeur des choses, de ressentir des émotions positives, d'être plus joyeux à la vue de ce qu'il y a de plus courant. Alors, remercie tout le temps ! Exprime ta gratitude pour ce qu'il y a dans ta vie, même pour tout ce que tu prends pour acquis.

Mes jambes se font de moins en moins sentir, le bain doit faire effet. Je suis maintenant détendu et apaisé. La fatigue ressentie est toujours importante, mais moins pesante. Presque agréable. J'écoute avec attention Roger, qui continue à me prodiguer des conseils qu'on aurait dû m'apprendre il y a bien longtemps. Je vais donc les appliquer dès maintenant et ressentir de la gratitude de l'avoir rencontré.

Roger reste dans le bain encore quelques minutes, tandis que je m'allonge sur deux grosses pierres pour admirer encore un peu le paysage. Il ne me manque pas grand-chose pour m'endormir. Avant de partir, il me confie la leçon numéro seize : « Le jour où tu rendras ton dernier soupir, n'emporte pas de regrets avec toi. Emporte des expériences et des souvenirs. »

CHAPITRE 16

Quand tout s'effondre

Les cloches du bâtiment retentissent une nouvelle fois alors que je suis en plein milieu d'un rêve : j'emmenais Tania et Léo au Centre d'Emma après un voyage long de plusieurs semaines. J'ouvre difficilement un œil et constate que personne n'est dans ma chambre cette fois-ci. Au bout de quelques minutes, l'insupportable bruit s'arrête. Il faut que je me lève, même si je suis encore fatigué de la veille. Pourtant, j'ai dormi pas loin de huit heures. Allez ! Je me motive, sinon je vais bientôt voir débarquer deux types qui vont me secouer dans tous les sens. Je m'étire et prends appui sur mes jambes pour me lever. Aïe ! Ça fait longtemps que je n'ai pas eu des courbatures comme celles-ci. Je me dépêche tant bien que mal, car Hélène et Roger doivent m'attendre. Étonnamment, j'arrive le premier. Ils me rejoignent quelques minutes plus tard : Roger a plus de difficultés que d'habitude à marcher et il n'a pas sa tête radieuse. Qu'il se lève tous les matins à 5 heures n'est peut-être pas recommandé pour son âge. En même temps, je ne sais pas quel âge il a. Soixante-dix ans, peut-être ?

— Vous allez bien, Roger ?

— Oui, oui, ça va. Il y a des matins plus difficiles que d'autres.

Hélène, quant à elle, n'a pas l'air rassurée.

— Je vous préviens, si vous programmez une randonnée toute la journée, ce sera sans moi. J'ai des courbatures énormes aux jambes.

— Mon ami, ça tombe bien, tu ne vas pas marcher, mais t'amuser…

— Pardon ?

— Tu sais, on devrait le faire tous les jours. On va mettre particulièrement l'accent dessus aujourd'hui. C'est l'une des journées du programme que je préfère.

Je me demande ce qu'il sous-entend.

— Hélène, tu as une petite idée de ce qu'on va faire ?

— Non. Je suis comme toi, dans le flou le plus total…

À la fin du petit-déjeuner, on file à notre séance de méditation. J'espère tenir les trente minutes et, pour m'y aider, je m'installe sur une chaise, comme Roger. J'aurai sans doute moins mal au dos. C'est en effet bien plus confortable et j'arrive à tenir la totalité de la séance, même si ça me paraît une éternité et que je me perds dans mes pensées à de multiples reprises. La répétition va bien finir par payer, il n'y a pas de doute là-dessus.

— Mes amis, nous allons poser nos intentions de la journée. J'aimerais que vous preniez l'engagement maintenant, avec moi, de jouer le jeu aujourd'hui, même si certaines situations vous paraîtront peut-être curieuses. Et surtout, promettez-moi de vous amuser comme jamais. Même toi, Hélène, je compte sur toi !

Roger s'éloigne quelques minutes pour parler à Ryhiuho, puis nous fait signe de nous retrouver ici dans vingt minutes. Il part s'allonger en attendant.

Je profite de ce moment pour faire ma toilette. Me revient brutalement en mémoire qu'il n'y a pas d'eau chaude et, cette fois-ci, Roger n'est pas là pour ouvrir le robinet. Pas question de ne pas prendre de douche, celle du matin est sacrée. Je me concentre, j'inspire, j'expire, et c'est parti, j'appuie sur le bouton. L'eau me paraît encore plus glacée qu'hier ! Ça ne me motive pas à rester très longtemps sous le jet. Je me savonne, me rince rapidement et sors me frictionner pour me réchauffer.

Même si c'était plus rapide, comme hier, je me sens parfaitement réveillé et d'attaque pour la journée.

Nous nous réunissons, ainsi que certains membres du groupe de marche d'hier, autour de Ryhiuho, qui nous explique qu'un bus nous attend pour nous emmener dans un endroit encore tenu secret.

Roger, quant à lui, a mauvaise mine. Il paraît vraiment faible et fatigué.

— Roger, êtes-vous sûr de vouloir venir ? Vous feriez peut-être mieux de vous reposer, non ?

— Non, c'est bon. Ce voyage ne sera pas très long. Et puis, que je sois assis ici ou dans ce bus, ça ne changera pas grand-chose. Je vous accompagne.

Inutile d'insister, il ne nous écoutera pas.

Une heure plus tard, nous nous garons devant un immense parc planté d'arbres – certainement très vieux car énormes –, avec des aires de jeux partout. Je me demande ce qu'on va bien pouvoir y faire.

Ryhiuho nous fait signe de passer un portillon, et nous arrivons devant sept trampolines. Hélène demande, des étoiles plein les yeux :

— On va faire du trampoline ?

— Oui, ma belle ! Enfin… vous, pas moi.

— Je n'en ai jamais fait de ma vie ! s'exclame-t-elle.

— Alors, c'est l'occasion d'essayer !

Je ne sais pas trop quoi dire, les membres du groupe ont l'air aussi dubitatifs que moi.

Ryhiuho prend vite les choses en main, enlève ses chaussures et monte sur l'un d'eux.

Devant tout le monde, il se met à sauter très haut, à faire des galipettes dans tous les sens. Il est plié de rire, et tout le groupe rigole.

— Que penses-tu de ça, Éric ?

— Honnêtement, je ne m'y attendais vraiment pas du tout. C'est étonnant de voir un type aussi sérieux que lui s'amuser comme un gamin.

— Donc, selon toi, on ne peut pas être sérieux et s'amuser comme il le fait en ce moment ?

— Si, je suppose que si. C'est juste qu'on ne s'y attendait pas.

— Va le rejoindre ! Allez, vas-y ! Ne te pose pas de questions et montre l'exemple au reste du groupe !

J'avance timidement et monte sur un deuxième trampoline. Ryhiuho est toujours en train de faire des galipettes. Je saute, je tombe, je saute de nouveau. C'est vraiment étrange cette sensation de se retrouver en apesanteur. Ça a un côté libérateur. Je commence moi aussi à rire, et les autres ont l'air de se ficher de moi.

Puis tout le monde nous rejoint. Hélène installe Roger sur un banc face à nous, puis monte sur mon trampoline. Je ne pensais pas que de simples sauts pouvaient provoquer une telle joie. Ryhiuho quitte alors le sien et grimpe sur le nôtre. À trois dessus, nous perdons vite le rythme, si bien que nous ne faisons que tomber. Roger, quant à lui, n'arrête pas de prendre des photos et de rigoler à s'en étouffer.

Sur un signe de Ryhiuho, nous changeons de trampoline, et donc de partenaires. C'est fou comme ça peut briser la glace ! Moi qui n'avais jusque-là jamais osé parler à ceux qui évoluaient autour de moi, je n'aurai dorénavant aucun souci dans l'*onsen*. Même s'il y aura toujours la barrière de la langue.

Nous finissons par quitter notre terrain de jeu, épuisés mais ravis et surexcités.

— Je ne pensais pas que le trampoline pouvait provoquer chez moi une telle euphorie.

— C'est ce que je voulais que tu retrouves en toi : ton enfant intérieur. Il est malheureusement souvent très profondément enfoui et, parfois, chez certaines personnes, il finit par disparaître. Ne perds jamais cette partie de toi, autorise-la à s'exprimer ! La société actuelle t'amène à penser qu'il faut que tu sois toujours sérieux, la tête bien droite, sans un pas de travers. «Fais les choses sérieusement, mais ne te prends pas au sérieux.» Tu as déjà entendu cette phrase, non ? N'oublie pas de t'amuser : c'est un très bon exercice pour te reconnecter avec cette partie innocente de toi, sans filtre, sans barrières.

Ryhiuho nous emmène ensuite dans une autre aire de jeux, faite de petits terrains de basket et de foot avec des minipaniers et des minibuts, puis compose quatre équipes de quatre. Je me retrouve avec deux Japonais et Hélène. On court dans tous les sens, même Hélène que je n'ai jamais vue comme ça. Voilà certainement de quoi me parlait Roger : notre âme d'enfant refait surface quand on vit le moment présent sans penser aux tracas du quotidien. L'avantage du jeu, c'est que notre cerveau est tellement concentré qu'on n'a pas le temps de penser à autre chose.

Sacrée expérience encore une fois. Ça fait longtemps que ça ne m'était pas arrivé, et longtemps que je n'avais pas ri autant. En observant les visages de chacun, je n'y lis qu'une seule émotion : la joie, sans filtre.

Nous nous dirigeons ensuite vers un autre espace, où, cette fois-ci, il n'y a que des arbres. J'aide Roger à se déplacer ; bien qu'il ait l'air vraiment fatigué – il s'appuie de plus en plus sur moi pour marcher – il est vraiment heureux de voir qu'Hélène et moi profitons au maximum de cette journée.

— Maintenant, vous allez crier.

— … ?

— Oui, c'est bien ce que j'ai dit. À quand date la dernière fois où tu t'es autorisé à crier de toutes tes forces, comme quand tu étais enfant ?

— Ça ne fait pas si longtemps, ça date du jour où j'ai appris pour Tania et Marc.

— Et la dernière fois que tu as rattaché un cri à quelque chose de positif ?

— Nettement plus longtemps, c'est sûr.

— Notre société pousse les gens à intérioriser toutes leurs émotions, car elle suggère que c'est mal de les exprimer. Cependant, ça engendre tout un tas de problèmes reliés au corps et à l'esprit.

À ce moment-là, Ryhiuho pousse un rugissement puissant, qu'il fait durer aussi longtemps qu'il peut.

— Regarde et écoute. Ce n'est pas évident de faire ce qu'il a fait, car, quand un groupe te regarde, tu te sens instantanément jugé. Il en va de la moindre chose que tu fais dans la vie, tu agis toujours avec retenue. Nous avons tendance à rentrer dans le rang pour ne pas nous faire remarquer. Quand tu fais abstraction du regard des autres, alors seulement tu commences à exprimer ta véritable nature, et ça n'a pas de prix. À toi, maintenant !

Ça paraît simple, mais j'ai vraiment du mal. Je commence à peine à crier que Ryhiuho m'arrête : je me retiens.

— Lâche tout, crie de toutes tes forces, comme s'il n'y avait personne autour de toi.

Je recommence. De nouveau, Ryhiuho me coupe. Roger me demande ce qui bloque.

— Je ne sais pas, pourtant, je pensais me donner à fond !

— Ferme les yeux. Tâche de te rappeler les derniers moments difficiles que tu as vécus. Chaque instant de ta vie a figé des émotions dans ton corps et dans ton esprit que tu ne t'es pas autorisé à exprimer librement. Identifie-les et vois où elles sont présentes. Concentre-toi.

Ce n'est pas très dur : j'ai perdu mon emploi, ce n'est pas moi le père de mon fils, mais Marc mon meilleur ami, et Tania m'a trahi. Je sens la colère sourdre.

— Tu sens quelque chose ?

— Une boule au ventre.

— Maintenant, ouvre les yeux. Regarde autour de toi. Tu n'as rien à craindre ici, ces gens ne te jugent pas, ils sont tes alliés. Crie de toutes tes forces, Éric, laisse sortir toutes les émotions qui te polluent !

Je lâche tout, je crie comme jamais j'ai crié. Je m'autorise à être moi-même, à prendre conscience de toutes les barrières que je me suis imposées. À bout de souffle, je pleure, et Roger me prend dans ses bras. Tout le monde m'applaudit.

— Ne t'en fais pas, c'est normal. Sentir le regard des autres modifie nos comportements et nous pousse à vivre sous contrôle. Garde à l'esprit que la vie que tu veux t'appartient. Nous sommes plus de sept milliards sur cette planète, tu ne pourras jamais plaire à tout le monde ! Alors, vis pour toi et non pour les autres !

— Merci, Roger.

Tout le monde y passe. Seule Hélène réussit du premier coup. Elle a sans doute déjà pratiqué avec Roger.

Quartier libre pour tout le monde jusqu'au retour ! Je cours, je ris, je m'amuse comme un fou. Je me sens léger, confiant, tellement bien que c'en est difficilement descriptible.

Une fois rentrés, Hélène me prend à part et me confie qu'elle est vraiment inquiète pour Roger. Elle ne l'a jamais vu aussi fatigué, nous devons le ménager. Alors que nous sommes prêts à batailler contre lui pour qu'il aille se reposer, il nous prévient qu'il va faire une sieste. Juste avant, il me livre la leçon numéro dix-sept : « Laisse s'exprimer l'enfant qui sommeille en toi sans te préoccuper du regard des autres. »

C'est bien la première fois qu'on me dit ça. En même temps, quand on voit la matinée que nous avons passée et les réactions des membres du groupe… Nous avons tous été nous-mêmes, surtout après l'étape du cri.

Quartier libre également cet après-midi. Objectif: trouver une connexion Internet pour observer le cours d'Ysalis et vérifier si le virement a bien été effectué. Je pars en direction du village le plus proche, à seulement deux kilomètres de là où nous sommes. Comme je suis seul sur le chemin et parce que Roger me l'a suggéré, je chante et fais même des petits pas de danse, si bien que je ris tout seul.

Je trouve très rapidement une épicerie proposant une connexion Wi-Fi. Génial, mon compte a bien été crédité de 7 500 euros; et le cours a déjà augmenté d'un dollar depuis la dernière fois. Je me lance, fais la conversion euros-dollars et achète pour 8 733 dollars d'Ysalis. Les battements de mon cœur s'emballent quand je valide la transaction. Ce n'est pas tous les jours qu'on dépense autant d'argent d'un coup.

Après m'être remis de mes émotions, je remercie Nicolas de ses conseils par e-mail et navigue un peu sur la toile. Je lis quelques articles d'experts en monnaies virtuelles qui parlent d'Ysalis. Certains voient déjà le cours grimper à 50 dollars, d'autres à 500. Et même un qui annonce qu'il sera à plus de 10 000 dollars dans moins de deux ans. Ce serait exceptionnel ! Si je passais de 25 dollars à 10 000, je multiplierais mon investissement par 400 ! D'autres articles sont plus mitigés, voire complètement sceptiques: la cryptomonnaie ne repose sur rien et va s'effondrer sous peu… Je n'aurais peut-être pas dû lire ça. J'espère vraiment qu'ils se trompent. En tout cas, je suis vraiment content d'avoir agi concrètement dans le but de combler cette perte de 200 000 yens. Maintenant, si ça peut me faire gagner bien plus, je ne suis pas contre. Je consulte des vidéos, vais voir ce qui se passe sur Facebook, lis quelques articles… Tant et si bien que deux heures s'écoulent sans que je m'aperçoive de rien. On perd très vite la notion du temps sur Internet. Il y a toujours une image ou un article qui nous fait cliquer et accéder à une autre image ou à un autre article, et ainsi de suite. Je me suis déjà vu passer des journées entières sur mon ordinateur sans but particulier pour, finalement, ne pas me sentir très bien le soir. J'avais l'impression d'avoir perdu mon temps. Prendre une balle et jouer avec Léo dehors, lire ou cuisiner est tout de même bien plus bénéfique. Peut-être faudrait-il, la prochaine fois, que je me mette une minuterie pour me détacher de l'écran. J'éteins mon ordinateur et rentre : j'ai hâte de partager la nouvelle de mon achat avec Roger.

Hélène, Roger et moi nous retrouvons dans la cour au même moment. Il a l'air d'aller mieux et marche tout seul.

— Où étais-tu ? me demande Roger.

Je n'ai pas le temps de commencer ma phrase qu'il pousse un cri et s'effondre…

— Roger ! Roger ! Vous m'entendez ?

— On va l'asseoir ici, me dit Hélène précipitamment.

Il est tout blanc et n'arrive pas à fixer son regard.

— Je suis très étourdi, je ne vois presque rien.

— Ne vous en faites pas, nous sommes là.

Ryhiuho arrive juste à cet instant, saisit la situation et part en courant appeler les secours.

— Je suis fatigué, me chuchote-t-il.

— Ne vous inquiétez pas, on va vous emmener à l'hôpital, restez avec nous !

Quelques minutes plus tard, Hélène et moi nous installons à bord de l'ambulance, à ses côtés, tandis que Ryhiuho nous suit en voiture. Roger a l'air de reprendre un peu ses esprits, mais respire encore difficilement et très fort. Il est immédiatement pris en charge à notre arrivée.

Je suis choqué par ce qui vient de se passer. Hélène avait raison : c'était une très mauvaise idée qu'il nous accompagne ce matin. Tout ça à cause de moi ! Ce voyage, cette fatigue accumulée, je m'en veux terriblement. C'est ma faute ! Hélène me prend dans ses bras.

— Ne te sens pas coupable, c'était son choix avant tout. Il n'est pas question pour lui de s'empêcher de faire quoi que ce soit. Ce vieillard est têtu ! S'il n'était pas parti avec toi, il serait parti avec quelqu'un d'autre. Tu n'as pas à t'en vouloir.

Un médecin parlant anglais nous rejoint deux longues heures plus tard. Le bilan n'est pas bon et il n'est pas confiant pour la suite. Mon monde s'écroule. De plus, Roger étant extrêmement fatigué, nous ne pouvons le voir maintenant. Il vaut mieux que nous revenions demain. L'hôpital nous rappellera au moindre changement. J'ai du mal à partir, à le laisser tout seul, mais comme me le fait comprendre Hélène, on ne peut rien faire d'autre qu'attendre. Ryhiuho nous déposera à l'hôpital demain à la première heure.

— Tu sais, Éric, ça fait un moment que son cœur ne va pas bien. L'année dernière, déjà, son médecin lui avait conseillé d'éviter les déplacements. Mais autant essayer de faire boire un âne qui n'a pas soif. Il m'a répondu qu'il était hors de question qu'il passe ses dernières années cloué au lit. Il a bien fallu que je me range à cette idée. Alors, j'ai tenté de le ménager du mieux que je pouvais. Quand il m'a annoncé qu'il partait au Japon te rejoindre, je lui ai rappelé les risques. Il en était parfaitement conscient, mais c'est comme ça qu'il veut vivre sa vie.

— Je comprends. J'espère qu'il va se remettre sur pied rapidement, il est encore jeune et il a encore plein de choses à faire.

Hélène sourit.

— Sais-tu quel âge il a ?

— Non, je dirais entre soixante-dix et soixante-quinze ans ?

— Tu es loin du compte. Il en a quatre-vingt-sept.

— Tu es sérieuse ? Il fait tellement plus jeune !

— Toute sa vie, il a pratiqué de nombreuses activités, et du yoga pendant plus de quarante ans. Je suppose que c'est ce qui l'a conservé. Tu sais que nous avons rencontré à Séoul un maître yogi qui avait quatre-vingt-douze ans ! Il pratiquait tous les jours, c'était impressionnant.

— Je comprends mieux maintenant pourquoi il m'a poussé à participer aux cours au centre… Combien de personnes a-t-il aidées comme moi ?

— Énormément, et j'en fais moi-même partie. C'est sa façon à lui de s'accomplir.

Nous dînons dans une ambiance morose, puis allons nous coucher. J'ai encore beaucoup de questions à poser à Hélène, mais ce n'est pas vraiment le bon moment pour être curieux. Je m'endors la tête lourde, en priant pour qu'il se rétablisse.

CHAPITRE 17

Tokyo

Comme tous les matins, les cloches sonnent à 5 heures, mais cette fois-ci, elles ne me réveillent pas : je ne dors plus depuis une heure. Ryhiuho et Hélène, quant à eux, sont déjà en train de prendre leur petit-déjeuner et me font signe qu'ils n'ont pas eu de nouvelles de l'hôpital. L'ambiance est morose. Ryhiuho nous convie à la séance de méditation et nous y allons, c'est ce que Roger aurait voulu que nous fassions s'il avait été là. Pendant la séance, je me remémore tous les moments passés à ses côtés depuis que j'ai fait sa connaissance. Quel chemin parcouru ensemble ! Il est même probable que j'aie plus parlé à Roger qu'à ma femme ces derniers temps.

Nous partons ensuite pour l'hôpital et entrons doucement dans sa chambre. Le choc est violent : non seulement il est très pâle et il dort, mais en plus il est branché de partout. Nous nous asseyons comme nous pouvons et patientons tous les trois en attendant le médecin. Roger entrouvre les yeux et nous voit.

— Bonjour, mes amis, nous salue-t-il dans un souffle. Hélène prend ses mains dans les siennes.

— Comment tu te sens ?

— J'ai connu mieux. Je crois que mon cœur n'est plus décidé à battre de la bonne manière. Je suis fatigué, alors que je ne fais que dormir.

— Ça va aller, on voit le médecin tout à l'heure. Il doit te faire d'autres analyses aujourd'hui.

— Oui, oui, on verra.

C'est la première fois que je ne le sens pas confiant. À moi, cette fois-ci, de le soutenir et de le motiver.

— Vous devez vous battre, Roger, ne vous laissez pas aller.

— J'aime cette attitude, je me demande qui a bien pu te l'enseigner. Cela étant, parfois il faut se battre, et parfois non. Tout dépend de ce que tu souhaites. J'ai fait tout ce que j'avais à faire ici-bas, j'ai vécu tout ce que je pouvais vivre et je n'ai pas de regrets. Je te souhaite de ne pas en avoir non plus quand, un jour, tu te retrouveras à ma place. Vous le savez, j'ai une confiance absolue en la vie. Si mon heure est venue de partir, alors qu'il en soit ainsi. Je ne vous quitte pas définitivement, ce corps dans lequel je me suis incarné pour vivre cette vie s'éteint, mais mon âme, elle, reste immortelle.

Ses paroles sonnent comme des paroles d'adieu.

— Ne soyez pas tristes, car je suis heureux. J'ai vécu heureux et je partirai heureux. Je suis heureux de toutes ces rencontres, de tous ces voyages, de toutes ces histoires que j'ai dans la tête, de toutes ces expériences que j'ai vécues, heureux d'avoir eu à mes côtés des gens comme vous. Si je dois partir, je rejoindrai Erina, je sais qu'elle veille sur moi de là où elle est.

Il s'arrête à cause d'une forte toux, si bien qu'on l'aide à se relever un peu. Ses yeux se ferment petit à petit, bien qu'il essaye de les garder ouverts.

— Je, je… je crois que je vais dormir encore un peu.

Nous sommes bouleversés. Il vient de nous annoncer qu'il va bientôt nous quitter. Comment ne pas être tristes ? Je sors, dans tous mes états. Il ne peut pas partir ici, en plein milieu du Japon, il doit revoir ses proches, il doit rentrer ! Et dire qu'il est ici pour moi…

Le médecin vient nous voir avant même de prendre son service. Les nouvelles sont alarmantes : son cœur est de plus en plus faible. On pourrait tenter de le déplacer dans une autre clinique pour faire des analyses plus poussées, mais le voyage le fatiguerait davantage et on aggraverait la situation. Aggraver quoi ? Si je comprends bien, soit on le laisse ici et on le regarde mourir, soit on le transfère et il lui reste peut-être une chance.

— Hélène, il faut qu'on le transfère !

— Tu crois que c'est la meilleure chose à faire ?

— S'il y a une petite chance pour le soigner, il faut qu'on essaie !

— Tu as sans doute raison. S'ils ne peuvent rien faire de plus ici, c'est inutile qu'il reste là.

Elle fait part de notre décision au médecin, qui paraît surpris mais ne fait pas de commentaires. On lui demande d'expliquer notre décision à Ryhiuho, qui approuve d'un signe de tête.

Il nous prévient qu'il va faire son maximum pour que Roger soit déplacé dans la journée, mais que les frais seront importants. Hélène rétorque que l'argent n'est pas un problème. Roger a un compte en banque bien fourni, et elle y a accès en cas de mesure exceptionnelle. D'ailleurs, c'est elle qui gère ses comptes.

— Comment a-t-il gagné cet argent ?

— Je t'expliquerai plus tard.

Nous retournons dans la chambre de Roger, qui dort toujours. Il faut qu'il se batte, il ne doit pas abandonner, pas maintenant, pas ici. Il a encore tellement à apporter !

Nous apprenons un peu plus tard qu'une ambulance viendra le récupérer en début d'après-midi et l'emmènera dans une clinique réputée de Tokyo. Nous pourrons l'accompagner.

En attendant, j'en profite pour appeler Tania. Elle dort certainement encore, mais j'ai besoin de lui parler. C'est à la troisième sonnerie que j'entends une toute petite voix ensommeillée :

— Allô ?

— Chérie, c'est moi, désolé de te réveiller.

— Tout va bien ?

C'est à ce moment-là que je m'effondre.

— Que se passe-t-il ? Tu me fais peur, dis-moi ! Qu'est-ce qui ne va pas ? Éric ?

— Roger est à l'hôpital.

— Qu'est-ce qu'il a ?

— Il a fait un malaise hier, son cœur est très faible.

— Je suis vraiment désolée pour toi. Que disent les médecins ?

— Ils ne sont pas confiants du tout, on le transfère à Tokyo cet après-midi dans une clinique avec plus de moyens, pour faire d'autres analyses. Je l'accompagne là-bas.

— Ça va aller, ne te laisse pas abattre.

— Je suis tellement triste et en même temps tellement en colère ! Tu te rends compte qu'il est ici à cause de moi ? Il a voulu me rejoindre pour m'aider, mais tous ces voyages l'ont énormément épuisé. J'ai appris hier qu'il a quatre-vingt-sept ans, alors qu'il en paraît quinze de moins.

— Ne culpabilise pas, mon amour, tu ne lui as pas demandé de te rejoindre, c'est lui qui est venu. Tu n'as pas à t'en vouloir.

— Je suis désolé de t'appeler si tôt pour t'annoncer ça, mais j'avais besoin d'entendre ta voix.

— Ne t'inquiète pas pour ça. Où es-tu en ce moment ?

— Au mont Fuji. J'ai découvert et fait des choses incroyables depuis avant-hier, mais je t'en reparlerai plus tard. Comment va Léo ?

— Il va très bien. Je lui montre des photos de toi presque tous les jours. Tiens bon, ça va aller.

— Merci. Je vais faire mon maximum, j'espère vraiment qu'il va s'en remettre. Écoute, j'ai beaucoup réfléchi ces derniers temps et je veux repartir sur de bonnes bases avec toi. Je te pardonne, je te pardonne de m'avoir trompé et de m'avoir menti. Je veux avoir confiance en toi, Tania, vraiment. Mais je veux que tu me promettes que tu ne me mentiras plus jamais, pas une seule fois, car je ne pourrai pas le supporter de nouveau.

C'est sorti tout seul, d'un coup, sans que j'y réfléchisse.

— Je ne sais pas quoi dire… Juste merci. J'ai fait une erreur et je le regrette amèrement. Je sais la douleur que cela a causée pour toi et moi. Tu as ma parole.

— Merci. Je retourne voir Roger, je t'embrasse, embrasse Léo pour moi, vous me manquez tous les deux. J'aimerais te serrer dans mes bras en ce moment.

— Je t'aime. Tiens bon et donne-moi des nouvelles quand tu seras à Tokyo.

— Promis. Je t'aime aussi.

Heureusement qu'elle a décroché, j'avais vraiment besoin d'elle. Quand on vit des moments difficiles comme celui-ci, qu'il est bon de savoir qu'on peut compter sur les gens qu'on aime.

Hélène et moi repartons avec Ryhiuho préparer nos affaires, car nous ne reviendrons plus à l'*onsen*. Cette expérience fut courte, mais intense. Elle restera gravée dans ma mémoire à tout jamais. Ceux qui vivent et restent ici plusieurs semaines doivent en ressortir transformés, et perçoivent certainement une grosse différence avec leur vie qu'ils ont toujours connue.

Nous nous rejoignons dans le hall, valises prêtes et déjeuner avalé. Certains des pensionnaires viennent nous saluer et nous souhaiter bon courage ; nous les remercions comme nous pouvons.

Ryhiuho nous conduit une fois de plus jusqu'à la clinique. Quelle générosité ! Heureusement qu'il est là. Avant de monter dans la voiture, je regarde le bâtiment et sa grande porte en bois une dernière fois, puis demande à Hélène de me prendre en photo avec Ryhiuho. Ça restera un souvenir marquant de ma vie, même si je m'en souviendrai surtout pour la fin moins joyeuse qu'on est en train de vivre.

Nous retrouvons Roger peu de temps après, prêt à être emmené en ambulance. Je lui annonce que nous partons à Tokyo.

— Ah bon ? Mais pourquoi ? me demande-t-il, perdu.

— Ils vont vous soigner là-bas.

— Tu vas adorer Tokyo, mon ami. On ira à Shibuya, où je te montrerai une place très célèbre.

Le médecin nous avait prévenus que son cerveau avait manqué d'oxygène et qu'il était possible qu'il perde un peu la tête. Ça me déprime encore plus.

Une équipe d'infirmiers arrive et emporte le brancard.

— On y va, Roger, on part à Tokyo.

Une larme coule sur son visage. Il a l'air bouleversé, et nous aussi.

Juste avant de monter dans l'ambulance, Hélène et moi remercions Ryhiuho, que je prends dans mes bras. Il est légèrement surpris, car ce ne doit pas être dans les habitudes des Japonais. Il nous fait comprendre qu'il nous rejoindra demain à la clinique et nous demande de l'appeler ce soir, pour lui donner des nouvelles. Enfin… Il faudra qu'on trouve quelqu'un qui l'appelle, car autant on peut communiquer en langue des signes en face de lui, autant au téléphone ça va être compliqué.

La totalité du voyage se déroule dans un morne silence. Hélène écrit une très longue liste de personnes à contacter pendant que je me perds dans mes souvenirs et que Roger dort.

Nous entrons dans la folie de Tokyo, l'une des plus grandes villes du monde, après avoir passé les derniers kilomètres dans les bouchons. Même avec la sirène, nous accédons avec difficulté à l'hôpital. Roger est immédiatement pris en charge, tandis qu'Hélène remplit son dossier médical.

Le médecin anglophone qui s'occupe désormais de lui nous informe qu'il va faire des tests supplémentaires immédiatement pour examiner les différentes options. S'il faut tenter quelque chose, mieux vaut agir le plus rapidement possible. Son discours me rassure et me conforte dans l'idée de l'avoir transféré ici.

Je profite du fait qu'Hélène soit dans les papiers pour prévenir Nicolas et Myriam.

Je commence par Nicolas.

— Éric ? Comment vas-tu ? J'ai vu ton mail. Tu as pris ta décision pour Ysalis, alors ?

— Oui, je tente l'aventure, mais ce n'est pas pour ça que je t'appelle.

— Qu'est-ce qui se passe, tu as une petite voix ?

— Je suis à l'hôpital, Roger ne va pas bien.

— Quoi ? Mais il allait très bien la semaine dernière ! Que s'est-il passé ?

— Il a subi un gros coup de fatigue et a fait un malaise. Son cœur est très faible, on l'a transféré du mont Fuji où l'on était à une clinique réputée de Tokyo pour faire des tests plus poussés.

— Vous étiez avec Ryhiuho, n'est-ce pas ? Je n'en reviens pas, Roger paraît indestructible à mes yeux.

— Oui, on était chez lui. J'avais la même perception que toi pour Roger.

— Je veux venir. Où êtes-vous exactement ?

Je lui donne l'adresse immédiatement, et il m'annonce qu'il partira à la première heure demain matin. Il me fait promettre de l'appeler s'il y a du nouveau d'ici là.

J'appelle Myriam dans la foulée, qui pleure dès que je lui annonce la nouvelle. Elle aussi souhaite venir, mais elle ne pourra pas se déplacer avant après-demain. Elle arrivera avec Emma, qui est rentrée de voyage.

J'ai bien fait de les prévenir, ça fera du bien à Roger de nous voir tous réunis autour de lui. Si en plus ça peut l'aider à se rétablir rapidement, alors ce serait parfait.

Hélène me rejoint après avoir terminé les démarches administratives et appelé quelques amis.

— Tu as des nouvelles ? me demande-t-elle.

— Non, aucune depuis qu'ils l'ont emmené. J'ai eu Nicolas et Myriam. Nicolas sera là demain, Myriam après-demain.

— Je me doutais qu'ils voudraient venir. En attendant, il faut qu'on trouve un endroit où dormir ce soir, on ne pourra pas rester ici.

Les hôtels sont nombreux dans ce quartier de Tokyo, et je n'ai pas de mal à trouver deux chambres pour ce soir. Alors que je termine ma réservation, le médecin s'approche, l'air inquiet. Ça ne me rassure pas du tout.

— Le cœur de votre ami faiblit d'heure en heure. Si je tente quoi que ce soit, il ne le supporterait pas. Vous devez vous préparer à lui dire adieu, car il ne lui reste que quelques jours à vivre, au maximum.

Non ! C'est impossible ! Je refuse d'entendre un mot de plus ! Je cours vers la sortie, bouscule des chariots et des infirmières, la vue brouillée par mes larmes. À peine dehors, je m'effondre par terre et crie de toutes mes forces. Comme hier, sans filtre. Tout le monde s'écarte et me regarde, mais je m'en moque. Je suis anéanti, et ma rage intérieure s'intensifie de plus en plus. Hélène me retrouve dans cet état.

— Arrête, Éric, arrête ! Ça ne sert à rien.

Elle pose sa main sur mon épaule et m'aide à me relever. Je la prends dans mes bras et nous pleurons tous les deux.

Il doit bien y avoir un moyen de le guérir ! Comment pouvait-il aller bien et rigoler avant-hier, et être aujourd'hui proche de la mort ? Hélène m'emmène m'asseoir sur une chaise, le temps que je reprenne mes esprits et que nous retournions voir Roger, qui a été ramené dans sa chambre. Nous le retrouvons éveillé.

— Roger ?

— Oui, mon ami. Où sommes-nous ?

— On est à Tokyo, ne vous inquiétez pas.

— J'aime beaucoup cette ville. Peux-tu dire à Hélène de préparer mon manteau ? On va sortir ce soir.

— La voici, elle est là.

— Ma petite, comment vas-tu ?

Elle a du mal à parler. Voir Roger qui ne se rend plus compte de ce qui se passe nous déchire le cœur à tous les deux.

— Je vais bien, je vais bien, répond-elle en lui embrassant le front.

— Il faut que je dorme un peu, on se voit tout à l'heure.

Quelle épreuve ! Comment accepter la perte de quelqu'un qu'on aime ? C'est tellement douloureux.

On reste à l'hôpital jusqu'à ce que l'heure des visites se termine, puis nous nous rendons à l'hôtel.

La clinique a promis de nous appeler s'il y avait le moindre changement.

Je profite du premier dîner en tête à tête avec Hélène pour lui poser toutes les questions auxquelles Roger n'a jamais voulu répondre.

— Il est temps de me dire ce que vous me cachez, tu ne crois pas ? Il y a trop de mystères et de secrets derrière Roger et toi.

— J'aurais préféré qu'il t'en parle directement, mais je suppose que oui. C'est à moi de le faire, vu la situation. Que veux-tu savoir ?

— Qui es-tu par rapport à lui ?

— Disons que je le considère comme mon père et qu'il me considère comme sa fille.

— A-t-il des enfants ?

— Non, enfin pas que je sache en tout cas. Tu sais, ça fait plus de dix ans que je suis à ses côtés, et je ne connais pas tout de lui. Il a toujours voulu garder une part de mystère. Pour répondre à ta première question, il y a trente ans, il est venu en aide à ma maman, qui allait très mal : mon père l'avait quittée avant ma naissance et elle ne s'en était jamais remise. À cette époque, j'entrais dans la crise d'adolescence et ça n'a pas arrangé les choses, ni pour elle ni pour moi. Roger a su être là au bon moment, comme d'habitude. Il l'a beaucoup guidée pendant ces années. Grâce à lui, elle est passée de l'état de suicidaire à celui d'une femme qui croque la vie à pleines dents, et en plus, notre relation à toutes les deux s'en est grandement améliorée. Et il a un peu remplacé le père que je n'avais pas eu. Au bout de deux ans, il est parti aider d'autres personnes, mais nous avons toujours gardé contact par courrier. Il me parlait des différents pays dans lesquels il était, m'a raconté sa rencontre avec Erina, m'envoyait des photos... Ça me faisait rêver de voir tout ce qu'il faisait chaque fois. À la mort de ma mère, on s'est retrouvés. Je m'étais enfermée dans une vie qui ne me correspondait pas : j'étais mariée sans enfants, car nous ne pouvions pas en avoir. D'un commun accord, mon mari et moi nous sommes séparés. Sur un coup de tête, j'ai proposé à Roger de le rejoindre et de l'accompagner pendant un an, pour vivre à ses côtés et pour qu'il m'enseigne tout ce qu'il avait à enseigner. Je lui ai proposé de veiller sur lui comme il avait veillé sur ma mère. J'ai tout quitté du jour au lendemain pour les retrouver, Erina et lui. Ils m'ont accueillie comme leur fille et j'ai alors assisté au spectacle le plus exceptionnel de toute ma vie. J'ai pu observer l'impact des enseignements de Roger chez les personnes avec qui il travaillait. Il a également continué mon apprentissage qu'il avait commencé des années auparavant.

— C'est incroyable. Mais, finalement, combien de temps es-tu restée ?

— La première année est passée, pleine d'expériences enrichissantes, de rencontres... Tu sais, beaucoup de personnes très connues, entrepreneurs, acteurs, animateurs, ont fait appel à ses services. Il a une réputation incroyable et a parcouru le monde entier. Il a aidé des centaines de personnes à atteindre leur plein potentiel, à l'instar de Nicolas, aidé à la construction de projets en y participant directement, comme le Centre d'Emma... L'impact qu'il a pu avoir sur le monde est énorme, et des centaines d'entreprises et de projets découlent de ses enseignements. Tu n'as pas idée de ce qu'un homme comme Roger a pu accomplir dans ce monde. Alors, je lui ai demandé si je pouvais rester. Il a accepté. Il y avait quand même des moments où il partait plusieurs semaines avec Erina, mais je passais plus de la moitié de l'année avec lui. Son état de santé ne s'arrangeait pas, et il avait besoin de quelqu'un pour l'aider dans son quotidien. Erina était malade elle aussi, elle ne pouvait plus s'occuper de lui à temps plein. J'ai géré tous ses rendez-vous, ses papiers administratifs, je le conseillais pour les grosses décisions. On a été très proches et on l'est toujours d'ailleurs.

— J'imagine... Et sais-tu comment il est venu vers moi ? Comment me connaissait-il, alors que je ne l'avais jamais rencontré ?

— Je ne sais pas si je dois te le dire, car il ne le dit jamais à personne, sauf dans des cas bien particuliers.

— J'ai besoin de savoir, Hélène. Il faut que je sache !

— Ce que je peux te dire, c'est que Roger n'intervient jamais sans qu'on fasse appel à ses services.

— Ça veut dire que quelqu'un a fait appel à lui pour venir me voir ?

— Il y a de fortes chances, en effet, mais ne me demande pas qui, car je ne sais pas.

— Tu veux dire qu'on a une relation en commun qui lui a demandé de venir me voir ?

— Il y a des chances, oui. Nous recevons tous les jours des quantités impressionnantes de lettres et de demandes. Tu as eu beaucoup de chance d'avoir été choisi parmi des centaines d'autres personnes.

— Comment fait-il son choix ?

— Il appelle ça le karma. Il m'a avoué un jour qu'il sentait les choses et qu'il savait, en s'écoutant, vers qui se diriger.

— Et comment connaît-il aussi bien les personnes qu'il aborde ?

— Avant même de venir te voir, il avait tout un tas d'informations te concernant. Il ne te l'a pas dit, et ne lui en veux pas pour ça, car tu l'aurais certainement moins pris au sérieux. Cette part de mystère fait aussi partie du changement qu'il opère chez les gens. J'ai vu des personnes au bord du suicide compter parmi les entrepreneurs qui ont le plus réussi dans leur pays. J'ai vu des mères de famille complètement perdues se reconstruire et fonder une famille heureuse et épanouie. J'ai vu des personnes comme Myriam et Emma subir des traumatismes et tourner cela ensuite à leur avantage pour réaliser des choses incroyables dans ce monde. Comme le centre que tu as visité. J'aurais aimé que Roger écrive un livre, au moins pour partager sa vie et ses enseignements, mais il m'a toujours répondu que ce n'était pas son chemin, mais celui d'autres. Il y a déjà beaucoup de personnes à travers le monde qui, d'après les enseignements que leur a délivrés Roger, l'enseignent à leur tour.

— Tant de choses pour un seul homme !

— Quel âge as-tu ?

— Trente-deux ans. Pourquoi ?

— Imagine ce que tu vas être capable de faire jusqu'à la fin de ta vie, en suivant les leçons de Roger ! Ce qu'il t'a appris vaut de l'or !

— Je le sais. J'en vois déjà les bienfaits dans ma vie et je suis bien déterminé à exploiter tout ce potentiel pour qu'il soit fier de moi. Je réfléchis différemment, j'agis différemment. Ma vie entière est en train de changer grâce à ses enseignements. Il est la meilleure chose qui me soit arrivée depuis ma rencontre avec Tania.

— J'ai hâte de te voir à l'œuvre.

— J'ai hâte aussi, j'aurais aimé qu'il le voie également.

— Il le verra, qu'importe où il soit. Pour le moment, restons concentrés sur ce que nous pouvons faire pour que tout se passe au mieux. S'il doit rendre son dernier souffle au Japon, nous nous devons d'être là et de l'accompagner dans ce dernier voyage.

— Tu vas tenir le coup ?

— Il le faut. Allons nous coucher, la journée a été éprouvante, et les suivantes le seront également.

— Tu as raison. Bonne nuit, Hélène. Repose-toi bien.

Quelle journée ! Plus j'en apprends sur Roger, plus je tombe de haut. Sacré bonhomme et sacré parcours. Une question me taraude quand même : qui a bien pu faire appel à lui pour qu'il vienne me voir ?

CHAPITRE 18

La dix-huitième leçon

Une fois dans ma chambre, je regarde les quelques photos que j'ai prises de Roger et de moi à Osaka, avec Nicolas, et au centre avec Myriam. J'en ai même une de nous deux avant de rentrer dans l'*onsen*, en compagnie de Ryhiuho : on a juste nos serviettes autour de la taille. Que de souvenirs en si peu de temps et que d'expériences !

J'allume la télé pour me changer les idées, mais je ne comprends rien du tout : il s'agit d'un jeu et ça crie dans tous les sens. On m'a toujours dit que les Japonais avaient des jeux bizarres, et ce que je vois à l'écran confirme ces propos. Je finis par éteindre, n'ayant pas non plus la tête à ça.

Demain sera un autre jour, assurément encore très éprouvant pour Hélène et moi. Je file alors sous la douche pour me détendre, mais cette fois-ci, avec de l'eau chaude. Ça fait du bien. J'éteins tout, règle mon réveil pour 7 h 30 et m'endors épuisé.

Des coups à ma porte me sortent brutalement de mon sommeil. Je n'ai pas entendu mon réveil ? Je suis en retard ? Qu'est-ce qui se passe ? Je regarde mon Smartphone : il est 3 h 59. Je me précipite pour ouvrir la porte, c'est Hélène.

— Habille-toi, Éric, l'infirmière vient de m'appeler. Roger demande à nous parler. Elle pense qu'il ne tiendra plus très longtemps…

Ça y est. Il va falloir dire adieu à l'homme le plus extraordinaire et le plus gentil que la terre ait jamais porté.

— Donne-moi deux minutes, je m'habille en vitesse et je te rejoins.

J'enfile un pantalon, mon blouson, me mets un coup d'eau sur le visage et la retrouve dans le hall de l'hôtel. Nous filons à la clinique, juste en face.

Nous entrons doucement dans la chambre de Roger, qui nous attend.

— Vous voilà mes amis, vous voilà.

— On est là, Roger, on était juste à côté.

Il a un peu de mal à parler, mais on sent qu'il a repris le fil de ses idées.

— C'est le moment, je vais bientôt partir, mais j'aimerais avoir une discussion avec chacun d'entre vous auparavant.

Il est impensable que je lui dise qu'il n'a pas le droit,

qu'il doit se battre pour vivre car, au fond de moi, je préfère qu'il s'en aille maintenant plutôt que de le voir allongé sur son lit pendant des jours et qu'il perde la tête.

La douleur se lit sur nos visages. Je m'éclipse, laissant Hélène en tête à tête avec lui.

Je suis curieux de la conversation que nous allons avoir tous les deux. Hélène revient me chercher dans le couloir pendant que je fais les cent pas. Cela n'a pas duré très longtemps, même si ça m'a paru une éternité. Contrairement à moi, Roger lui demande de rester. Il souhaite qu'elle entende ce qu'il a à me dire. De toute évidence, il a pleuré : ses yeux sont rouges et gonflés, comme ceux d'Hélène.

— Éric, je veux que tu retiennes cette conversation. Elle est essentielle.

— C'est promis.

— Quel chemin parcouru tous les deux depuis notre rencontre, n'est-ce pas ?

— Vous avez profondément changé ma vie. Jamais je ne pourrai assez vous remercier.

— Gardes-tu toujours sur toi le papier où tu as écrit les leçons que nous avons vues ?

— Oui, il se trouve dans mon blouson.

— Sors-le et lis-le-moi, s'il te plaît.

Je récupère mon carnet et relis les dix-sept leçons qu'il m'a apprises.

— Parfait, mon ami. Nous allons devoir, je le crains, raccourcir un peu ton apprentissage, mais je sais que tu es maintenant prêt pour la suite. Tu te souviens, à la fin de la cérémonie du pardon, de l'amour qui inondait nos regards ?

— Oui, c'était un moment incroyable !

— Je veux que tu te remémores ce moment dès que la peur se fera sentir dans ta vie. Reconnecte-toi à ce sentiment que tu as vécu, ça t'aidera à avancer.

— Je le ferai, c'est promis.

— Maintenant, il nous reste une dernière leçon à voir tous les deux, la plus importante de toutes.

L'intensité de l'instant et de la conversation est palpable.

— « Quoi qu'il se passe dans ta vie, suis toujours ce que te dicte ton cœur. Quand tu fais ce pour quoi tu as été créé, des choses extraordinaires arrivent dans ta vie. » Je vais partir en homme heureux, car j'ai suivi ce que me dictait mon cœur ; non la société, les autres, mon ego ou la logique apparente. J'ai eu une vie heureuse, et je suis heureux, car je n'emporte pas de regrets avec moi. J'emporte des souvenirs et des expériences. Je veux que tu te souviennes à quel point la vie d'une personne peut s'arrêter brutalement. Je veux que tu vives ta vie, Éric, sans t'imposer de limites, sans t'imposer de barrières ou de frontières. Le moment présent t'appartient, fais-en ce que tu désires. Tu as un potentiel énorme devant toi et il n'attend que toi pour éclore. C'est à toi de décider de prendre ta vie en main et de suivre ton cœur. De là où je me trouverai bientôt, je ne pourrai pas le faire pour toi, mais sache que je garderai toujours un œil sur toi. Je sais que tu feras les bons choix, surtout si tu gardes précieusement ce morceau de papier. Vis toujours en fonction de ces leçons !

Mon visage est baigné de larmes, mais j'arrive à articuler :

— Vous pouvez compter sur moi, Roger, vraiment vous pouvez compter sur moi !

— Je veux que tu me fasses une promesse maintenant.

— Tout ce que vous voulez.

— Diffuse ces leçons autour de toi, propage-les de la manière dont tu le souhaites, mais transmets cette connaissance qui me permet aujourd'hui de partir en paix. Promets-le !

— D'accord, Roger, je les partagerai. Je ne sais pas encore comment, mais je le ferai.

— Merci à tous les deux d'avoir croisé mon chemin, merci à tous mes amis d'avoir un jour croisé mon chemin, merci à la vie pour cette expérience incroyable que j'ai vécue en quatre-vingt-sept ans d'existence. Je... je... je...

Les quelques instructions qu'il m'a laissées lui ont demandé un énorme effort.

— Je vous aime, je vous aime !

Il serre ma main et celle d'Hélène, et ferme les yeux. Je sens ses doigts lâcher prise doucement. L'électrocardiogramme auquel il est branché émet un bip sonore et devient plat. Le cœur s'est arrêté : Roger vient de nous quitter.

Hélène le prend une dernière fois dans ses bras et pleure contre lui. L'instant est chargé d'émotions mais terriblement beau.

Quelle vie incroyable il aura pu mener. Je me souhaite d'être aussi heureux que lui avant de partir. Je lui en fais la promesse. Nous aussi on t'aime, Roger.

Leçon numéro dix-huit : « Suis toujours ce que te dicte ton cœur. Quand tu fais ce pour quoi tu as été créé, des choses extraordinaires arrivent dans ta vie. »

CHAPITRE 19

L'adieu

Les jours qui suivent la mort de Roger sont très difficiles pour Hélène et moi, même s'il a très bien organisé son départ. Nous faisons le nécessaire pour que son corps soit rapatrié dans le sud de la France – c'est là qu'il souhaitait être enterré –, et nous nous organisons pour que la moitié de sa fortune soit reversée au Centre d'Emma, projet qui lui tenait particulièrement à cœur. Cela permettra à l'institut de s'agrandir et de recruter de nouvelles équipes pour développer ses projets.

Une fois toutes les démarches administratives effectuées, nous nous rendrons directement dans un petit village à côté d'Antibes, là où il a passé son enfance et où Erina est enterrée.

Sa mort est un électrochoc pour moi. Je suis loin d'être prêt à ça. La vie est généreuse, mais elle vous reprend ce qu'elle vous a donné sans que vous puissiez faire quoi que ce soit et au moment où vous vous y attendez le moins. Jamais je ne pourrai oublier cet homme extraordinaire, son sourire, son clin d'œil, sa gentillesse, son entrain, ce qu'il représentait et tout ce qu'il a fait pour moi. Je ne croiserai jamais plus une personne comme lui. Comment vais-je faire maintenant ? Il avait encore tellement à m'apprendre.

Il va pourtant falloir que je m'y fasse : il y a des événements sur lesquels nous n'avons aucune emprise, l'adieu à Roger est de ceux-là.

Par ailleurs, puisque plus rien ne me retient au Japon, je décide de mettre un terme à mon séjour et de rentrer avec Hélène, estimant que je suis suffisamment prêt à me confronter à ma vie. De plus, si je reste ici, cela me paraîtra vide de sens après tout ce que j'ai vécu avec Roger.

J'ai tout de même le cœur léger de l'avoir vu partir avec le sourire, heureux de ce qu'il avait accompli dans sa vie. Tout le monde devrait pouvoir quitter ce monde avec la même étincelle dans les yeux. Je me le souhaite également et, comme je le lui ai promis, je ferai tout ce qui est en mon pouvoir pour n'avoir aucun regret le jour dit, et je m'attellerai à diffuser tout ce qu'il a pu m'enseigner.

Il n'y a rien aujourd'hui qui puisse m'empêcher de faire ce dont j'ai envie. En être convaincu me montre déjà que je suis sur la bonne voie.

Cette période difficile me fait pleinement prendre conscience que je veux mettre en place un projet épanouissant – c'est essentiel – et où je pourrai également contribuer à la reconstruction et au soutien de personnes en difficulté. Le Centre d'Emma m'avait déjà permis d'en prendre conscience, mais c'est à l'aéroport que j'avise, dans une boutique, juste avant de partir, des affiches où l'on voit des personnes seules et d'autres accompagnées. Le concept est simple : il s'agit de « location d'amis ». Des gens accompagnent, font visiter une ville, se baladent dans un parc, mangent au restaurant ou passent du temps avec une personne qui souffre de solitude. Si le concept en lui-même ne me tente pas, une idée puissante vers laquelle mon cœur me pousse germe et mûrit en moi. Je créerai un service qui permettra d'accompagner les gens qui se sentent seuls et qui n'ont personne à qui parler. Je ne compte pas le faire sous la forme que je viens de voir ici, mais, en appliquant les préceptes de Roger, je trouverai. En attendant l'avion, j'en profite pour entamer mes premières recherches sur la solitude dans le monde. Ce que je découvre me stupéfie : quoique de plus en plus nombreux et de plus en plus connectés sur cette planète, nous nous sentons paradoxalement de plus en plus seuls. La solitude gagne du terrain chaque année. Les études sur le sujet sont alarmantes.

Alors que je médite sur tout ce que j'ai l'intention d'entreprendre, Hélène me demande si je souhaite lire un petit mot pour Roger pendant la cérémonie : je suis la dernière personne qu'il a souhaité aider, ce serait bien si je pouvais prononcer un discours… J'hésite longuement, car je suis pétrifié à l'idée de parler en public, mais Tania, que j'appelle un peu plus tard, me rassure et me rappelle que c'est en vainquant ses peurs qu'on avance. À croire que c'est elle qui a été coachée par Roger ces derniers mois. Nous profitons de ces quelques minutes avant le vol pour parler de mon voyage, de Roger, de Léo… mais aussi de notre avenir. Je la préviens que de grands bouleversements nous attendent, mais qu'ils nous entraîneront vers un futur plus serein et plus constructif. Elle est très compréhensive et très enthousiaste.

Nous décidons ensemble que, dès mon retour, je lui enseignerai les leçons incroyables que m'a inculquées Roger. J'accomplirai ainsi ma promesse. Puis, quand Léo sera en âge de comprendre, je lui en ferai profiter également. Nous décidons ensuite de prendre du temps pour réfléchir à nos projets communs sur les plans personnel et professionnel. Je souhaite lui faire comprendre qu'il n'y a aucune limite à ce que nous pouvons être, faire, ou encore avoir. Avant de raccrocher, elle m'annonce qu'elle me retrouvera, avec Léo, dans ce fameux village à côté d'Antibes pour m'accompagner lors de cette douloureuse épreuve et que je n'ai pas mon mot à dire.

Le lendemain de notre arrivée dans le Sud, je retrouve Tania et Léo. J'ai l'impression que ça fait une éternité que je ne les ai pas vus. Ça fait tellement de bien de les serrer contre moi ! Léo est particulièrement heureux de me revoir et s'agite dans tous les sens. Ils m'aideront pendant ce moment douloureux, c'est évident. Puis nous rencontrons et dînons avec plusieurs proches de Roger, dont Myriam, Emma et Nicolas qui ont tenu à faire le déplacement.

Le jour de la cérémonie et de l'enterrement de Roger, l'instant est l'un des plus touchants et des plus époustouflants qu'il m'ait été donné de vivre : l'église est bondée et les deux tiers des personnes se retrouvent dehors. Il y a tellement de monde ! Des connaissances venues des quatre coins de la terre sont venues lui rendre un dernier hommage. Hélène a fait un travail incroyable ces derniers jours en contactant toutes les relations de notre défunt ami.

Le jour de l'enterrement, arrive le moment fatidique où je dois m'exprimer devant l'assemblée. Je m'avance lentement, les jambes lourdes, les yeux troublés par les larmes. Ça fait deux jours que je travaille mon discours. Je l'ai lu et relu pour qu'il soit parfait. Aux premiers mots, je deviens rouge, je bafouille, je bégaye, incapable de lire quoi que ce soit. Alors me reviennent en mémoire les mots de Roger : « Suis ton cœur ! » Je retourne ma feuille de sorte que je ne voie plus rien et laisse parler mon âme. J'improvise et exprime tout ce que je souhaite dire à propos de mon ami :

— Roger, vous m'avez appris à suivre ce que me

dictait mon cœur, alors c'est ce que je vais tâcher de faire. Je sais que, là où vous êtes, vous êtes en paix et que vous veillez sur chacun d'entre nous. De simples mots ne pourront jamais exprimer toute la gratitude que je ressens pour vous, et je suppose que toutes les personnes actuellement devant moi veulent également vous témoigner leur amour. Je vous ai rencontré dans une période douloureuse de ma vie et vous m'avez aidé en peu de temps à me reconstruire. Vous m'avez accordé du temps et de la patience, comme jamais personne ne m'en avait accordé. Vous faites partie des êtres les plus extraordinaires que la terre ait portés, et il a suffi que nos chemins se croisent pour que je voie de mes propres yeux ce qu'un homme est capable, rien que par sa volonté et judicieusement guidé, d'accomplir. Aujourd'hui, je suis triste, mais tellement heureux d'avoir pu faire votre connaissance. Tellement heureux d'avoir pu apprendre à vos côtés. Vous êtes un exemple pour tous ceux que vous avez soutenus, mais aussi pour ce monde ! Je vous promets que je propagerai vos enseignements le plus loin possible, pour qu'ils soient partagés encore et encore. D'ailleurs, je vais m'y employer dès maintenant. Chers amis, voici les dix-huit leçons sur lesquelles toute ma vie repose depuis ma rencontre avec Roger.

Je sors le carnet de ma poche où elles sont toutes inscrites, mais l'émotion m'envahit et mes larmes coulent tellement que ça en devient illisible. Je fais le vide et me rends compte que, en fait, les ayant lues tellement de fois, je les connais par cœur.

1. Quand tu demandes quelque chose, ajoutes-y de la clarté.
2. Toutes les réponses à tes questions se trouvent en toi.
3. Ce que tu fais aux autres en bien ou en mal te revient.
4. Tout ce sur quoi tu te concentres s'amplifie.
5. Le mouvement crée le changement.
6. L'inconnu est synonyme d'évolution.
7. Émets des intentions avant d'entamer quelque chose d'important pour toi.
8. Pose-toi des questions pertinentes.
9. Tu es responsable de ce qui se produit dans ta vie. Agis en conséquence.
10. Persévère toujours, mais affine ta stratégie si tu vois que les résultats ne sont pas là.
11. Décuple ta puissance de réflexion en l'associant à celle d'autres personnes.
12. Si tu penses que c'est possible, alors la vie te donnera toujours raison.
13. Entreprends des actions qui te feront ressentir une grande satisfaction personnelle intérieure.
14. Le meilleur moyen d'atteindre la véritable richesse intérieure est d'apporter au monde ta contribution.
15. Là où l'amour réside, la peur disparaît.
16. Le jour où tu rendras ton dernier soupir, n'emporte pas de regrets avec toi. Emporte des expériences et des souvenirs.

17. Laisse s'exprimer l'enfant qui sommeille en toi sans te préoccuper du regard des autres.

Et enfin, la leçon la plus importante, la dix-huit :

- « Quoi qu'il se passe dans ta vie, suis toujours ce que te dicte ton cœur. Quand tu fais ce pour quoi tu as été créé, des choses extraordinaires arrivent dans ta vie. »

Je retourne m'asseoir à ma place, en tâchant de contenir mes larmes du mieux que je peux.

À la fin de la cérémonie, nous sortons tous, Hélène et moi en premier. Alors que je suis sur le point de m'effondrer, je vois Marc s'approcher de moi. Que fait-il ici ? Qui l'a prévenu ? Comment connaissait-il Roger ? Il m'entoure de ses bras et se met à pleurer. Je ne sais pas vraiment comment réagir, alors je décide de vivre le moment présent et d'oublier le passé pour l'instant. Il me murmure :

— Je suis désolé pour tout ce qui est arrivé, vraiment. Ton discours était magnifique. Roger, de là où il est, peut être fier de toi.

REMERCIEMENTS

Il y a un temps pour célébrer et il y a aussi un temps pour remercier. Les rencontres que vous faites sur le chemin de la vie peuvent à tout jamais changer la direction que vous allez emprunter. Derrière les résultats d'un individu se cache tout un tas d'autres personnes qui y ont contribué consciemment et inconsciemment. Parfois une simple conversation, un regard, une parole, une rencontre, un livre ou encore une vidéo, peuvent complètement modifier la trajectoire de votre vie. J'aimerais commencer par vous remercier, vous qui lisez actuellement ces lignes, vous qui m'avez peut-être soutenu depuis mes débuts, vous qui m'avez envoyé des témoignages, qui m'ont donné une grande force dans la continuité de ce que je commençais à entreprendre. Merci à vous de me suivre et de me lire, je ressens une profonde gratitude chaque jour envers la vie et envers vous tous qui m'avez permis d'être là où je suis aujourd'hui. Je continuerai par remercier deux personnes qui comptent énormément pour moi et bien qu'aujourd'hui nous soyons éloignés par la distance, c'est un amour inconditionnel que je ressens envers elles. Merci à vous deux pour votre soutien ces dernières années, merci pour tout ce que vous m'avez apporté, tout simplement merci de m'avoir mis au monde, Nadine et Pierrick, maman, papa, je vous aime. Je continuerai par remercier mon Frère, Jérémy, merci pour tout, frangin, et merci pour ton soutien. Merci à toi, oh oui ! toi qui m'as vu commencer et démarrer de zéro, toi qui étais là quand tout a commencé dans le sud de la France, lors de notre première rencontre à Cavaillon. Toi qui as été d'un soutien inconditionnel pendant les périodes de doutes et de peur. Toi qui as été d'une grande écoute pendant des milliers et des milliers d'heures durant lesquelles je te faisais part de mes projets et des idées que je voulais partager. Ton soutien a été pour moi un des plus beaux cadeaux que la vie m'a offert et je t'en suis éternellement reconnaissant. Merci à toi, Vanessa. Merci pour tout. Merci à ma belle-sœur, Caroline, qui travaille avec moi depuis maintenant plusieurs années, merci à toi pour ton soutien, pour ton travail, pour nos échanges, tu as aussi grandement participé dans tout ce qui se passe aujourd'hui. Merci à toi, mon petit TOM, pour m'avoir fait prendre conscience de certaines choses quand je suis à ton contact, tu as des parents incroyables et ta vie le sera tout autant. Merci à vous deux, Christian et Jo, de m'avoir si bien accueilli chez vous quand j'ai décidé de quitter la Bretagne et de démarrer une nouvelle vie. Merci à toi, mon ami Laurent, de m'avoir accueilli à Montpellier, dans ton espace de coworking, merci pour tous nos échanges et nos discussions passionnantes sur le monde, la vie et nos projets. Merci à vous deux que j'ai aussi connues dans ce même endroit, Léa et Marie, merci pour nos échanges et les délires qu'on a pu avoir ensemble. Merci à toi, Mister Pantacchini, pour les soirées de dingue qu'on a vécues. Merci à tous mes amis de Bretagne qui se reconnaîtront, pour tous les moments de partage et les soirées qu'on a pu vivre tous ensemble. Vous êtes trop nombreux, les gars, pour tous vous citer, mais c'est un réel plaisir à chaque fois de tous vous retrouver. J'aimerais citer

Remerciements

aussi mon ami d'enfance, que je connais depuis tout-petit et avec lequel on a vécu dernièrement un super périple dans le Nevada accompagnés de mon frère, merci à toi, Fab, pour ton soutien. Merci à toutes les personnes que j'ai pu croiser ces dernières années en voyage dans plus de dix pays différents, avec lesquelles j'ai passé de beaux moments d'échange et de partage. Merci à toi, Céline, de m'avoir fait confiance pour intervenir dans un de tes sommets. Merci à toi, Yannick, pour m'avoir fait monter sur scène et donner ma toute première conférence en 2016. Merci à toi, Olivier, pour m'avoir donné la possibilité d'aller à Miami à mes débuts où j'ai pu faire de nombreuses rencontres. Merci à toi, Roger, pour ton programme d'un an de coaching, qui était ma première formation. Merci également à toi, Franck, pour ton programme de six mois. Merci à tous ces coachs américains que je ne connais pas personnellement, mais qui ont eu une grande influence dans mes résultats : Tony Robbins, John Assaraf, Jack Canfield, T. Harv Eker, Esther & Jerry Hicks, Napoleon Hill, Eckhart Tolle… pour ne citer qu'eux mais la liste est bien plus longue. Merci à vous deux, Geneviève et Barbara, pour m'avoir aidé dans la publication de ce roman. Je ressens une énorme gratitude envers la vie qui m'a apporté tout ce dont j'avais besoin pour poursuivre mes rêves et accomplir les objectifs que je me suis fixés. Merci également à tous les membres de ma famille et particulièrement aux personnes qui ont cru en moi. Ce roman est une nouvelle étape dans ma vie, un nouvel accomplissement personnel, je ne sais pas encore ce qui va en découler, mais je suis sûr d'une chose : quand vous suivez votre intuition, peu importent les résultats ; la magie commence à opérer dans votre vie. Merci pour cette magie qui a commencé à arriver dans la mienne il y a maintenant huit ans en arrière, à l'heure où j'écris ces lignes…

Table

<u>Retrouvez</u>

Anthony Nevo VieDeDingue

sur les réseaux sociaux !

*Des vidéos et des publications inspirantes
qui vont vous donner envie de booster
votre quotidien !*

ET DÉCOUVREZ DÈS À PRÉSENT LES CONSEILS
D'ANTHONY POUR RÉALISER VOS RÊVES
LES PLUS FOUS !

En suivant ce QR code :

Ou en suivant ce lien :

https://www.youtube.com/watch?v=ajhNvPgyuYE&t=5s

Le Livre de Poche s'engage pour
l'environnement en réduisant
l'empreinte carbone de ses livres.
Celle de cet exemplaire est de :
250 g éq. CO_2
Rendez-vous sur
www.livredepoche-durable.fr

PAPIER À BASE DE
FIBRES CERTIFIÉES

Composition réalisée par Soft Office

Achevé d'imprimer en mars 2020, en France sur Presse Offset par
Maury Imprimeur – 45330 Malesherbes
N° d'imprimeur : 243581
Dépôt légal 1ʳᵉ publication : janvier 2020
Édition 02 - mars 2020
LIBRAIRIE GÉNÉRALE FRANÇAISE – 21, rue du Montparnasse – 75298 Paris Cedex 06